BALCONEANDO LA VIDA

BALCONEANDO LA VIDA

Albinísimas V

Albino Gómez

TURMALINA

Gómez, Albino

Balconeando la vida. – 1a ed. – Ciudad Autónoma de Buenos Aires : Turmalina, 2015.

336 p. ; 20×13 cm.

ISBN 978-987-3872-02-0

1. Narrativa Argentina.

CDD A863

Compiladora y ordenadora de los textos: Ailén Lucciano

© Editorial Turmalina, 2015

Hecho el depósito que previene la ley 11.723

info@editorialturmalina.com

www.editorialturmalina.com

Compaginado desde TeseoPress (www.teseopress.com)

In memoriam
a Aída D'Alessandro, mi madre,
quien tomó la foto de tapa cuando yo tenía cinco años
y comenzaba a balconear la vida.

A cargo de unos y de otros

Mientras vive, el hombre es lo que él recuerda y olvida. Cuando muere, es lo que de él se recuerda y se olvida.

A cien años del nacimiento de McLuhan

Según el extraordinario Marshall McLuhan, el medio es el mensaje o mejor, el medio es el masaje. Y ello implica que cada medio masajea un sentido al amplificarlo, y en el mismo momento, lo anestesia y lo reemplaza. Así, el automóvil potencia la capacidad de desplazamiento de nuestras piernas y las atrofia a la vez. La televisión nos permite ver lejos, tan lejos que no miramos lo que tenemos alrededor. El teléfono nos acerca a los ausentes y nos aleja de los presentes.

A cincuenta años del asesinato de J. F. Kennedy

Un sondeo de opinión realizado por la CNN indicó que, con un 90% de aprobación, Kennedy sigue siendo el presidente más popular, seguido por Ronald Reagan (78%) y Bill Clinton, con 74% (2013).

A Córdoba

Del gran poeta Jorge Vocos Lescano, quien decía: Todo era igual pero le parecía, que en ese azul del cielo que miraba, otro azul más azul se dibujaba, y en el dibujo se reconocía. También el aire limpio le traía, fragancia de las cosas que añoraba. El aire, sí, el aire le llegaba, como viniendo de la serranía. Entonces advirtió la cercanía de esa dulce ciudad que tanto amaba, miró sus torres y supo que volvía, y al apurar la senda que llevaba, sintió que hasta la piel se le endulzaba y se fue sin saber que se moría.

Adolescentes

Yo también, créase o no fui, adolescente, pero de una época en que no obstante las diferencias con padres y madres, eran mucho menores que las de hoy. Luego tuve hijos e hijas adolescentes, con diferencias mayores, pero en verdad nunca graves, apenas molestas. En cambio, hoy, conozco a padres jóvenes, de unos cuarenta años y algunos de ellos me dicen que no hay adolescentes, sino aborrescentes.

¿A imagen y semejanza de quién?

El famoso físico británico S. W. Hawing, prefiere comparar al hombre con un computador, para concluir luego que es increíble entonces que pueda tener un alma inmortal. Yo no voy a atreverme a discutir acerca de la existencia o inexistencia del alma, inmortal o no, pero sí quiero expresar mi sorpresa frente al hecho de que Hawking compare al hombre con su propio invento, la computadora, en lugar de comparar a ésta con su inventor.

"A la final..."

Por eso, sin leerlo a Osho, como dicen los reos... Si uno no amó, perdió lamentablemente su vida.

A las malas personas...

Es mejor verlas de espaldas, porque al menos uno se hace la ilusión de que se van.

Alemania

El modelo de la Alemania europea sobrevivió con éxito durante cinco décadas. En la actualidad, con la crisis, Alemania quiere llevar a Europa a su cauce. Hay que recordar que Thomas Mann dijo una vez que Europa necesitaba a una Alemania europea, no una Europa alemana.

Alguna manía hay que tener

Para Umberto Eco, la escritura es un impulso, una forma de manía. Pronto tendremos una nueva novela.

A pesar de los adelantos técnicos y científicos

Sólo somos pequeños ignorantes, inquilinos inexpertos de un espacio incomprensible, aun más allá que nuestra Tierra, en el que lo único seguro es que hay una caducidad (entropía) o "Big Crunch" que también lo alcanzará, pero mucho antes a nosotros.

A pesar de todo...

Se ha dicho que del reconocimiento que hace el hombre –en medio del miedo y del terror religioso– de la presencia de lo Incognoscible, surge lo que hay de mejor en las exploraciones de su espíritu, aunque este reconocimiento degenere a menudo en superstición, esclavitud o exceso de confianza.

A quererme se ha dicho

Soy la dulzura de lo que es, con la pena de lo que no es. Soy la verdad con el rostro del error, y quien me ame, no se preocupe de distinguir entre una y otro.

A todos ellos les faltó un Nuremberg

Al ejército británico, que emplazó por primera vez los tristemente célebres campos de exterminio en las afueras de Pretoria hacia 1899, en los que perecieron de sed y hambre 26 mil mujeres e indefensos lactantes Boers. Luego a los turcos que imitaron esa tenebrosa técnica con los armenios en 1915, ejecutando más de 1,5 millones. Para no hablar de los millones de sus propios compatriotas asesinados por Stalin. No faltarán lectores que me recuerden a Bush y los miles de miles iraquíes asesinados con el falso pretexto de la existencia de armas químicas inexistentes. Sé que me faltan muchos más pero no tengo espacio.

"Al tun tun"

Aquí no se ponen de acuerdo los paremiólogos: para algunos proviene de "ad vultum tuum", que en latín vulgar significa "al bulto". Para otros es una voz creada para sugerir una acción ejecutada de cualquier forma, y hoy se usa con ese significado, indicando algo hecho sin análisis ni discriminación.

A usted también le puede pasar

Lo que a Flaubert cuando decía: "Me parece que atravieso una soledad sin término para ir no sé adónde, y que soy a la vez viajero, desierto y camello".
Si no ha estado en el Sahara, puede cambiar desierto y camello por mar y barco o por cualquier otro paisaje y vehículo.

A veces dan ganas de imitarlo

A Groucho Marx, cuando al despedirse en una cena dijo que había pasado una noche estupenda, pero no precisamente ésa.

A veces el título universitario no es necesario

Evidentemente Le Corbusier fue uno de los más grandes arquitectos del siglo XX, pero nunca se recibió de arquitecto.

A veces es mejor no aparecer

"Si Dios bajara todos los días a la Tierra, no tardaría en aparecer un tonto que le faltara el respeto". Juan Domingo Perón.

A veces es preferible estar...

Incluido, pero afuera, o sea excluido adentro.

A veces no conviene dudar

Al menos que no se le ocurra al sol, porque de hacerlo, según el poeta William Blake, se extinguiría.

A veces uno se cansa y piensa...

Que después de todo, preocuparse por el lugar que uno ocupa en el mundo mostrándose razonable, no es más que una absurda idea de adultos.

Aburrimiento

Las conversaciones sociales con diplomáticos suelen ser un tanto aburridas para los periodistas, porque lo que cuentan en general carece de interés, y lo que tiene interés, si es que lo saben, no se atreven a contarlo.

Abusando de Machado

Amante no hay amor. Se hace amor al amar.

Abuso de las empresas prepagas

Las empresas prepagas, aprovechando la incomprensible no reglamentación de la ley que intenta regularlas, siguen aumentando sus cuotas a los asociados entre un 13 y un 15%. Lo que no parecen advertir sus directivos es que si bien ellas sufren aumentos en sus costos internos, sus asociados también los padecen del mismo modo en su vida diaria, con la desventaja respecto de dichas instituciones, de que ellas pueden producir los aumentos de manera automática, en cambio, sus asociados no pueden incrementar sus ingresos del mismo modo.

Academia de Letras

Cuenta el gran escritor César Tiempo por qué otro grande, como Alberto Gerchunoff, no aceptó ingresar en la Academia Argentina de Letras cuando se le ofreció ser miembro de número. Es que no creía que lo que se hacía en ella entrara en la competencia normal del escritor. Porque consideraba que el poeta y el escritor, para seguir siendo airosamente libre, para no enajenar su gloriosa independencia, para intuir sin reatos, soñar sin trabas, pensar sin cautela, debía apartarse de las sociedades normativas. De las asociaciones reglamentadoras.

Aceptar nuestro lado oscuro

Al conjunto de modalidades de existencia que no queremos reconocer como nuestras por inadecuadas, el psicoanalista C. G. Jung las denominó "la sombra". La sombra representa al "lado oscuro" del Yo, tanto lo bueno como lo malo que nos aleja de la imagen que tenemos, deseamos tener o brindar, de nosotros mismos. Para encontrar la paz en nuestro mundo interno y en el exterior, es necesario que nos adueñemos de nuestra sombra y nos reconciliemos con ella.

Acerca de la estupidez humana

Según los ecólogos, si desaparecieran de la Tierra todos los insectos, en medio siglo tampoco habría vida humana. En cambio, si desaparecieran todos los seres humanos, la vida entera florecería. Un mundo poblado de animales, plantas, agua, aire puro… Entonces pareciera estar bastante claro quiénes están de más.

Acerca de la muerte

Dice con razón Beatriz Sarlo, que la muerte no consagra a nadie ni lo mejora, pero sí permite ver a quién le resulta más dura.

Acerca de la romántica y amada Venecia

No puede negarse que se trata de una de las ciudades más interesantes del mundo, y una de las más incómodas para vivir en ella.

Acerca de los desmentidos

En general me cuesta creer en los desmentidos de los políticos, salvo cuando la televisión, la radio o a veces la prensa escrita, da a alguno de ellos por "fallecido", y el interesado, personalmente, el mismo día o al día siguiente lo desmiente.

Acerca de los fantasmas

Dicen que son exhibicionistas póstumos. Pero que existen, no hay duda.

Acerca de nuestros enemigos

Mis lectores saben que yo siempre les he estado agradecido, porque su permanente atención implica finalmente un gran reconocimiento, cosa que veces, por descuido, no recibimos de nuestros amigos. De paso vale recordar que el gran poeta estadounidense H. W. Longfellow sugería que si pudiésemos leer la historia secreta de nuestros enemigos, encontraríamos en la vida de cada uno de ellos suficiente pesar y sufrimiento como para desarmar toda hostilidad. Pero, claro está, semejante opción por el perdón requiere de almas muy grandes. No pretendo que ese sea mi caso. Ya bastante con que los elogie.

Acerca de promesas

Hay gente honesta que no promete nada y cumple: no da nada.

Acerca de la franqueza

Puede ser una virtud, pero en ciertas circunstancias una crueldad.

Aconsejo una lectura

Si no lo leyó, hágalo. Me refiero al libro de Leonardo Padura *El hombre que amaba a los perros*, pero no trata sobre mis preferidas mascotas, tan fieles y que nunca mienten, sino sobre todo el exilio de Trotsky en paralelo con su asesino Ramón Mercader. Un libro apasionante que da mucha luz sobre hechos históricos fundamentales.

Acuerdo latinoamericano

Un argentino elogiaba a un mexicano diciendo que no parecía mexicano. Por su parte, ese mexicano también elogiaba a su interlocutor argentino, diciendo que no parecía argentino. No hay nada mejor que ponerse de acuerdo.

Adán y el progreso

La ciencia y la técnica son todos los hombres: el último hombre. El arte y el amor, un solo hombre: el primero. Ojo: incluyo a Eva.

Administración pública

El burócrata es el funcionario o empleado que transforma en problema cada solución.

Admiración pianística y exagerada humildad

La de Clara Schumann, que decía sobre Liszt que se sentaba y tocaba a primera vista lo que el resto de los pianistas –y ella se incluía– se esforzarían por tocar para finalmente no llegar a ninguna parte.

Adolescentes

Pobres adolescentes, ni niños ni hombres, ni niñas ni mujeres: náufragos en su tránsito doloroso desde el limbo o paraíso de la niñez al vértigo incierto de la adultez.

¿Adónde irán ahora?

Hasta no hace mucho, Estados Unidos y Europa debían pensar en cómo protegerse de manera más efectiva del millonario aluvión de migrantes ilegales que causa el cambio climático: el hambre y los problemas de agua, guerras y devastación se encargarían de ejercer una presión difícil de calcular sobre las fronteras de las todavía islas de bienestar que constituían Europa Occidental y América del Norte. Pero ahora, hasta ese maravilloso bienestar está en crisis. ¿No serán nuestros países de América del Sur los futuros destinos para esas migraciones?

Afecto y reconocimiento

Al menos en nuestro país, el afecto se recibe de los amigos, la importancia de los enemigos. Estos últimos son tan persistentes, tan dedicados, que realmente deberíamos estarles casi agradecidos.

Afirmación se anula a sí misma

Por ejemplo, si digo que soy un mentiroso.

Aforismos kantianos

Estamos más familiarizados con los textos kantianos sistemáticos, fuertemente estructurados, pero no con sus aforismos; vale la pena transcribir algunos de ellos:
La felicidad no brota de la razón sino de la imaginación.
El sueño es un arte poético involuntario.
Los conceptos sin intuiciones son vacíos, las intuiciones sin conceptos son ciegas.

La paciencia es la fortaleza del débil y la impaciencia es la debilidad del fuerte.

Agujeros negros

Cuando una estrella maciza envejece, cuando ya ha quemado todas sus reservas, decae: se encoge bajo el efecto de su propia gravedad para convertirse de nuevo en una casi nada, en un feto cósmico, en una esfera minúscula de inmensa densidad. Entonces, el espacio que la rodea se deforma, se ahueca como un pozo, en cuyo fondo esa pelota de materia concentrada se traga todo lo que la roza. ¡Qué lo parió!, dijo Mendieta, el perro de Inodoro.

Agujeros negros II

Nos parecen de ese color porque se tragan hasta la luz.

Ahora pasemos a cierta certidumbre

Hace muchos años leí y escribí sobre *El azar y la necesidad* de Jaques Monod, que seguramente tuvo dudas como Malraux y Amalita Fortabat, pero entendió que "el hombre sabe al fin que está solo en la inmensidad indiferente del universo en donde ha emergido por azar. Igual que su destino, su deber no está escrito en ninguna parte. A él le toca escoger entre el Reino y las tinieblas". Dejemos al lector que elija su propio destino.

Al menos

Si uno no puede con las cosas, debe tratar de que las cosas tampoco puedan con uno.

Al menos útil para algunos jóvenes

Si la cerveza es más barata que la nafta, beban en lugar de manejar.

Albinogenes

A veces los genes equivocan sus indicaciones y pasa cualquier cosa, hasta un albino genético, no bautismal como yo.

¿Alcanza una sola vida?

¿Para poder cumplir y agotar todo nuestro destino con todo lo que hay que hacer? Pensemos que han sido necesarios diez millones de años para que la naturaleza hiciera, por ejemplo, por dar uno, el Gran Cañón. Así las cosas, cuesta creer que basten setenta u ochenta años para completar el alma de un individuo.

Alemania vs. Brasil

El diario *Folha de Sao Paulo* comparó la derrota de 7 a 1 contra Alemania diciendo que no sólo se trata de un partido de fútbol, sino de un reflejo de los tantos otros campos donde Alemana también golea a Brasil: 20 a 1 en cantidad de patentes registradas o 103 a 0 en premios Nobel.

Algo inédito sobre Cromañón

Lo dijo el compositor y bandoneonista Dino Saluzzi, para quien la música es un instrumento para la comunicación. Dicho esto, durante un reportaje agregó que la tragedia de Cromañón se había producido por la mala música. Porque esa música no generaba educación sino desorden, caos, falta de observancia. Y sobre todo el desconocimiento del otro.

¿Algo más de nuestra lograda democracia?

Que no fue hija de un acuerdo político de transición, como lo fueron la española o la chilena. Nació como consecuencia del derrumbe de la dictadura militar. Vale decir que el régimen democrático no se construyó: se precipitó. Tal vez por eso dice Carlos Pagni que, si bien hace 30 años se recuperó el Estado de Derecho, esa adquisición está inconclusa y el país es un centro experimental del corto plazo.

Algo mejoramos...

Tal vez la democracia plena no se dé sino en muy pocos países, pero en 1977 ochenta y nueve países estaban gobernados por autócratas; en 2011 la cifra bajó a veintidós. Pero me faltan los datos hasta 2014.

Algo que nos falta...

La ciencia le ha agregado años a nuestras vidas, pero nosotros no le hemos agregado vida a nuestros años.

Algo que se desconoce en nuestro país

Cuando los Clinton dejaron la Casa Blanca, entregaron un gobierno con un superávit de nueve mil millones de dólares, pero ellos personalmente terminaron con deudas personales, prácticamente en bancarrota. Se repusieron trabajando, publicando y dando conferencias, por las que cobraban altísimos honorarios. Frente a ciertas críticas de mala fe, Hillary respondió: "Creo que pronunciar discursos por dinero es mucho mejor que conectar con un grupo o empresas como han hecho tantos de los que han dejado la vida pública".

Algo sobre Charles Dickens

Que también, como Poe, tuvo una infancia muy infeliz, pero su obra *Los papeles del club Pickwic*, publicada cuando solo tenía 24 años, se convirtió en uno de los libros más vendidos en la historia de la literatura inglesa y catapultó a su joven autor a la celebridad internacional prácticamente de la noche a la mañana. Ya a los 29 años, en Nueva York, seis mil personas se aglomeraban en el muelle para esperar la llegada de los últimos capítulos de *La tienda de antigüedades*.

Algo sobre confusiones

Es saber que la mayor parte de ellas se producen por no decir lo que pensamos y por no hacer lo que decimos.

Algo sobre las campañas presidenciales en USA

Ahora que acaba de asumir Obama para cumplir con su merecido segundo mandato, recordé que seguí como periodista varias campañas, y por eso rescato lo que Beatriz Sarlo dijo con precisión: en ellas, los presidentes debaten con sus competidores y tienen la obligación de contestar cualquier pregunta, agradeciéndola antes a quien la haya formulado. Si no son capaces de hacerlo, no pueden ser candidatos ni a un club de béisbol de las ligas menores.

Algún día habría que probar

Dicen que la castidad es un vicio muy interesante.

Alguna diferencia

Los seres humanos mueren, los animalitos se extinguen, pero no estoy tan seguro porque hay excepciones de ambos lados.

¿Alguna duda sobre su vocación de periodista?

Por supuesto hablamos del gran escritor Gabriel García Márquez. En una charla le dijo a su amigo y colega Miguel Bonasso: "Lo que más me jode de mi propia muerte es que no voy a poder cubrirla".

Algunas expresiones del slang juvenil

De una: afirmación, aceptación, parecido al "dale para adelante".
Ya fue: para decir que algo no da para más, que ya se terminó.
Date (date cuenta): para reafirmar y hacer ver algo que se dice o hace.

Flashear: para decir que se delira o se hace algo que no tiene nada que ver. También impactar a alguien.

Vofi (vos fijate): dicho inmediatamente después de alguna propuesta. Por ejemplo: "Vofi qué querés hacer".

Algunas cosas a cargo del Papa Francisco

1.200 millones de fieles, un ejército de más de 1.000.000 de sacerdotes y religiosos, 114.736 instituciones asistenciales en el mundo, 5.246 hospitales, 74.000 dispensarios y leproserías, 15.208 residencias de ancianos incurables, 1.046 universidades, 205.000 colegios, 70.000 asilos nido con 7.000.000 de alumnos, 687.282 centros sociales y 131 centros de personas con sida en 41 países. Más la Curia Vaticana. ¡Nada menos!

Algunas desventajas de la tecnología

Por ejemplo, hizo desaparecer en los Estados Unidos las disquerías, y tiende también a que vayan disminuyendo las librerías y las salas de cine. Por ahora, y creo que por largo tiempo, no tendremos ese problema, a la vez que sigamos aprovechando las ventajas de las nuevas tecnologías, que tener, las tienen.

Algunas frases célebres de Inodoro Pereyra

Estoy comprometido con mi tierra, casado con sus problemas y divorciado de sus riquezas.

Preguntado cómo se ganaba la vida, contestó: ¿Ganar? ¡De casualidá estoy sacando un empate!

Vago no soy, quizá algo tímido para el esjuerzo.

Algunas olvidadas leyes de Murphy

Nada es tan fácil como parece ni tan difícil como la explicación de un manual. Cuando te llaman por teléfono, si tienes lápiz no tienes papel. Si tienes papel no tienes lápiz. Sin tienes ambas cosas, no te llaman.

Si consigues mantener tu cabeza cuando a tu alrededor todos la pierden, seguramente no estás al tanto de la gravedad de la situación.

Cualquier cosa que hagas para agarrar un objeto en caída, va a provocar una destrucción mayor que el haberlo dejado caer.

La fila de al lado siempre va más rápido que la tuya y si te cambias a la de al lado, la que dejaste va más rápido.

Nada está tan mal que no pueda llegar a estar peor.

Algunas últimas novelas leídas, aun premiadas...

Son bastante menos interesantes que muchas vidas que conozco.

Algunos dictadores se creyeron inmortales

El emperador de Etiopía Haile Selassie, León de Judea, Potencia de la Trinidad y Rey de Reyes, cuando la periodista Oriana Fallaci le preguntó en una célebre entrevista qué pensaba de la muerte, el emperador quedó desconcertado, atónito. Eso no estaba en su idioma, que era el de la inmortalidad. Entonces, con ira llamó a sus guardianes para que sacaran a la periodista de su palacio. Oriana Fallaci lo sobrevivió varios años.

Algunos escritores argentinos injustamente olvidados

Por supuesto la lista es muchísimo más extensa, pero al menos quisiera recordar algunos: Abelardo Arias, Florencio Escardó, Eduardo Mallea, Alejandro Korn, León Benarós, Benito Lynch, H. A. Murena, César Tiempo, José Bianco, Julio Irazusta, Ernesto Palacio, José Ingenieros, Álvaro Yunque, Leónidas Barletta, Elías Castelnuovo, Julio Payró, Leonardo Castellani, María Angélica Bosco, Martha Lynch, Silvina Bullrich, Beatriz Guido... Para no hablar del total olvido de los poetas, como Olga Orozco, Francisco Tomat

Guido, Jorge Vocos Lescano y tantos otros, salvo Juan Gelman, Paco Urondo y Alejandra Pizarnik, a quienes siempre se los recuerda.

Algunos factores destructores del ser humano...

Para Mahatma Gandhi: la política sin principios, el placer sin compromiso, la riqueza sin trabajo, la sabiduría sin carácter, los negocios sin moral, la ciencia sin humanidad, la oración sin caridad.

Algunos furcios de locutores

"La muerta podrá ser apreciada a partir de las 19 horas en el Salón de Bellas Artes".
"El motociclista fue internado en estado de gravidez".

Algunos políticos...

"Están tan preocupados por aquello a que se oponen, que les queda poco tiempo para ocuparse de aquello que proponen". Rabino Marshall Meyer.

Amar la vida

Cuando Gabriel García Márquez cumplió setenta años, en una entrevista, aseguró que cambiaría todo, sus libros y sus millones de lectores por tener otra vez cuarenta años. Y cuando el periodista le preguntó el por qué, respondió: "Para volver a empezar".

Amé mucho a mi mascota

Era una perrita "Golden" llamada Camila, y cuando le preguntaba cómo me veía, me decía: ¡Guau! Además siempre me recibía con alegría. Obviamente me levantaba el ánimo. Porque los perros no mienten.

Amigos y enemigos

Una gran ventaja de los enemigos sobre los amigos es que aquéllos son siempre auténticos y sumamente consecuentes. Además, otorgan a la persona que consideran enemiga una gran importancia. En definitiva, son muy estimulantes.

Amor auténtico

Para el místico indio Osho, el amor auténtico es compartir, no pedir, sino sentir la alegría de dar. No espera agradecimiento ni recompensa. Pero todo lo recibe como una sorpresa que alimenta y refuerza el alma. Es el mayor experimento en la vida, y aquellos que viven sin experimentar la energía del amor nunca sabrán lo que es la vida. Sólo se quedarán en la superficie, sin profundizar en ella.

Amor condicionado

Imponer condiciones para que una relación de amor pueda continuar, salvo la fidelidad y la lealtad, es siempre una forma de extorsión emocional.

Amor líquido

Es el título de un libro del sociólogo Zygmunt Bauman, donde analiza la extrema fragilidad de los lazos humanos en la sociedad actual, ya que la gente tiene una gran avidez por estrechar vínculos, pero al mismo tiempo desconfía de una relación duradera por el compromiso subyacente que pueda generar. Así las cosas, más que "relaciones" se establecen "conexiones", que vía red pueden ser disueltas dada su virtualidad, lo cual determina su fácil acceso y también su fácil salida. Porque la moderna razón líquida ve opresión en los compromisos duraderos, y los vínculos durables despiertan la sospecha de una dependencia paralizante. Yo me quedo con *Veinte poemas de amor y una canción desesperada* de Pablo Neruda.

Amor o poder

Según Carl Jung, cuando el amor es la norma no hay voluntad de poder. Y donde el poder se impone, el amor falta...

Anacronismo de la ley de Medios

Según los expertos en comunicación, habiéndose dictado en 2009 y nunca realmente aplicada, sigue ignorando que explotaron las redes sociales. Que la comunicación se muda a la web. Que los argentinos conectados pasaron del 35 al 70 por ciento. Que casi todos ven videos en Internet: tres de cada cuatro la usan para recibir noticias, la mitad escuchan radio online, en su celular o en su PC. La ley suponía que muchos ansiaban ingresar en la televisión abierta. En 2011 la Afsca concursó 220 frecuencias de televisión digital en todo el país y solo hubo tres oferentes. De las 220 ninguna se otorgó.

Anarquía y tiranía

Para el ensayista Fernando Iglesias esas formas socio-políticas tienen gran presencia en el escenario político global. La anarquía, porque un número creciente de problemas que han excedido las capacidades de los estados territorial-nacionales han sido dejados en manos del destino. La tiranía, porque un número creciente de decisiones que afectan a todos los seres humanos son tomadas en instancias no democráticas, en las que no están representados los intereses comunes de la humanidad sino los de las corporaciones globales, los mercados financieros mundiales y los estados más poderosos.

Anfitrión

En la mitología griega, Anfitrión era el marido de Alcmena, madre de Hércules. Mientras Anfitrión estaba en la guerra de Tebas, Zeus tomaba su forma para acostarse con Alcmena, noche tras noche, tras lo cual ella quedó embarazada.

Con el embarazo de Alcmena, se armó un gran alboroto, porque evidentemente Anfitrión dudó de la fidelidad de su esposa.

Al final, todo fue aclarado y Anfitrión se puso contento por ser el marido de una mujer elegida por el Dios Zeus, para tener sexo tomando su propia forma. De aquellas noches de amor, nació el semidios Hércules. A partir de allí, el término anfitrión pasó a tener el sentido de: "aquel que recibe en su casa". Pero los griegos modernos, que no creen en Zeus, ponen mucha atención acerca de a quién reciben en su casa, porque por la degradación del lenguaje, a veces se usa la palabra anfitrión como sinónimo de marido engañado.

Anomia

La única ley que se cumple en la Argentina es la ley de Gravedad. Y no faltarán quienes digan que esto es colonialismo ya que su descubridor fue Isaac Newton.

Anónimos

Si usted recibe un anónimo, no se haga problema por ello. Simplemente tómelo como de quien viene.

Antes y ahora

Antes se decía que éramos "occidentales y cristianos", ahora somos, al parecer, "accidentales y fetichistas".

Anticipando una sociedad paralizada

Es la que profetizó el escritor y periodista Marco Denevi, tan injustamente olvidado. Hace más de veinte años decía en La Nación: que un día, los problemas sin resolver, multiplicados y acumulados, formarían una pared compacta frente a una sociedad paralizada. Entonces, los estúpidos

–en el sentido latino, de *stupere*, que significa quedarse quieto, inmóvil, estupefacto–, se volverían resignados o violentos.

Antiguo ruego para un verdadero amor

"Oh Dios, haz que el amor entre ella y yo sea parejo, que ninguno rebase al otro. Haz que nuestros amores sean idénticos, como ambos lados de una ecuación". Además, y muy para nuestros días, un verdadero amor debe evitar los sufrimientos innecesarios.

Antiguos problemas del tránsito vehicular

En el 45 a. C., Julio César impuso una restricción vehicular en Roma, vigente entre las seis de la mañana y las cuatro de la tarde, para todos los vehículos con excepción de los que eran empleados por sacerdotes, oficiales, visitantes y ciudadanos de alta jerarquía. Espero que esto no le sirva de ejemplo a nuestro gobernante metropolitano, porque en este sentido ya viene cometiendo errores que los porteños sufrimos diariamente.

Antonio Gramsci sabía...

Que la conquista del poder cultural es previa a la del poder político y esto se logra mediante la acción concertada de los intelectuales llamados "orgánicos" infiltrados en todos los medios de comunicación, expresión y universitarios. Pero en nuestro país el proceso puede ser inverso.

Apasionante tema

Hoy se debate si la matemática –incluidos los números– no son propiedades del universo sino que, más bien, solo reflejan el sustento biológico sobre el cual las personas comprenden el mundo. Sin embargo, Max Tegmark, profesor de Física en el Instituto Tecnológico de Massachusetts (MIT), sostuvo que "la naturaleza, claramente, nos da indicios de que el universo es matemático". Por ello, muchos matemáticos sienten que ellos no inventan las estructuras matemáticas "sino que las descubren, y que estas estructuras matemáticas existen independientemente de los humanos".

Apego o compromiso

El apego desconoce la libertad, el compromiso, no.

Apocalipsis: dentro de poco

Se dice que la manera de habitar el planeta dejó de ser sustentable hace 40 años. Y que hoy las personas consumen anualmente los recursos que el planeta tarda un año y medio en reponer. Además, según la organización mundial WWF, en 2030 se necesitarían dos planetas para sostener el consumo de sus habitantes.

Aprender chino

Dicen que se está poniendo de moda. Para el caso quiero advertir que me han dicho que el chino es una lengua morfosilábica, donde cada signo es una unidad significante invariable y autónoma. Si después de esto quiere aprenderlo, adelante, es cosa suya.

Aproximaciones

El único Cielo que conozco es esta pequeña vida. También el único Purgatorio y el único Infierno. Todo depende del amor con que la vivamos.

Arbitrariedades clasificatorias en los Estados Unidos de América

Se podría calificar de bizarra la laberíntica lista de razas que aparece en los formularios de inmigración de los Estados Unidos, donde hasta hace poco, al menos, un hijo de finlandeses nacido en Colombia era considerado "hispano" y un hijo de coreanos nacido en Francia o en Alemania era definido como "caucásico o blanco". En tal sentido recuerdo la indignación de un amigo mío, español e intérprete en las Naciones Unidas, porque él, pese a su larga lucha burocrática por lograrlo, no era considerado "hispano" sino "caucásico, europeo o blanco", mientras que yo y otro amigo común, argentino también, pero portador de un clásico apellido polaco, éramos considerados "hispanos". Y todo eso en virtud de las subsistentes supuestas "razas" y de las manías clasificatorias, típicas antesalas de futuras discriminaciones.

Argentina

Tiene Papa y no tiene cura.

¡Argentinos, a las cosas!

La respuesta mayoritaria a esa fuerte propuesta del ensayista español José Ortega y Gasset, fue la de irse al *free shop*.

Argentinos en el exterior

El físico argentino Juan Maldacena tiene 43 años. Trabaja en Princeton (N. Jersey). Nació en el barrio porteño de Caballito y hoy está en la tapa de varios diarios del mundo porque ganó el "Yuri Milner", que es un premio a las investigaciones sobre Física Fundamental que otorga tres millones de dólares. Ya a los 30 años había recibido en Budapest el premio "Javed Husain" y fue tapa de *The New York Times*. En nuestro país, los individuos funcionan mejor que la sociedad, y muchos, tanto mejor fuera del país. Aunque en el campo de la Física se premian teorías ni siquiera probadas.

Arte y locura

Si hoy resucitara Vincent Van Gogh, al saber el precio por el cual se venden sus obras, pensaría que el mundo se ha vuelto loco, y que el único cuerdo es él. Además, honestamente, creo que tendría razón.

Así de sencillo

Cuanto más intensa es la vida interior, más se debilita la influencia de todo lo externo.

Así en la paz como en la guerra

No hay nada más catastrófico que creer que toda derrota es una victoria moral.

Así es el amor

La mujer es amada porque la amamos y la amamos porque es amada.

Así es más fácil...

Cuando la falta de opciones aclara la decisión.

Así nos va

Decía Condorcet que toda sociedad no ilustrada por filósofos es engañada por charlatanes.

Así será difícil salir adelante

Dice Jorge Fontevecchia que ser víctima es el papel preferido de todos los políticos argentinos: si no se puede ser víctima de otro político local que tenga más poder, se es víctima de las corporaciones y los poderes económicos internacionales, y si no, el caso más repetido de todos quienes acceden a la presidencia, víctima de los que gobernaron en el pasado y dejaron una pesada herencia.

Así vamos de mal en peor

En este país plagado de nulidades engreídas y de reputaciones consagradas, la razón no es una inteligencia que comprende sino solo una ignorancia que discute.

Así viene la mano cultural

Descartes decía "pienso, luego existo". Ahora diría "no pienso, luego twitteo".

Asombro y dolor comprensibles

El de la hermana del fotógrafo francés asesinado en la plaza San Martín, cuando consternada contaba que "por su trabajo, él (su hermano) estuvo cerca de tiburones y de lobos, lo mandaron a lugares tan peligrosos como Libia y Siria... ¿Cómo es posible que haya muerto en Buenos Aires? Lo mató una fiera humana".

Aspirina perpetua

Condena que sufren los corazones frágiles o heridos.

Asteria

Las estrellas, a pesar de que titilan, no conocen ese tiempo del instante, del momento. No saben tampoco, muy altas, de las horas del hombre, de los días del mundo. Ni saben de la muerte, quieta, agónica, larga. Porque son o dejan de ser, cuando se incendian, cuando estallan.

"Atelier"

A veces la tarde, con ese color ya suave de las cinco a seis en el otoño, entraba por un ventanal en rosa y verde de hojas, tristemente. Caía sobre un mantel y encendía copas. Había una muchacha con sus ojos verdes, amplios. Todo vibraba un poco. Como si eso hubiese podido ser para siempre. Pero era sólo un breve paisaje hombre-mujer, esfumándose en la tarde, con su luz rosaverde, iluminando copas, entristeciendo vidas.

¡Atención!

A más envidia, menos progreso y menos paz.

Atención con los saqueos

Porque se dice que cada vez que la perturbación supera la capacidad de la sociedad de "absorberla" o de reprimirla, la organización social se destruye, o bien deja paso a un orden nuevo.

¡Atención familias!

Porque la nobleza no es hereditaria. Tampoco la aristocracia. Ambas son siempre fundadoras. Porque se puede ser hijo de un noble y ser patán y se puede ser noble siendo hijo de un patán.

Atención sobre cómo usamos el tiempo...

Porque el tiempo es un recurso no renovable.

Atender este proverbio persa

Dice que el día que nacimos todos reían y nosotros llorábamos. Por lo cual recomiendan vivir de tal modo que el día que dejemos este mundo, todos lloren mientras nosotros reímos.

Aun así...

Si uno no merece el amor, debería no obstante reclamarlo, porque es cuando más se lo necesita.

Aún así se puede ganar un premio Planeta

Porque Lucía Echevarría, que se lo ganó, dijo en una entrevista que "murciélago" era la única palabra en el idioma español que contenía cinco vocales. Y no faltó quien la corrigiera dando algunos ejemplos como: arquitecto, escuálido, Aurelio, Eulalio, auténtico, abuelito, reticulado, arquetipo, reumático, repudiado, consiguiera, esquilado, comunicante, adulterio, encubridora, estimulador, peliagudo, enunciado, ecuación, irresoluta, jerárquico. Bueno, seguir sería aburrido, pero hay muchas más.

Aunque el lector lo dude...

Lo dijo nada menos que Thomas Jefferson: "La democracia no es más que el gobierno de masas donde la mayoría puede lanzar por la borda los derechos de las minorías".

Aunque no lo crea, suele ocurrir

Que algunas personas en lugar de reconocer y agradecer favores, los vengan.

Aunque no lo crean

El mantra es una reunión de sonidos cuyas vibraciones conmocionan el eje molecular de la materia provocando en ella alteraciones de carácter mágico.

¿Autismo nacional?

A los argentinos, en general, nos cuesta aceptar que hay cosas que no se pueden cambiar. Sin embargo y al mismo tiempo, nos falta coraje para cambiar aquellas que realmente pueden cambiarse. Pero lo más grave del caso, es que también ocurre que la mayoría de las veces no sabemos distinguir unas de otras.

Autobiografías

Para el escritor argentino Héctor Biancciotti, los escritores no podrían escribir sus autobiografías porque en lugar de contar sus recuerdos, lo único que harían sería cambiarlos. Porque el escritor no puede tener recuerdos que su imaginación no haya alterado.

Autoconocimiento

No exagerar en esto porque uno podría terminar muy disgustado consigo mismo.

¿Avanzada tecnología y otra cosa?

Creo que Estados Unidos de América es el único país que usa sillas eléctricas.

Avis au public

El ejercicio del poder con arrogancia aumenta enormemente el riesgo del fracaso político.

Aviso

"Busco mujer con buena ortografía para tener una buena relación textual".

Aviso a personas importantes

Los vicios privados nunca pueden generar virtudes públicas.

Aviso para argentinos

Cuando suene el timbre de nuestras casas, no abramos sin preguntar, porque puede llegar a ser la Verdad.

Aviso para banqueros en Wall Street

El desenfreno en el interés individual no sólo daña la moral sino también la economía.

Aviso para devotas o devotos despistados

Me refiero a creyentes que rezan a santos no reconocidos por la Iglesia, por considerarlos supuestamente protectores, como por ejemplo:

Saint-Emilion (protector de bebedores); Saint-Beuve (protector de la inspiración poética romántica); Saint-Exupery (protector de principitos y pilotos); Saint-John Perse (protector de diplomáticos y poetas); Saint-Just (protector de los jueces); Saint-Malo (protector contra las personas malas); Saint-Saens (protector de los músicos); Saint-Tropez (protector de los bañistas).

Avisos parroquiales

"Estimadas señoras no se olviden de la venta de beneficencia como una buena ocasión para liberarse de aquellas cosas inútiles que estorban en la casa. Traigan a sus esposos".
"Tema de la catequesis de hoy: Jesús camina sobre las aguas".
"Tema de la catequesis de mañana: En búsqueda de Jesús".
"El mes de noviembre terminará con un responso cantado por todos los muertos".

Azar

¿Los seguros de vida son loterías de la muerte?

¿Azar o necesidad?

No se puede oponer, al menos con seguridad, el azar a la necesidad, porque el supuesto azar puede ser solo una forma desconocida o imprevisible de la necesidad.

Bailar el tango

Como bien dice don Enrique Cadícamo, el tango se baila caminando y no a los saltos.

Bajeza del espíritu

Eso es el odio.

Balada para un loco

Ahora, cuando acaban de cumplirse veinte años de la partida definitiva de Astor Piazzolla, quiero recordar que a fines de 1969, la Municipalidad de Buenos Aires organizó un Festival Internacional de la Canción, que se desarrolló en el Luna Park. Tuve el honor de integrar el jurado técnico de selección de la Canción Argentina, nada menos que con Francisco García Jiménez, Lucio Demare, Hamlet Lima Quintana, Domingo Fabiano, Eduardo Lagos, Horacio Malvicino y Chabuca Granda. Nosotros votamos sin dudar por la "Balada para un loco", de Astor Piazzolla y Horacio Ferrer, que fue interpretada magistralmente por Amelita Baltar. Pero el llamado "jurado popular", votó por un tango de Julio Ahumada, "El último tren", que cantó el Negro Sobral. Este tango tuvo una sola y única grabación, la del Festival. En cambio, el recorrido nacional e internacional de la Balada, lo conocemos todos. Gracias Astor.

Banalidad y crueldad

Según Jean Baudrillard, son dos extremos que coinciden, pero se puede decir que la banalidad es lo más cruel que existe, porque termina por exterminar el sentido y el destino. Y lo que se suele ver en nuestra televisión le da toda la razón.

Basta de soberbia científica

Porque con el transcurso del tiempo las conclusiones científicas se transforman en meras opiniones, las más de las veces equivocadas.

Beneficiada por la Arqueología

Ella se casó con un arqueólogo, lo cual le dio una enorme seguridad acerca de que su envejecimiento, en lugar de disminuir el amor de su esposo, seguramente lo acrecentaría.

"Bien pensante"

Cuando se dice de alguien que es "bien pensante" como una virtud, se supone que ese alguien "piensa bien". Pero en realidad sólo se trata de alguien que "piensa" en sí mismo en relación con su "bien", o sea con lo que le conviene "pensar". Puro oportunismo.

Bill Gates: millonario ejemplar

Abandonó Harvard cuando cursaba tercer año de la carrera de Derecho. Volvió años después para recibir el doctorado honoris causa e instó a todos: decanos, profesores y alumnos, a indagar las causas de las desigualdades, instándolos a trabajar por los más necesitados, que cualquiera fuesen las diferencias con ellos, tenían en común la condición humana. Además, su propuesta estaba avalada por el ejemplo, ya que abandonó su extraordinaria creación que fue Microsoft, para dedicar todo su tiempo a la fundación creada con su esposa, mediante la cual ayudan a combatir el SIDA, la tuberculosis, la malaria, la hepatitis B y la fiebre amarilla. Y para ello ya han donado 23.000 millones de dólares en 132 países.

Bipartidismo civilizado

El 19 de mayo de 1981 entrevisté para Clarín a la académica y entonces embajadora de los Estados Unidos ante la ONU. A cierta altura de la charla, no pude dejar de preguntarle si todavía se consideraba a sí misma como demócrata, aunque seguramente una demócrata muy conservadora. Su interesante respuesta fue la siguiente: "Yo estoy registrada como demócrata, afiliada al Partido Demócrata, y aunque me siento muy fuertemente vinculada al equipo del presidente Ronald Reagan, no pienso cancelar mi inscripción en el Partido Demócrata. Además, tenemos en nuestro país una larga tradición bipartidista en materia de política internacional, y mi cargo como embajadora ante la ONU no es la primera vez que resulta desempeñado por una persona que no pertenece al partido gobernante".

Blasfemia-oración

Seamos equitativos: el derecho a blasfemar debería terminar donde empieza el derecho a orar.

Bomarzo: auspicio y censura

Los gobiernos a veces se contradicen ominosamente. Ese fue el caso con la Ópera Bomarzo, de Alberto Ginastera y Manucho Mujica Láinez, estrenada con el auspicio del gobierno de Juan Carlos Onganía, en la ciudad de Washington DC. Un estreno mundial con enorme éxito del público y de la crítica. A los pocos meses, el mismo elenco debía presentarla en el Teatro Colón, pero el 14 de julio de 1967 –hace 45 años– el gobierno antes auspiciante la prohibió por razones morales. Tres años después se dio en el Teatro Colón y nuevamente en Washington DC… Ginastera se sigue escuchando en todo el mundo y a Mujica Láinez se lo sigue leyendo con fruición, porque la vida es corta pero el arte es largo.

Borges no fue escuchado

Durante varios meses del año 1974 tuve el enorme privilegio de reunirme los sábados, cerca del mediodía, con Jorge Luis Borges, en su departamento de la calle Maipú. Entre tantos temas, un sábado tocamos el de la "fama" y Borges me dijo que lo peor que le podía ocurrir a alguien famoso, era que después de muerto lo homenajearan poniéndole su nombre a alguna calle, plaza o estación de tren, porque esa constituía una ominosa manera –más allá de la muerte– de desaparecer para siempre, por la directa transformación del homenajeado en calle, plaza o estación. En el eventual caso de su propia fama (en la que decía no creer), él sólo pasaría a ser la calle Borges, la estación Borges, o la plaza Borges, y nunca más la persona Jorge Luis Borges... ni siquiera "el otro". Y aunque esto era parte del juego de su humor durante aquellas charlas, en cierto modo tenía razón, porque en tales casos se produce una suerte de –digamos– "cosificación".

Borges y su sombría visión del mundo

Podrá causar sorpresa esta opinión de Borges, pero su fuente es muy respetable ya que se trata de Enrique Krauze, director de la revista mexicana "Letras Libres", que entrevistó a nuestro escritor en Buenos Aires y le habló de su visión sombría del mundo en estos términos: "Qué vamos a hacer con dos potencias líderes tan blandas como Rusia y Estados Unidos, sobre todo Estados Unidos, esclavos voluntarios del *american way of life,* conjunto de costumbre cotidianas detestables".

Bossa nova

Corría el año 1961. Yo viajaba desde el interior del Uruguay a Montevideo. Eran las nueve de la noche. La radio del auto pasaba música. De pronto escuché una maravillosa melodía brasileña, pero tenía un ritmo quebrado, que jamás había oído. El locutor dijo que era la "nueva voz de Brasil". La "bossa nova", pero no había todavía discos en Montevideo ni en Buenos Aires. Hasta que aparecieron los primeros después del debut de un cuarteto "Os Cariocas", en el famoso 676 que inauguró Astor Piazzolla en la calle Tucumán, y luego el estupendo Joao Gilberto. Después tuvimos a Tom Jobim, su creador, y a uno de sus más importantes difusores: el querido poeta Vinicius de Moraes.

Brasil... ¿y nosotros?

El ex canciller de Lula y actual ministro de Defensa del Brasil, Celso Amorín ha dicho: "Poseemos una importante producción de alimentos, de reservas de agua y de energía, que están entre las más importantes del mundo. Debemos estar listos para defenderlas en caso de conflicto entre potencias que carecerían de estos recursos. También hay grupos criminales, narcotraficantes y otros actores. La policía no alcanza para proteger nuestros 17 mil kilómetros de frontera y nuestra plataforma submarina rica en petróleo". ¿Y nosotros ni para los saqueos?

Breve carcelera

La noche apresa la tarde y luego la libera en cada amanecer.

Bronca justificada

Esto lo comprendí en Kenia, al leer a Jomo Kenyatta que decía: "Cuando llegaron los misioneros, los africanos teníamos la tierra y ellos la Biblia. Ellos nos enseñaron a rezar con los ojos cerrados. Cuando los abrimos, los misioneros tenían la tierra y nosotros la Biblia".

Broncas entre filósofos

Por ejemplo, Diógenes dijo que Platón hablaba demasiado y a Sócrates lo consideraba un lunático.

Buen consejo para algunos gobernantes

"Cuando se busca tanto el hacerse temer se encuentra primero el de hacerse odiar". Montesquieu.

Buen interlocutor

Es aquel que te escucha, no te juzga y no te da consejos salvo que se los pidas, siempre y cuando no sea tu psicoanalista.

Buena noticia

Se dice que hay cientos de estudios científicos que certifican que la felicidad es una elección, una cuestión de actitud, un remedio preventivo y sanador. Que no se trata de vivir en positivo, sino de tener un argumento que avale esa mirada positiva, esa decisión de ser feliz. Es mentira lo demás.

Buena pregunta

¿Cuánta pobreza aguantan las democracias y cuánto subdesarrollo soporta la paz mundial?

Buenas medidas ¿pero alcanzan?

La Asignación Universal por Hijo, el incremento sustancial de beneficios jubilatorios, los planes sociales, etcétera son innegables conquistas, pero al no ser de orden estructural, no alteran de manera permanente la distribución de ingresos ni independiza a los beneficiarios. Básicamente, incrementan el clientelismo político y la dependencia.

Buenas y malas personas

Se ha dicho que las buenas duermen mejor, pero que las malas disfrutan mucho más de las horas de vigilia. Yo no dudo de que las buenas personas puedan dormir mejor que las malas, pero incluso, creo que también pueden disfrutar de la vigilia del mismo modo y sobre todo, más decentemente.

Buenos consejos

De Maharishi Mahesh Yogi:

"No deberíamos gastar tiempo y energía en criticar a otros. Tampoco gastarlo para hablar de cosas que no mejoran nuestra vida, que no nos ayudan a crecer. Además, deberíamos estar parados sobre nuestros propios pies y basarnos en nuestro propio ser, y no construir nuestras vidas sobre la opinión de los demás.

Respecto de las situaciones, si no podemos cambiarlas, al menos lo que debemos cambiar es nuestra actitud respecto de ella".

Búsqueda de la igualdad para la mujer

Como a mí me gustan las mujeres precisamente porque no son iguales a los hombres, la búsqueda de la igualdad por parte de ellas, me desconcierta. Entiendo lo de la igualdad de derechos, pero yo creo que ellas deberían reivindicar mucho más sus derechos como diversas, como distintas. El derecho a la diversidad, a lo distinto, que es lo mejor que tienen.

Cada vez más información y menos pensamiento

Eso lleva a que al opinar las reacciones sean mucho más emocionales que racionales, por falta de una profunda formación intelectual que solo se forja cuando hay tiempo para largas, valiosas y reflexivas lecturas, y no a través de la ligera lectura de diarios, revistas y viendo programas de televisión que, excepcionalmente, hacen algún aporte cultural valioso.

Cada vez que se acercan elecciones...

Se me ocurre que me hacen elegir entre Vilcapugio y Ayohuma.

Cajas y tesoreros

Cuando un tesorero se lleva la caja, la gente se indigna. Se le dice de todo, desde sinvergüenza hasta ladrón o delincuente. Pero no se piensa en la angustia de ese tesorero que sabe que, fatalmente, cuando muera, la caja se lo llevará a él.

"Cambalache"

En los años de Discépolo, la gente era más diferenciada. Hoy, tal es la homogeneidad, que no siempre es fácil distinguir a un tipo decente del que no lo es.

Cambian los gobiernos, nosotros no

Porque durante la última dictadura se decía que éramos "derechos y humanos". Con la democracia se dice que "somos buena gente". O sea, más o menos lo mismo.

Cambio cualitativo

El cambio cualitativo más importante y valioso que un hombre puede hacer en su vida, es dejar de juzgar para dedicarse a comprender. Incluso, cuando se trata de juzgar a personajes históricos, a quienes se analiza desde valores actuales, sin tener en cuenta los contextos políticos, morales y sociales en que vivieron.

Campaña contra la discriminación racial

Adhiero a la campaña lanzada por la Casa de la Cultura Afrouruguaya, que le solicita a la Real Academia Española revisar y suprimir expresiones de carácter racista tales como: "trabajar como negros", "bestia negra", "merienda de negros", "mano negra", y otras de la misma índole, verdaderamente humillantes. Y que a esta altura de los tiempos, deberían ser totalmente erradicadas de nuestro lenguaje oral y escrito. Al menos, ya deberían desaparecer del diccionario de la RAE.

Canadá

Un amigo mío se fue a radicar a Canadá por razones profesionales, económicas y otras. Entre las otras campeaba la idea de que Canadá tenía un gobierno británico, tecnología norteamericana y cultura francesa. A los pocos meses me escribió un tanto desilusionado porque, aunque le iba bien descubrió que Canadá tenía un gobierno francés, tecnología inglesa y cultura norteamericana.

Cantidad de estúpidos

Diez estúpidos son diez estúpidos; doscientos mil, pueden llegar a constituir una fuerza histórica, o al menos electoral.

Cantidades y proporciones

Por diez personas que hacen daños diversos hay mil que lo permiten. Muchos de ellos son altos funcionarios que al permitirlo en ciertos casos, tal vez sin darse cuenta, se transforman en cómplices.

Capacidad del hombre

Los senos de la mujer son la prueba fehaciente de la capacidad del hombre de prestar atención a dos cosas a la vez.

Capitales humanos posibles

Según Catherine Hakim, socióloga de la *London School of Economics*, son posibles los siguientes tipos de capital: el económico, referido a lo que se tiene; el humano, referido a lo que se sabe; capital social que tiene que ver con a quienes se conoce; y por último el capital erótico, que mezcla el atractivo físico y sexual, encanto y elegancia. Su especial diferencia sobre los otros es que afecta al individuo desde que nace, es bastante independiente de la clase social y especialmente valioso para la gente pobre y para los jóvenes.

Capitalismo psíquico

La rabia y el dolor reprimidos, no expresados libremente, guardados en la caja de seguridad del Yo, con el tiempo llegan a producir altísimos intereses amonedados en odio, envidia, resentimiento y otros peligrosos disvalores.

Capitalismo y democracia

Durante siglos capitalismo y democracia fueron adversarios. Desde 1945 trabajaron juntos en Occidente. Pero sin la amenaza del comunismo, el capitalismo financiero está dejando de ser compatible con los valores democráticos y las esperanzas de la mayoría de la población, que está perdiendo su fe en la democracia en cuanto a su capacidad para mejorar sus condiciones de vida.

Careta argentina

Decía Ortega y Gasset que la intimidad del interlocutor argentino no estaba presente en el diálogo. Que lo que se veía de él era sólo la máscara, sintiéndose el azoramiento acostumbrado al hablar con una careta. Y agregaba: "no asistimos a un vivir espontáneo. Su comportamiento nos parece en parte demasiado repulido como para también ser sincero. En suma, notamos falta de autenticidad. La palabra, el gesto, no se producen como naciendo directamente de un fondo vital íntimo, sino como fabricados expresamente para el uso externo".

¡Carlos, volvé para aclarar!

No me refiero a Menem ni a Gardel, sino a Marx (Karl y no Groucho), porque tiene razón el gran historiador inglés Eric Hobsbawm, cuando dice que el mundo capitalista globalizado que emergió en los años noventa fue increíblemente semejante al mundo anticipado por Marx en el *Manifiesto comunista*. Bastante desinterpretado por Lenin, por Stalin y por tantos otros supuestamente "marxistas". Pero esto ocurre en las mejores familias, porque también desinterpretaron a Santo Tomás de Aquino, muchísimos supuestos "tomistas".

Carlos Cossio

El 24 de agosto de 1987, moría en Buenos Aires, a los 84 años, el más importante filósofo del Derecho que tuvo nuestro país, creador de una verdadera Escuela Jurídica Argentina, y cuyas obras fueron traducidas al francés, inglés, alemán, polaco, portugués, finlandés, sueco y al italiano, entre otras lenguas. Y su Teoría Egológica del Derecho fue y sigue siendo una de las expresiones más destacadas del movimiento cultural latinoamericano.

Carta a los hijos

"Desde hace tiempo siento que la muerte está cercana. Lo siento, sin temor y con la esperanza de morir como siempre escribí, con los ojos abiertos. Siento curiosidad por ver el otro lado aunque francamente no creo que haya nada. Lo que queda de mí y quedará en la vida futura es lo que hice, el amor que les tuve y la melancolía por no poder estar más tiempo con ustedes". Tomás Eloy Martínez.

Cartas al Niño Jesús

De niñitos de primaria en Italia:

Querido Niño Jesús: en Carnaval me voy a disfrazar de diablo… ¿no te importa, verdad? Francesco.

¿La jirafa querías hacerla así o fue un accidente? Miguel.

Cuando tu papá hizo el mundo, ¿no era mejor que en lugar de descansar el domingo descansara los días de cole? Clara.

Te doy gracias por el hermanito pero yo quería un perrito. Gianluca.

¿Los pecados los marcás en rojo como la maestra los errores? Sofía.

¿Te costó mucho escribir el Padrenuestro? Porque cuando yo tengo que escribir algo me cuesta mucho. Marcelo.

Me gusta mucho cómo hiciste a mi novia Simonetta. Mateo.

Casi cien años antes...

Lenin decía que el desarrollo del capitalismo había alcanzado tal punto, que aunque el mercado siguiera reinando y fuese considerado la base de toda la economía, el grueso de los beneficios iría a parar a los genios de las intrigas financieras.

Casi inexplicable

El señor Silvio Berlusconi, que comenzó su vida profesional como cantante de canciones románticas en cruceros y terminó reuniendo la tercera fortuna de Italia, después de gobernarla por varios años, al irse renunciando, la deja al borde del default.

Casi una guía telefónica

La Comedia Humana del gran Balzac, ya que incluyó en ella dos mil personajes.

Catarsis

El suicida limpia su historia para siempre.

Catarsis II

No hay que guardarse las broncas porque se pudren adentro y eso es peor para uno y hasta para los destinatarios.

Catástrofe en Once

Fútbol para todos pero transporte seguro para pocos.

Causa verdadera

Según Alice Miller no es la frustración real la causante de la neurosis o psicosis, sino el trauma reprimido.

Censura

Se ha dicho, y es verdad, que se comienza quemando libros y se termina quemando hombres.

¿Chávez, tan bolivariano, no lo sabía?

"América es ingobernable. Los que han servido a la revolución han arado en el mar. La única cosa que se puede hacer en América es emigrar".

Ciencia y religión

Ambas pueden coexistir, porque el propósito de la ciencia corresponde a la pregunta por el cómo, y el de la religión a la del por qué. Vale decir que constituyen dos modos de saber, complementarios, más que conflictivos.

Cierta justicia...

La justicia de las clases burguesas es como una red que permite escapar a los tiburones voraces, atrapando únicamente a las pequeñas sardinas.

Ciertos supuestos pragmatismos

Son cinismos disfrazados.

Civilización y barbarie

En 1964 veía en Atenas, con mi amigo Gustavo Durán, músico español, general en la Guerra Civil de España y funcionario de las Naciones Unidas, cómo los turistas norteamericanos tomaban fotos del Hotel Hilton desde el Partenón. Claro está, ya había sido asesinado John F. Kennedy y luego lo serían también Robert Kennedy y Martin Luther King. Por eso tampoco me asombraron luego Vietnam, los Bush ni Irak, por recordar algo.

Clásicos

Para Borges, "clásico" no era un libro que necesariamente poseyera tales o cuales méritos, sino un libro que las generaciones de los hombres, urgidas por diversas razones, leyeron con previo fervor y con una misteriosa lealtad.

Clave de sobrevivencia

Un organismo solo puede sobrevivir si es capaz de interpretar eficazmente la realidad que habita. Como mero ejemplo digamos que por eso es muy difícil que los mosquitos ataquen a las esculturas.

Codicia y falta de escrúpulos

El del mercado financiero que comenzó a crear dinero artificial, que cada vez que se transfiere produce una ganancia para el gestor. Todo ello, en una economía financiera globalizada, circulando por corredores informáticos en todos los lugares del mundo.

¿Coherencia o paradoja?

Estados Unidos de América es el primer consumidor de los productos del narcotráfico y su primer perseguidor.

Colonialismos

La despiadada brutalidad con la que los países de industrialización temprana –obviamente europeos– buscaron por entonces saciar su hambre de materias primas, tierras y poder, una brutalidad que dejó su marca en los continentes, ya no puede leerse a partir de las condiciones actuales de dichos países. Porque el recuerdo de la explotación, la esclavitud y el exterminio cayó víctima de una amnesia democrática, como si esos países hubiesen sido siempre como son ahora, a pesar de que tanto su riqueza como la superioridad de su poder se construyeron sobre la base de una historia sangrienta.

Comienzos ominosos

Se comienza quemando libros y se termina quemando personas. Se comienza boicoteando empresas y se termina expulsándolas. Se comienza subsidiando empresas inviables y se termina corrompiéndolas. Se comienza atacando periodistas y se termina cerrando diarios.

¿Cómo creerles?

Si cuando se confiesan los hombres, fabulan, y cuando fabulan se confiesan.

¿Cómo debemos tomarnos?

¿Convendrá tomarnos muy en serio? Más vale que no, sobre todo si somos los únicos en hacerlo.

Cómo educarse

"El país necesita educarse en el diálogo de los que piensan distinto". Dante Panzeri.

¡Como el Uruguay no hay!

Mi enorme afecto por ese país, y por muchos amigos uruguayos, de lo que he dado cuenta en notas y libros, no me ha impedido rechazar la leyenda acerca del supuesto nacimiento de Carlos Gardel en la Banda Oriental. Así como tampoco ahora me impide rechazar una nueva leyenda, bastante más gravosa que la anterior, que acaba de surgir de un estudio de Juan Ackermann y Alfredo Villegas, quienes concluyen que por ignotas razones históricas y legales, las Islas Malvinas son uruguayas.

Cómo hacer fortuna

No recuerdo quién dijo que no se puede hacer fortuna sin hacer harina a los demás.

¿Cómo haríamos...?

Para irnos si no tuviésemos espalda. ¿Tal vez retrocediendo?

¿Cómo lee Bill Gates?

A sus 58 años lee en papel *The Economist*. También a la noche prefiere un libro en papel. Mientras un diario cotidiano como *The Wall Street Journal* o *The New York Times*, los lee totalmente on line porque quiere estar actualizado y poder enviárselo a alguien con una anotación o algo por el estilo. Todavía lee revistas en papel.

Cómo ocupar mejor el tiempo

Es mejor estar muy ocupado para atender a las personas que a uno lo quieren, que perder el tiempo con aquellas que no lo hacen.

Cómo tomar las críticas

Cuando se las recibe, lo mejor que puede hacerse es tomarlas como un obsequio. Pero luego conviene analizar si han estado bien fundadas o no.

¿Cómo ubicar a sarmiento?

¿Machista o feminista? Porque si bien dijo que el grado de civilización de una nación se verificaba por la posición social de las mujeres en ella, también definió a la mujer como "hombre de sexo femenino". Dado lo que les gustaban las mujeres, tal vez bromeaba.

Como un muchacho de barrio

Mozart era adicto al billar.

¡Cómo va a ser sencilla la vida!

Si cada uno de nosotros proviene de una célula huevo, resultante de la unión de un óvulo y un espermatozoide (trátese de Marilyn Monroe o de Borges). Además, en el núcleo de esa célula están contendidas las instrucciones para generar un individuo completo con órganos muy diferentes unos de otros y que cumplen funciones específicas. En un adulto hay casi 60 trillones de células de 200 tipos distintos. Pero todas esas células tienen su origen en una única célula huevo que, por lo tanto, contiene las instrucciones para producirla. Y después hay que comenzar… No es sencillo.

Comparto esta opinión sobre el jazz

"Jamás había escuchado una música tan sorprendente como el jazz. Así me volví un fanático del género y, más tarde un escritor al que el jazz le enseñó todo. Puede haber cierta magia cuando escribo, pero el resto del día soy nada más que un amante del jazz". Haruki Murakami (escritor japonés).

Complejidad de la vida

Decía Marguerite Yourcenar que una vida es tan compleja como la imagen de una galaxia, pero esta última está fuera de nosotros, y la vida la tenemos dentro, para gozar o para sufrir.

Comprender a la mujer

Decía con razón el gran poeta libanés Khalil Gibrán que los hombres que no saben perdonar los pequeños defectos de la mujer, tampoco saben apreciar sus grandes virtudes.

Condición necesaria del arte

El arte debe lograr la suspensión, al menos momentánea, de la incredulidad. De no hacerlo difícilmente sea arte.

Conducta adecuada

Si hacés un favor nunca lo recuerdes. Si lo recibís, nunca lo olvides.

Conductas con la letra R

Resentimiento; rabia; reproche; rencor; rechazo; resistencia; represión. Se dice que son generadoras de cortisol, una potente hormona del estrés, cuya presencia prolongada en sangre es letal para las células arteriales ya que aumenta el riesgo de adquirir enfermedades cardio-cerebro-vasculares. Y traen aparejadas conductas como la depresión, el desánimo, la desesperación y la desolación.

Conductas con la letra S

Serenidad; silencio; sabiduría; sabor; sexo; sueño; sonrisa; sociabilidad; seducción. Se dice de ellas que son motorizadoras de la serotonina, una hormona generadora de tranquilidad que mejora la calidad de vida, aleja la enfermedad y retarda la velocidad del envejecimiento celular. Y genera conductas como ánimo; aprecio; amor; amistad; acercamiento. Espero que el lector elija bien.

Conflictos de cuerpo y del alma

Decía un poeta que la existencia del cuerpo es el agravio del alma y la del cuerpo la existencia de ella.

Confusión acerca del amor

Muchas veces se confunde el amor con lo que es un mero deseo de posesión, que siempre genera celos y el temor de ser excluido.

Confusiones semánticas

La de ciertos gobiernos que confunden profundizar con hundir.

Consecuencias de ciertos estatismos

Decía Milton Friedman que si se ponía al Gobierno Federal a cargo del desierto de Sahara, en cinco años habría escasez de arena.

Consecuencias de la anomia

La progresiva desaparición de la moral y del respeto a las normas jurídicas en la vida de un país, precede siempre a las catástrofes históricas.

Consecuencias de la velocidad de la luz y del sonido

Respecto de las personas, muchas de ellas pierden su aparente brillo cuando hablan.

Consejo

No invertir esperanzas ni anhelos en un ámbito en el que no se tiene poder.

Consejo aplicable más allá de la cocina

La marmita de barro debe estar lejos de la olla de hierro.

Consejo de D'Artagnan a los esgrimistas

Cuando la espada es corta, dar un paso adelante.

Consejo de Woody Allen

Él decía que si uno no puede ser un buen ejemplo, al menos hay que tratar de ser una advertencia espantosa.

Conservadores y progresistas

La frase que sigue se le atribuye a G. K. Chesterton, escritor que admiro: "El mundo moderno se ha dividido por completo entre Conservadores y Progresistas. Los Progresistas son los encargados de continuar cometiendo errores. Los Conservadores son los encargados de evitar que esos errores sean corregidos".

Conspirar

No necesariamente es malo, al menos cuando se trata de "respirar juntos", porque eso significa.

Consuelo para escritores

El *Manifiesto comunista* no alcanzó gran difusión durante la vida de Marx. Las traducciones francesa e inglesa, de 1848 y 1850 respectivamente, no tuvieron muchos lectores. La traducción rusa recién llegó en 1860 y la española en 1886. La segunda edición inglesa recién se publicó en

1888, o sea cincuenta años después de la primera. Esto nos da grandes esperanzas, pero los éxitos póstumos no son demasiado atractivos.

Consumismo

Es comprar lo que no se necesita y además pagar un precio indebido.

Contaminación

Sobre la Argentina se extiende la nube contaminada del egoísmo porteño. Aclaro que nací y vivo en "mi Buenos Aires querido".

Contestación a una amenaza

Fue la de Borges cuando lo amenazaron de muerte por teléfono y contestó: si quieren asustarme, amenácenme de inmortalidad.

Contexto

Cada color depende del color que tenga a su lado, y todo es así...

Contra ciertos consejos médicos

El corazón está hecho para latir una cantidad determinada de veces, por lo cual no hay que desperdiciar esos latidos en ejercicios, porque su tiempo de vida se gastará independientemente de su uso. Pero acelerarlo no va a hacer que usted viva más. Eso sería como decir que usted puede prolongar la vida de su auto conduciéndolo más de prisa. Más bien podría chocarlo.

Contra la muerte

Nuestro gran poeta Manuel J. Castilla decía en una copla: "Cuando la muerte venga no le ei de poner asiento / así no vuelve a venir / y le sirve de escarmiento".

Contradialéctica

La ausencia de evidencia no es evidencia de ausencia.

Contraposiciones

Por ejemplo, la de los *brokers* financieros que se regocijan con las crisis financieras que ellos mismos causaron, porque les permiten obtener con ellas grandes ganancias.

Contraposiciones II

La de los ejecutivos de las grandes bancas indemnizados con millones de dólares porque no supieron predecir la crisis por la que luego fueron rescatados mediante otros miles de millones.

Contraposiciones III

Leer en las noticias que cincuenta y cuatro personas que huían de África para buscar un empleo miserable y explotador en la muy civilizada Europa, se perdieron en el océano y murieron de sed bajo un sol abrasador. Y partieron de ese continente colonizado durante más de un siglo por esa civilizada Europa.

¿Conviene perdonar?

A veces, perdonar al enemigo constituye una verdadera falla de consideración hacia él. Casi una afrenta al deseo íntimo del ofensor y una suerte de humillación.

Conviene que haya resistencia

Porque aquello que no encuentra resistencia en el exterior corre el riesgo de horadarse por dentro.

Conviene saberlo

Que mejor que ser conocido es ser una persona a la cual vale la pena conocer.

Conviene ser prudentes

Porque si llevamos una idea hasta sus últimas consecuencias, se transforma en su opuesto.

Conviene tenerlo en cuenta

Eso de que la teoría sin realidad es un saber estéril y que la realidad sin teoría es un saber errático.

Corrupción

La corrupción tal vez pudiera terminarse por acumulación cuantitativa.

Corrupción II

Nuestro país requiere cada día más una fuerte contracultura de la corrupción.

Cortesía política frente a peticiones de mujeres

Un alto dirigente español, con quien un grupo de mujeres se disculpó por pedirle permanentemente favores pensando que ya estaría harto de ellas, les respondió que nunca le molestaron por lo que le pedían sino por lo que le negaban.

Cortesías

Algunas personas las usan como una forma excusable de la hipocresía.

Cosas de España

En los años del dictador Francisco Franco se decía que para ser mujer en España había que ser muy hombre.

Cosas de la Guerra Civil española

En la reciente novela de Eduardo Mendoza, ganador del último premio Planeta, *Riña de gatos - Madrid 1936*, puede leerse este diálogo entre un republicano y un sacerdote: "Mire, padre, la gente no quema iglesias sin ton ni son. Nunca han quemado una taberna, un hospital ni una plaza de toros. Si en toda España el pueblo elige quemar iglesias, con lo que cuestan de prender, por algo será".

Cosas de nuestro idioma

Reconocer: si se lee de izquierda a derecha es lo mismo.
Aristocráticos: cada letra aparece dos veces.
Centrifugados: no se repite ninguna letra.
Barrabrava: la v aparece una vez; la b dos veces; la r tres veces y la a cuatro veces.
Ecuatorianos y aeronáuticos: tienen las mismas letras en diferente orden.
Euforia: tiene las cinco vocales y sólo dos consonantes.
Argentino: cambiando el orden puede resultar "ignorante".

Cosas del amor dialéctico

Al parecer ella acertaba por malas razones, y él estaba en el error por buenas razones. Claro está, esto no importaba mucho porque los dos eran hegelianos.

Costumbres de escritores

Por ejemplo: Hemingway, Rilke, Lewis Carroll y Thomas Wolfe escribían de pie. Robert Lowell y Truman Capote, acostados.

Costumbres suecas

En Suecia todo lo permitido es obligatorio. Y el consenso es una virtud cardinal así como el disenso es un pecado capital. Claro está, también por eso Olof Palme e Ingmar Bergman fueron más apreciados en todo el mundo que en Suecia.

Creación de un instituto oficial de revisionismo

En mi juventud fui discípulo del gran historiador revisionista Julio Irazusta, que merece seguir siendo leído, y trabajé día tras día durante los dos últimos años de su mandato con el presidente Arturo Frondizi, que utilizó muchas veces en notas periodísticas el seudónimo de "Dorrego". También recuerdo de mis años juveniles que, cuando el presidente Juan D. Perón nacionalizó los ferrocarriles, con todo lo que ello significaba, no vaciló en llamarlos Roca, Mitre, Urquiza, Sarmiento, Belgrano y San Martín. ¿Y qué era Perón, liberal o nacional y popular? En tiempos tan difíciles, ¿por qué no aceptamos toda nuestra historia y tratamos unidos de crear ese soberbio futuro común que alguna vez nos asignó Ortega y Gasset?

Créanme

Nadie puede ser sólo sujeto de derechos.

Créase o no

Cierta simplicidad puede llegar a ser una alta forma de sofisticación.

Créase o no II

La ficción puede enseñarnos a ser humanos.

Créase o no III

Un buen poema es una contribución para ver la realidad.

Creatividad

A veces, con las malas decisiones se puede escribir un buen cuento.

Crecimiento demográfico

En el año 2050 la población del continente europeo será en su mayoría musulmana.

Crimea y las Malvinas

Hay muchas diferencias. Entre otras: los habitantes de Crimea quieren integrarse a Rusia, mientras que los *kelpers* no quieren integrarse a nuestro país.

Crímenes de guerra

Cuando les llegó el turno de conquistar Laos y Camboya, las tropas vietnamitas demostraron que era poco lo que tenían que aprender de sus torturadores norteamericanos. El genocidio perpetrado por los croatas durante el régimen nazi dio lugar a que los descendientes de las victimas serbias abrigaran un anhelo tanto mayor de asesinar, de violar y de realizar una depuración étnica. Tenía razón Emile Cioran cuando decía: "los grandes perseguidores se reclutan entre los mártires que no fueron totalmente decapitados".

Crisis del capitalismo

En terapia intensiva porque no genera crecimiento, sólo funciona mediante deuda y hace crecer la desigualdad.

Crisis globales

Se ha dicho que en la medida en que las finanzas tomaron el lugar de la economía, el capitalismo dejó de ser "físico" para volverse "metafísico": la velocidad de transmisión de la información ganó un lugar central, por sobre la capacidad de control de las personas. Es en la luz de las pantallas de las bolsas mundiales donde está el poder.

Crítica

Al recordar a su fundador, el uruguayo Natalio Botana, vale la pena señalar que en septiembre de 1939, tras la invasión de Alemania a Polonia, vendía novecientos mil ejemplares en una Argentina que tenía diez millones de habitantes. Nunca otro medio gráfico de nuestro país alcanzó semejante tirada.

Crítica no gorila al peronismo

Fue la del profundo pensador marxista, Milcíades Peña, que lo calificaba de gobierno conservador que aparecía como si fuese revolucionario; que practicaba una política de estancamiento que la hacía pasar por industrializadora; y una política de sumisión al capital extranjero que se presentaba como si fuera a independizar a la nación. Además, señalaba que la liquidación que practicaba de las libertades democráticas implicaba actuar no solo contra la oposición burguesa y pronorteamericana, sino también, aunque de modo mucho más sutil y eficaz, contra las masas trabajadoras que eran la propia base del peronismo.

Cuando Buenos Aires era barata

Me contó Julio Fraga, famoso portero de Mau Mau, que cuando comenzó muy joven a trabajar como ayudante de portero en Charleston –la *boite* equivalente de los años treinta– él cobraba tres pesos por día, pero ante mi sorpresa, me señaló que en 1934, cuando después de cerrar iba a cenar a la cantina Paraná con los muchachos (Fiorentino, Carlitos Roldán y Vidal… famosos cantores de tango) un bife, papas fritas, vino y postre, les salía un peso veinte per cápita.

¿Cuándo comienza el amor?

Para Montaigne, cuando dejamos de exigir. Pero también podría ser el comienzo del desamor.

Cuando el pasado te llame

Tal vez sea mejor no atenderlo porque puede estar haciéndote perder el presente.

Cuando falla la educación

Para Marc Augé, los excluidos del saber son hombres y mujeres sin inscripción en el presente. Encadenados por la férrea desigualdad económica y la ignorancia, desde un pasado sin porvenir, buscan inútilmente el acceso a un mundo que al privarlos de conocimiento les ha cerrado las puertas a la dignidad. Tal desequilibrio puede desarrollar tanto las ideologías nacionalistas y/o religiosas más reaccionarias como las más deplorables manifestaciones de rechazo a los otros.

Cuando fallan las señas en una partida de truco

Dos amigos que jugaban como compañeros contra otros dos, sufrieron una tarde varias tremendas derrotas. En medio de la tercera de ellas, uno de los integrantes de la dupla perdedora se levantó para ir al baño, y su compañero aprovechó la cosa para desahogarse de este modo: "estupendo, será la primera vez en toda la tarde que yo pueda saber lo que tenés en la mano".

Cuando llueve en Buenos Aires

La ciudad se inunda y se apaga. Sin embargo, el gobierno de la Ciudad no lo advierte.

Cuando muchas cosas nos parecen injustas

Debemos tener en cuenta que no es la Justicia quien mejor sirve a los hombres, sino el accidente, el azar, la fortuna, aliados del paciente tiempo, que suele llevar un balance parejo y escrupuloso, aunque no lo percibamos. Por eso también ocurre que las desgracias, como los dones, no suelen ser equitativas.

¿Cuándo nacemos?

En realidad nacemos cada día, todos los días. Y deberíamos agradecerlo con una íntima celebración.

Cuando se habla de la realidad

Con esa genialidad que tenía Borges para contestar preguntas mal hechas o torpes, cuando alguien le preguntó qué opinaba sobre la realidad Argentina, contestó que ni siquiera sabía qué era la realidad en sí misma, de modo tal que… Por eso es útil recordar al físico Werneer K. Heinsenberg, que decía que la realidad de la cual podemos hablar, jamás es la realidad en sí. Tal vez, en este mundo tan incierto en el que vivimos, Heinsenberg enunció uno de los principios científicos más importantes del siglo XX, el de la incertidumbre, que modificó tantos paradigmas. Pero todavía se sigue hablando y escribiendo sobre la realidad, y hablando de pintura realista, de novelas realistas… Buda, ten piedad de nosotros.

Cuando se pierden demasiado los valores...

Se llama pragmatismo a lo que solo es falta de moralidad.

Cuento de luz para argentinos

Un antropólogo propuso un juego a los niños de una tribu africana. Puso una canasta llena de frutas cerca de un árbol y le dijo a los niños que aquel que llegara primero ganaría todas las frutas.

Cuando dio la señal para que corrieran, todos los niños se tomaron de las manos y corrieron juntos, después se sentaron juntos a disfrutar del premio.

Cuando él les preguntó por qué habían corrido así, si uno solo podía ganar todas las frutas, le respondieron: Ubuntu, ¿cómo uno de nosotros podría estar feliz si todos los demás están tristes? Ubuntu, en la cultura Xhosa significa: "Yo soy porque nosotros somos".

¿Cuesta tanto advertirlo?

Que lo invisible determina la cualidad de lo que es visible. Por eso es que nuestras palabras y acciones son el espejo de nuestros pensamientos.

Cuestión de prioridades

El protector para testículos fue utilizado en hockey por primera vez en 1874. El primer casco de moto en 1974.

Cuestiones laborales

Este no debe ser el caso en la España de hoy, pero años atrás se cuenta de un extranjero que se acercó una tarde a una dependencia ministerial en Madrid y la encontró cerrada, pero sin embargo fue atendido por un portero, a quien le preguntó: "¿Es que no trabajan por las tardes?", a lo que aquél le respondió: "No señor, verá usted. Por la tarde no vienen: cuando no trabajan es por la mañana".

¡Cuidado!

La lectura puede perjudicar seriamente la ignorancia.

¡Cuidado con las emociones!

Porque no conviene hacer promesas cuando se está muy eufórico ni contestar cartas cuando se está muy enojado.

Cumplimos treinta años de democracia

El 10 de diciembre de 1983, Raúl Alfonsín, al asumir la presidencia ante la Asamblea Legislativa dijo: "¿De qué serviría el protagonismo popular, de qué serviría el sufragio, si luego los gobernantes, elegidos a través de voto, se dejaran corromper por los poderosos?". (2013)

Curiosidades de nuestro idioma

La palabra "oía" tiene tres sílabas en tres letras. Las palabras "arte" y "agua" son masculinos en singular y femeninos en plural. En "centrifugado" no se repite ninguna letra. El vocablo "cinco" tiene a su vez cinco letras, lo que no se registra en ningún otro número.

Custodios

Debemos congratularnos por la renovación de criterios en nuestra cancillería. Las crisis en Libia, Siria y ahora en Ucrania demostraron insensibilidad por nuestra administración, ya que nunca envió personal de seguridad para proteger nuestras sedes y funcionarios, pero ahora comprobamos un feliz cambio, ya que la terrible situación de Italia amerita que nuestro agregado comercial se desplace acompañado de cuatro custodios. O tempora o mores. Jesús Fernando Taboada (carta de lector publicada el sábado 22 de febrero en La Nación. Su autor es un embajador de carrera retirado).

Datos asombrosos

Bill Clinton ha recordado que el asumir la presidencia de su país en 1993, sólo había cincuenta *websites*. Al dejar la Casa Blanca, ocho años más tarde, había 350 millones. Un memorioso rector de la Universidad Autónoma de México, recuerda por su parte que hoy circulan en Internet cincuenta mil millones de mensajes diarios. La radio logró en 40 años sumar 50 millones de oyentes. La televisión, desde 1950, atrapó igual número de televidentes. Pero en sólo cinco años Internet alcanzó la suma que a la radio le tomó cuarenta años y a la televisión medio siglo. En el año 2000 había 300 millones de usuarios de Internet. Hoy hay 800 millones.

Datos que me dejaron perplejo

Se ha dicho que la herencia que dejó Sarmiento a su muerte en 1888 fue de 240 escuelas. Pero de inmediato se ha contrapuesto dicho número –no sé por qué razón– con el de 6000 prostíbulos. Como si también fuesen de su creación, cosa totalmente disparatada aun sabiendo la importancia que le daba nuestro gran educador a su actividad sexual. Y como el dato continúa con cálculos, también se señala que en Buenos Aires había entonces 25 burdeles por cada escuela, como si estuviera reñida la escolaridad con los burdeles. No toda asociación de ideas resulta razonable, ¿no?

¿De dónde viene el hombre?

Más allá de la historia de Adán, todavía no se sabe de dónde venimos. No faltan quienes digan que del agua, del mar. ¿Y tal vez por eso es que nuestras lágrimas sean saladas?

De la televisión española

"Use desodorante, usted puede estar ofendiendo sin querer".

De lo pequeño a lo grande

En esencia, una gota de rocío representa al mar.

De los griegos siempre se aprende

Antígona es una mística: encarna la obstinación, la irreductibilidad del sujeto dispuesto a seguir sus propias inclinaciones hasta el final. Por eso llama y convoca a la tragedia.

De pronto hay ministros de economía marxistas

Que ignoran que cuando el nuevo gobierno revolucionario ruso se reunió en enero de 1919 en París en la Conferencia de Paz, no repudió inicialmente su deuda externa y hasta ofreció acordar concesiones mineras, forestales y de otro tipo a ciudadanos de potencias aliadas. Frente a sus críticas internas, contestaba Lenin: "Se dice que esto equivale a entregar a las aves de rapiña la riqueza del pueblo para que la expolien. A esto contesto… ¿Podemos aplastar al imperialismo ahora mismo? Claro está que no… No estamos todavía en condiciones de construir ferrocarriles en gran escala, y Dios quiera que podamos reparar los que tenemos. Y en estas condiciones, decimos que vale más pagar el tributo a los capitalistas extranjeros y que se construyan los ferrocarriles". (Lenín, *Obras completas*, tomo XXIX, pág. 32).

¿De qué realidad hablamos?

Cuando la perspectiva de la realidad es casi siempre manipulada por el deseo.

De quién depende la política

Últimamente depende de los políticos tanto como el tiempo de los meteorólogos.

De un gran poeta

"Padre nuestro / Que estás en el centro / líbranos de derechas e izquierdas". Nicanor Parra.

De un intelectual democrático

Dice Santiago Kovadloff, que varios han sido, en estos últimos meses, los intelectuales europeos que se han manifestado para señalar que la crisis por la que atraviesan las democracias más desarrolladas, no es sino la vergonzosa pleitesía que las dirigencias políticas les rinden a los mercados financieros. Supeditada a las imposiciones de esos mercados, la política se vuelve prostibularia. Y nadie podría acusar a S. K. de marxista o izquierdista.

De un optimista a un pesimista

Hay que vencer a la derrota.

De un poeta

Cuando se cumplieron sesenta años de la muerte del genial letrista y poeta Homero Manzi, recordé que una vez dijo: "Pude haber sido un hombre de letras pero preferí escribir letras para los hombres".

De una voz autorizada

"Cuando la injusticia se convierte en ley, la rebelión se convierte en un deber". Thomas Jefferson.

Debate estéril, totalmente ineficaz

Mano dura versus Garantismo.

Debe quedar en claro

Que Newton no descubrió la ley de Gravedad: la encontró.

Debido al INDEC

La mentira se encarnó en el Estado.

Debut teatral

El de Peter O'Toole en la Compañía del Old Vic de Bristol, donde hacía de campesino georgiano en una obra de Chéjov. Sólo debía irrumpir rudamente en escena y decir: "Doctor Ostroff, llegaron los caballos" y hacer mutis. No obstante, entró a escena disfrazado y maquillado como Stalin, fieramente, y clavando los ojos al doctor Ostroff le dijo: "Doctor Caballo, llegaron los ostroff". Pero siguió en el Old tres años seguidos representando setenta y tres papeles, incluido el de Hamlet, hasta que consiguió el papel en cine de Lawrence de Arabia, que lo obsesionó largamente.

Decadencia de valores

Pasamos del ser al tener y ahora al parecer.

Decadencias europeas

De Alcides de Gasperi y Palmiro Togliatti a Berlusconi. De de Gaulle y Mitterand a Sarkosy y a Strauss Kahn. De Churchill a Cameron… y la lista es larga pero el espacio corto.

Decepción personal

Que Obama pase finalmente a la Historia sólo por haber sido el primer presidente negro de los Estados Unidos.

Decepcionante

Igor Stravinsky admiraba a Mussolini. Pero en una primera época, créase o no, hasta Churchill y tantos otros intelectuales y políticos lo admiraron. Incluso, cuando invadió Etiopía, ni Estados Unidos ni la URSS, en la Sociedad de las Naciones, acompañaron la crítica o la sanción. ¿Qué les parece?

Decía el gran poeta Kavafis

Si no puedes hacer la vida como quisieras, por lo menos esfuérzate en esto: no la envilezcas demasiado en contacto con excesiva gente, con una manera excesiva de hablar. No la envilezcas en el tráfago inútil o en el necio vacío de la estupidez cotidiana...

Decía Georges Braque

Que el arte es una herida hecha luz.

Decía la célebre Oriana Fallaci

"¡Italia es un país tan dividido! Se odian, incluso, en el seno de los partidos. No logran estar juntos ni siquiera cuando tienen la misma idea, el mismo distintivo. ¡Por Dios! Celosos, coléricos, vanidosos, mezquinos, no piensan más que en los propios intereses personales. En su propia carrerita, en su propia gloriecita, en la propia popularidad..." ¡Tranquilos queridos lectores: nada qué ver con nosotros! ¿No?

Decía un músico sobre el amor

Que era la mejor música en la partitura de la vida. Y que sin él uno se transformaba en un eterno desafinado en el inmenso coro de la humanidad.

Decir la verdad

Según Pier Paolo Pasolini, en estos tiempos de engaño universal, decir la verdad es un acto revolucionario.

Declaración juvenil

"Si no puedes vivir sin escribir, no escribas". Pero aun así, aunque no puedas vivir sin escribir, más vale que escribas bien.

¿Definición de un televidente?

¿Será como decía Lao Tse: "Un ser integral conoce sin viajar, ve sin mirar y realiza sin hacer"?

Definición euclidiana

Un punto es lo que no tiene partes. Y una línea es una longitud sin anchura. Se lo dejo al lector para que vea si lo puede aplicar a algo conocido de su experiencia profesional, humana o política. Pero que eso no le quite el sueño, por favor.

Definiciones dialécticas

Como le gustaban a Hegel: El derecho de propiedad es la propiedad del derecho. Y la economía de mercado es el mercado de la economía.

Del deseo al destino

Tú eres lo que es el profundo deseo que te impulsa. Tal como es tu deseo es tu voluntad. Tal como es tu voluntad son tus actos. Tal como son tus actos es tu destino. Brihada-ranyaka Upanishad IV, 4.5.

Del famoso constitucionalista del régimen nazi

Carl Schmitt, decía con razón que soberano es quien decide en estado de excepción. También tenía razón cuando afirmaba que el discurso de la ciencia se dividía entre lo verdadero y lo falso, aunque esto es bastante relativo. También decía que el discurso de la moral se dividía entre el bien y el mal... Que el discurso de lo estético, entre lo bello y lo feo. Pero después, al pasar a la política dijo que su discurso se dividía entre amigos y enemigos. Y allí, como dicen los muchachos, se pudrió todo.

Democracia en versión realista

Según José Saramago, Coca Cola no va a las elecciones. Microsoft no va a elecciones. Los poderes del mundo no se presentan a elecciones. ¿A qué llamamos democracia, se pregunta, si el poder está en otro lugar? La paradoja de la democracia es que el poder real no es democrático, no resulta de mi voluntad como ciudadano.

Democracia en versión idealista

Según Alain Touraine, la democracia no es hoy otra cosa que la manera de gestión política que protege y alienta el reconocimiento mutuo de los actores en su esfuerzo por combinar su participación en el mundo técnico-económico con la protección de su identidad cultural.

Democracia y algo más...

Para Karl Popper, lo esencial de la democracia, más allá de las condiciones formales como el equilibrio de poderes, son los mecanismos para evitar que los gobernantes que resulten incompetentes, ladrones o dictatoriales hagan demasiado daño. Con esto se alude a la paradoja de que la gente es capaz de votar democráticamente a un Hitler o a un extremista religioso.

Democracias mayoritaristas

El conocido analista internacional Thomas L. Friedman dice en su habitual columna en *The New York Times*, refiriéndose al desborde en las calles en Turquía, Brasil y Egipto, que estamos ante el auge y el ascenso de las democracias "mayoritaristas", derivadas de partidos de gobierno que interpretaron su triunfo electoral como un mandato para hacer lo que quieren, transformándose de tal modo en gobiernos autoritarios con pérdida para sus sociedades de todos los derechos salvo el de votar. Pero eso comienza a no aceptarse.

Dependencia

Póngase a pensar si conoce a alguna persona que no dependa de otra, ya sea laboral, política, económica, familiar, personal o socialmente.

Derrota

Toda derrota se debe a una pérdida de la fe.

Deseos de Bioy

Decía que no le gustaba nada la idea de morir y que si hubiese podido vivir quinientos años habría aceptado y pediría incluso más. Claro está, si después de los 80 o 90, ese resto se viviera en unos permanentes cuarenta, porque de otro modo, pasarse más de cuatrocientos en un geriátrico, no creo que resulte una idea interesante.

¿Desigualdad en favor de la mujer?

Mario Benedetti se quejaba de que ningún padre de la iglesia hubiese sabido explicar por qué no existe un mandamiento once que ordene a la mujer no codiciar al hombre de su prójima.

Desinterpretación de textos

Lamentablemente se ha hecho muy común en estudiantes secundarios la falta de capacidad de interpretar debidamente textos de lectura. Veamos dos ejemplos muy ilustrativos:

En Francia, San Martín tuvo una amante llamada Logia Lautaro. La frase del libro decía: "En Francia, San Martín tuvo relaciones con la Logia Lautaro".

El Papa excomulgó a Lutero porque no quiso sacarse una foto con él. La frase del libro decía: "El Papa excomulgó a Lutero porque se negó a retractarse ante él".

Despojos y semillas

Cuando se camina en tiempos de crisis como los que estamos viviendo, no es fácil saber si lo que pisamos es un despojo o una semilla.

Después vino todo lo demás

El dinero comenzó como modo de representar valor, pero luego comenzó a utilizarse como una mercancía más, y así trabajaban los primeros banqueros, recibiendo ahorros de los ciudadanos y prestándolo a cambio de un interés.

Destruirnos humanamente

Decía La Rochefoucauld que estamos tan acostumbrados a disfrazarnos para los demás, que al final nos disfrazamos para nosotros mismos.

Día del amigo

El domingo pasado se festejó el Día del Amigo, pero no son muchos los que conocen su origen. Su creador fue un integrante de la Masonería Argentina: Enrique Ernesto Febbraro, profesor de Psicología, Filosofía e Historia, y también músico. Su idea nació el 20 de julio de 1969, mientras observaba por televisión la llegada del hombre a la Luna. Él sabía que los astronautas Neil Armstrong y Edwin Aldrin eran también hermanos masones que hoy tienen sus estatuas en la entrada de la Gran Logia de Washington. Entonces, y antes de que la Apolo 11 emprendiera su viaje de regreso, Febbraro envió mil cartas a cien países desde su casa en Lomas de Zamora. Rápidamente obtuvo setecientas respuestas: había nacido el Día del Amigo, cuyo lema fue a partir de ese momento: "Un pueblo de amigos es una Nación imbatible". El recuerdo sería ético, sin fines de lucro ni de fomento al consumo.

Día del padre

Es verdad que madre hay una sola, pero también padre hay uno solo aunque a veces no sea tan fácilmente identificable, porque la maternidad es un hecho biológico y la paternidad un acto de fe.

Dialéctica de las cosas importantes

Hay cosas más importantes que el dinero, pero a veces se necesita el dinero para hacer esas cosas más importantes que el dinero.

Dialéctica hegeliana telefónica

-Hola, ¿con lo de Hegel?
-Sí y no.

Diálogo cuasi filosófico

Entre dos amigos sentados en un banco de plaza. Uno le cuenta al otro:
-Mi mujer me preguntó qué estaba haciendo. Le contesté que nada. Me dijo entonces: "eso me lo dijiste ayer". Y le repliqué: "pero todavía no terminé".

Diálogo heterodoxo e impío

Hombre: ¿Dios?
Dios: ¿Sí?
Hombre: ¿Puedo preguntarte algo?
Dios: ¡Por supuesto!
Hombre: ¿Qué es para ti un millón de años?
Dios: Un segundo.
Hombre: ¿Y un millón de euros?
Dios: Un céntimo.
Hombre: Dios… ¿Podrías darme un céntimo?
Dios: Espera un segundo.

Diálogo surrealista

Se produjo después de una rencilla matrimonial: ella, ofuscada, se retiró del cuarto y le dijo: "nunca más volveré a amarte". Y él le contestó: "¿pero cuándo fuiste a Marte?"

Dialogo teológico

Un teólogo brasileño le preguntó al Dalai Lama cuál era para él la mejor religión posible. Esperaba que le dijera que era el Budismo Tibetano, pero el Dalai le contestó que la mejor religión era la que aproximaba más a Dios. Sorprendido le preguntó qué era lo que al ser le hacía mejor. Y la respuesta fue también sabia: "aquello que te hace más compasivo, más sensible, más desapegado, más amoroso, más humanitario, más responsable, más ético…"

Diálogos con Dios

No es cuestionable que una persona se dirija verbalmente a Dios y considere que es escuchada. Ahora bien, si esa persona dice que Dios le contesta también verbalmente, más vale que sea discreta y que no ande contándolo.

Dice un parlamentario británico

Que se llama Nigel Farage: "La canciller Angela Merkel se ha convertido en una figura dominante que se está haciendo cargo de toda la situación europea, en consecuencia ahora tenemos una dominación alemana sobre Europa. Y no creo que eso sea bueno. Lo que hemos hecho en Europa bajo el pretexto de salvar la eurozona es algo que nos debería preocupar a Todos".

Dicen las malas lenguas

Que desde el comienzo de los tiempos el hombre lucha y caza, y que la mujer intriga y sueña. Pero yo he conocido a mujeres que luchan y cazan y a hombres que intrigan y sueñan.

Dicen que así se hace patria

Cambiando la heladera, el televisor, el auto y los electrodomésticos en general, todo mediante pago en doce cuotas fijas. Pero eso es más bien creer que a la inflación no la para nadie.

Dicen que se vive tan bien en las villas

Que muchos habitantes de Puerto Madero y de la Avenida Figueroa Alcorta piensan mudarse a ellas.

Dichos de Inodoro Pereyra

Estar solo no es nada, lo malo es darse cuenta.
Dios, ¡dame paciencia! ¡Pero ya!
Estoy comprometido con mi tierra, casado con sus problemas y divorciado de sus riquezas.
Cuando se le preguntaba cómo estaba, contestaba: "Mal, pero acostumbráu".
Con la verdá no ofendo ni temo. Con la mentira zafo y sobrevivo.
Vago no soy, quizá algo tímido para el esjuerzo.

Dietas fallidas

Aquellas que someten a alguien a no beber alcohol y a comer poco durante catorce días, y finalmente se comprueba que en vez de perder kilos, lo único que perdió quien la cumplió fueron dos semanas.

Diferencia con el mundo animal

Entre tantas, el ser humano es la única especie que permite que sus hijos vuelvan a su casa. Y hoy, con las crisis, ni siquiera la abandonan.

Diferencia entre dormido y durmiendo

Cuando el escritor español y premio Nobel, Camilo José Cela, que jamás evitó la procacidad en su lenguaje, se desempeñaba como senador, uno de sus colegas lo acusó de no escuchar su discurso por estar dormido. Cela le replicó que no estaba dormido sino durmiendo. Como se le dijera que eso era exactamente lo mismo, Cela contestó que no lo era en absoluto, y para que lo entendieran bien dijo que una cosa era estar "jodido" y otra muy distinta estar "jodiendo".

Diferencia entre novelas...

El premio Nobel Orhan Pamuk dice que cuando leemos novelas policiales, lo secreto no es el sentido de la vida, sino quién es el asesino. Una vez que sabemos quién es el asesino ya no quedan misterios, mientras que la novela literaria hace del sentido de la vida su secreto.

Diferencia fundamental

La ignorancia puede ser temporal y remediable, la estupidez es para siempre.

Diferencias

Los sabios pueden equivocarse y entonces cambiar. Los necios nunca cambian.

Diferencias culturales

En un cementerio, una joven japonesa deposita sobre la lápida de la tumba de su padre un plato de arroz. Vecina a dicha tumba, hay otra, a la cual llega un joven español, quien deposita sobre la respectiva lápida una ofrenda floral, para su madre. En un momento dado, tanto ella como él se miran y el joven español le pregunta: "¿Perdóneme, pero cree usted que su padre comerá en algún momento ese plato de arroz?" Y la joven japonesa le contesta: "Seguramente cuando su madre decida oler las flores que usted le dejó".

Diferencias entre escribir y hablar

Escribir puede resultar más difícil que hablar porque obliga a un esfuerzo mayor, pero permite pensar y profundizar más. Además, permite corregir, porque cuando uno habla, salvo casos de oradores excepcionales, uno habla en borrador.

Diferencias literarias

Joyce fue autor de tres novelas. Balzac escribió noventa. ¿Y Rulfo? Borges ninguna. Kafka escribió su primer relato en una noche. Stendhal, *La cartuja de Parma* en cuarenta y cinco días, Melville escribió *Moby Dick* en dieciséis meses. Flaubert dedico cinco años a *Madame Bovary*. Milton era ciego. Cervantes solo tenía un brazo... y podríamos seguir con una lista sin fin.

Diferentes tonos en la voz

Se dice que a veces un tono leve revela con mayor profundidad nuestras intenciones más auténticas que el tono muy elevado, que puede más bien ocultarlas.

Digamos la verdad

Algunos terminan reconociendo que se roba para hacer política. Pero en cambio y en realidad, hacen política para robar.

Dignidad personal

La dignidad personal es el bien más importante del ser humano, y cualquier ataque a ella es un ultraje.

Diplomáticos y periodistas

"...los célebres agentes políticos que las repúblicas italianas enviaban al extranjero, los tan decantados venecianos y florentinos, no eran más que corresponsales de periódicos, habilísimos gacetilleros, injertados en políticos sutiles, que escribían sobre todas las cosas con la mayor libertad y desenfado, y nos dejaron cuadros admirables de los países en que habitaban, mientras que los diplomáticos que se consideraban seres superiores, escribían despachos apelmazados y huecos, útiles sólo, en general, para que los roan los ratones en los archivos". Ángel Ganivet (1865-1898). Ensayista español. Se suicidó a los 36 años en Riga, donde era diplomático.

Diplo-músico

A un funcionario de nuestra embajada en Washington D.C. lo invitaron a asistir a uno de los ensayos de la Filarmónica de Nueva York, que iba a liderar Astor Piazzolla en tres de sus obras, para los festejos del Columbus Day en el *Madison Square Garden*. El diplomático se dirigió hacia una puerta que ostentaba un cartel que decía: "Sólo para integrantes de la orquesta". Fue interceptado por un portero y el breve diálogo se desarrolló de este modo:
Portero: -Disculpe señor, pero esta entrada está reservada para los músicos.
Diplomático: -No se preocupe, yo llevo mi órgano conmigo.

Discrepancias

Según el filósofo Fernando Savater "decretar que el discrepante es una especie de enfermo social es una de las más antiguas prácticas totalitarias". O llamarlo enemigo o traidor.

Discriminaciones en la música y en la política

En la música siempre me resultó desagradable eso de que una nota blanca valga dos negras. En cambio, me pareció muy positivo que un colega periodista, al cual se le hizo saber que el gobierno lo había puesto en "una lista negra", manifestara que eso a él no le importaba porque no tenía prejuicios raciales.

Distancias físicas y espirituales

El hombre ya ha podido llegar hasta la Luna, pero la mayor hazaña es llegar al centro de sí mismo.

Distinción errónea

Lo que separa lo natural de lo sobrenatural, porque ya lo natural es sobrenatural.

Distinción sumamente importante

El dolor es un hecho, el sufrimiento es una elección, se lo supere o no.

Distinguir entre uno y otro

El sabio no dice lo que sabe. El necio no sabe lo que dice.

Distintas definiciones de la libertad

Para el marxismo: "un prejuicio burgués".
Para el fascismo: "un cadáver putrefacto en el Estado".
¿Elegimos?

Distintas formas de financiamiento

Se dice que fueron los jubilados a través de la Anses los que aportaron el 50 y el 79% del financiamiento conseguido por YPF al emitir deuda. En cambio en un país verdaderamente socialista como Noruega, *Statoil,* la empresa petrolera estatal, financia al Estado y a los jubilados con sus utilidades.

Distintas voluntades

Para Nietzsche la voluntad de apariencia, de ilusión y de engaño, son más profundas y más metafísicas que la voluntad de verdad. Y eso, dicho por semejante filósofo, lo deja a uno algo triste.

Distorsiones en el actual periodismo

Gabriel García Márquez dijo en una oportunidad que la intensidad de lo que pasaba había hecho que lo ocurrido primara en una carrera contra el tiempo. Y que ya no teníamos lugar para ver la noticia en perspectiva, en todos sus significados, a no ser que lo que pasase fuese muy contundente. Lo importante era ahora dar la noticia primero. Si falsa o no, poco significaba: lo importante era darla primero.

Diversos reajustes en España

La grave crisis económica redujo gastos presupuestarios que llegaron al 16,9% de media en ministerios; del 33% a los sindicatos. Pero solo un 2% a la Casa Real, y ni un euro a la iglesia. Con razón hay indignación en los desocupados.

Doble cita

"He jurado ante el altar de Dios, eterna hostilidad contra toda forma de tiranía impuesta a la mente del Hombre". Tomas Jefferson, 23 de septiembre de 1800. Citado por

Robert Kennedy en *The enemy within*, libro que cuenta su investigación sobre el mafioso Jimmy Hofa entre 1956 y 1960. Hofa fue líder de los camioneros estadounidenses.

Dolor y sufrimiento

El budismo nos enseña dentro de sus nobles verdades que el dolor existe, pero que el sufrimiento es completamente opcional, otorgándonos así una libertad infinita. Vale decir que yo podré golpearme y sentir dolor, mas si me quedo pensando en el dolor que siento, en la ira que me produjo haberme golpeado, en el coraje que siento contra el objeto que me produjo la herida, el dolor se convertirá en sufrimiento… soy completamente libre de comenzar a sufrir, así como soy completamente libre de detener ese sufrimiento.

¿Dónde está la sabiduría?

T. S. Eliot se preguntaba en un poema: ¿dónde está la sabiduría que hemos perdido en conocimiento? ¿Dónde está el conocimiento que hemos perdido en información?

¿Dónde nos ponemos?

Decía Eurípides, poeta trágico griego (480-406 a. de J. C.), que tres eran los partidos que dividían al Estado: los ricos, gente inútil y siempre ávida de acumular bienes; los pobres, gente violenta, envidiosa y que se dedica a injuriar a los ricos bajo la influencia de las calumnias que levantan sus perversos jefes, y la clase media, que crea la prosperidad de los estados, que mantiene el buen orden y la constitución establecida.

Dos buenas ideas para tener en cuenta

La de Keynes, cuando dice que en economía se puede hacer cualquier cosa, pero también son inevitables las consecuencias. Y la de Voltaire, cuando afirma que la pasión de dominar es la más terrible de todas las enfermedades del espíritu humano.

Dos cosas que son hereditarias

La primera, la muerte, que es indiscutible. La segunda, no tener hijos, pero ésta la dejo para que lo piensen.

Dos emociones tóxicas

La envidia y los celos.

Dos extraños pensamientos de Simone de Beauvoir

Uno de ellos es que para ella el problema de la mujer siempre ha sido un problema de hombres. Y el otro, me llamó todavía mucho más la atención ya que al parecer nunca fue madre: "En cierto sentido, el misterio de la encarnación se repite en cada mujer; todo niño que nace es un dios que se hace hombre".

Dos fuentes de la estupidez

Falta de inteligencia o una emocionalidad dañada.

Dos ultrajes o tal vez tres

Según Freud, la humanidad tuvo que soportar de la ciencia dos grandes ultrajes contra su ingenuo amor a sí misma. El primero, cuando se demostró que la Tierra no era el centro del universo. El segundo cuando la investigación biológica privó al hombre de su particular privilegio de haber sido especialmente creado, relegándolo a integrante del mundo animal. Sobre esto último, por lo que está haciendo el hombre por la Tierra, también el mundo animal está ultrajado.

Dramas cotidianos

Gente que trabaja en negro o no trabaja. Gente que vive de la asistencia social que nunca podrá reemplazar al empleo. Gente que vive de revolver la basura. Chicos que deben elegir entre estudiar o salir a ganarse la vida a muy temprana edad. Los que se gradúan pero no pueden ganársela. Los que cobran una jubilación mínima. Los que no pueden comprar ni alquilar. Los que viajan hacinados. Los que esperan meses para ser operados. Los comerciantes que no pueden pagar los impuestos. Los pequeños industriales que no pueden importar lo imprescindible. Las mujeres golpeadas e indefensas. Los que piden justicia y no la encuentran.

Dramático personaje olvidado

Yo no sé si es bueno o malo recordar lo que pasó el 6 de agosto de 1945. Dos hombres volaron sobre la ciudad de Hiroshima. Uno era el general Paul Tibbets, comandante del operativo. Su avión lanzó la primera bomba atómica y lo hizo sobre una ciudad abierta. Se lo consideró un héroe nacional y lo aceptó y lo disfrutó. El otro, Claude Eatherly, fijó el blanco. Cuando volvieron a su base los compañeros de éste lo felicitaron haciéndole saber que había matado en un instante a doscientas mil personas. No pudo aceptar ser un héroe nacional. Enloqueció, en 1950 intentó infructuosamente quitarse la vida. Finalmente murió en una clínica psiquiátrica en 1978.

Dura para siempre

Cuando una persona mata a quien odia, esa muerte no mata el odio del asesino.

Economía estadounidense

Análisis pesimistas sobre la crisis económica de los Estados Unidos de América señalan estos negativos datos: si sus habitantes compran un ordenador, el dinero va para la

India. Si compran frutas, irá para México, Honduras o Guatemala. Si compran un buen coche, el dinero irá para Alemania o Japón. Si compran tonterías, se va para Taiwan, y ningún centavo de ese dinero ayudará a la economía americana. El único medio de mantener ese dinero en USA es gastándolo en cervezas, pero muchas marcas son europeas y alguna muy local, que no menciono para evitar la publicidad, acaba de ser comprada por Brasil.

Einstein, los Mayas y el tiempo

Se ha dicho que según la Teoría de la Relatividad viajar más rápido que la velocidad de la luz equivaldría a viajar al pasado... Lo cual coincide de alguna manera con la concepción circular del tiempo que tenían los Mayas, para quienes no era "la flecha" recta sin fin, porque en algún momento, como el espacio era para ellos curvo, la flecha también se curvaba y volvía al punto de partida. Y todo volvía a comenzar. Ese tiempo circular cíclico es considerado también así por algunos hinduistas.

Einstein tenía razón

Físicos alemanes verificaron una predicción de la Teoría de la Relatividad de Einstein. Los experimentos en un acelerador de partículas confirmaron que el tiempo se mueve más lento en un reloj en movimiento que en uno fijo. Así, la persona que viaja en un cohete de alta velocidad envejecería más lentamente que la gente en la Tierra. Del trabajo participó el premio Nobel Thedor Hänsch, director del Instituto Max Planck de óptica. Hay algo que dijo Einstein pero a lo cual no se le presta demasiada atención y es muy importante: que el universo no es amigable.

Einstein tuvo nuevamente razón

Cuando afirmó que el día que la tecnología sobrepasara nuestra humanidad, el mundo solo tendría una generación de idiotas.

El ajedrez

Maravilloso juego que debería utilizarse en las escuelas secundarias, nos da también una enseñanza de vida, porque cuando termina cada partida, tanto el Rey como los peones van a la misma caja.

El alma

Es como un muro insalvable que nos deja en la pura conjetura.

El alto precio de los alimentos

Se puede transformar en revuelta social en los países subdesarrollados. El hecho es que en la década de los 50, los precios de los alimentos eran muy inferiores al precio de los productos industriales. Hoy, estos últimos están cayendo cada vez más mientras el precio de los alimentos sube. Ya el año pasado, un kilo de lomo valía más que un kilo de auto de alta gama. Pasemos a toneladas: 11.535 dólares cuesta la tonelada de auto de alta gama contra 12.200 la tonelada de lomo, y la brecha continúa agrandándose. (2013)

El amor a la lengua natal

Cuando el primer ministro israelí Menahem Beguin pasó por Nueva York, en camino a firmar la paz con Anwar el Sadat en Camp David, mostró interés en conocer a Isaac Bashevis Singer. El encuentro que, curiosamente, tuvo lugar pocas semanas antes de que ambos ganaran el premio Nobel, uno el de la Paz y el otro el de Literatura, fue un auténtico desastre: Beguin le reprochó a Singer que no escribiera en hebreo, la "verdadera" lengua de los judíos, y le preguntó con desdén cómo se podía hacer funcionar un ejército en idish. Ofendidísimo, Singer abandonó la reunión después de contestar que una de las razones por las que amaba el idish era precisamente por tratarse de un idioma que no tenía palabra para "arma" ni para "ejército".

El amor en los tiempos de consumo

Quienes se casen deben otorgarse mutuamente el "ticket de cambio".

El amor y la amistad

La amistad suele durar más que el amor porque no exige la exclusividad, porque permite la pluralidad. De todos modos, la amistad no puede producir los milagros que logra el amor. Incluso, la valentía y la capacidad de riesgo que nace del amor no tienen en cuenta peligro alguno, y la capacidad de entrega no escucha ninguna forma de raciocinio. Muy difícilmente esos niveles puedan ser alcanzados en la amistad. Por ello la amistad no puede sustituir al amor.

El amor y la edad

La edad no protege contra el amor, pero en cierto modo, el amor protege contra la edad.

El arte

Tiene razón Gilles Deleuze cuando dice que el arte es lo que resiste: a la muerte, a la servidumbre, a la infamia, a la vergüenza… y a tantas cosas más…

El arte sobre lo perdido

A veces para evocar a través del arte un objeto es necesario ya no poseerlo, haberlo perdido o dejado caer. El objeto no debe ser necesariamente material. Puede tratarse incluso del amor, de la amistad, del país…

El arte verdadero

Es eminentemente metafórico.

El artista

La estupenda película muda y en blanco y negro, en tiempos de estruendosos sonidos y supertecnología, que coronó su calidad al sumar el Oscar a sus premios anteriores, nos brindó a los argentinos una grata sorpresa, porque tratándose de una producción franco-americana, incluyó en la escena más romántica el fragmento de una mundialmente conocida obra del maestro Alberto Ginastera: La Danza del Trigo, de Estancia. Claro está, muchas veces habíamos escuchado en películas extranjeras temas nuestros como Por una cabeza, A media luz, El Choclo, o música de Astor Piazzolla, pero la inclusión de un clásico puro como Ginastera fue una novedad que hasta ahora pasó desapercibida a críticos de cine y a críticos musicales. Si al final de la película se hubieran quedado para leer los créditos musicales, habrían encontrado el nombre de la obra y el de nuestro importante compositor. Ahora que entre los premios logrados la película obtuvo también el dedicado a la banda musical, tal vez se le preste mayor atención.

El atardecer

Es un amanecer huyendo.

El bueno de Juan Jacobo Rousseau

No se llevaba nada bien con Voltaire, más bien se detestaban, pero en una oportunidad, Voltaire escribió un libelo anónimo diciendo que "el moralista Rousseau" tenía cinco hijos ilegítimos abandonados en orfanatos. Eso provocó ataques a la casa del ginebrino, que tuvo que huir del país y refugiarse en Inglaterra.

¿El célebre Jung era antisemita y machista?

En 1934 escribió un artículo en un periódico patrocinado por los nazis: "Los judíos tienen una peculiaridad que comparten con las mujeres, como son más débiles físicamente tienen que buscar la brecha en el armazón de sus adversarios. Gracias a esta técnica cultivada durante siglos de historia, los propios judíos están mejor protegidos allí donde otros son más vulnerables".

¿El comunismo está haciendo mutis por el foro?

El presidente Vladimir Putin decidió reemplazar un feriado nacional evocativo de la Revolución de Octubre de 1917, por uno que celebra la entrada de los Romanov en la historia rusa. Al mismo tiempo se inaugurará en la Plaza Roja una estupenda exposición dedicada a los sucesivos mandatos de los Romanov, ya que con ellos Rusia creció en territorio, población y poderío económico bajo el reinado de cada Zar. ¿Qué piensan de eso los partidos comunistas de Argentina, Italia, Francia, etcétera? ¿Y Fidel?

El consumismo

Genera más clientes que ciudadanos.

El cuadrado de Einstein

Según Alfonso Reyes, Einstein manifestaba una emoción de sorpresa y aun de gratitud ante el hecho de que cuatro palitos de igual tamaño formaran un cuadrado. Cuando en la mayoría de los universos que a él le era dable imaginar no existía el "cuadrado". Es que Einstein era un poeta. Por eso lo estimaba Alfonso Reyes, quien era para Jorge Luis Borges el mejor escritor de nuestra lengua.

El cuarto poder

Afirma con razón la escritora y senadora Norma Morandini que el cuarto poder no se le debe adjudicar a la prensa sino a lo que debe servir, o sea a la ciudadanía.

El derecho de creer en Dios

Otorga también el derecho de tener una relación directa con él o Él.

El descubrimiento o el encuentro no son unilaterales

Porque cuando descubrimos o encontramos algo, ese algo también nos descubre o encuentra a nosotros. Por ejemplo, cuando Colón descubrió o "encontró" a América, América también descubrió o encontró a Colón.

El deseo y el amor

El deseo consume, el amor conserva.

El desprecio entre escritores...

Puede ser terrible. Por ejemplo el caso de Tolstoi, que cuando le preguntaron si había leído a Maeterlinck, contestó: ¿Por qué habría de hacerlo? ¿He cometido acaso un crimen?

El dolor y la alegría

Es más fácil conocer a un hombre a través de su dolor que de su alegría.

El ego

Es un ismo... ego-ismo.

El ensayo

Es un género híbrido que une acontecimientos y sentido, espacio público y privado, singularidad, universalidad, razonamiento y emoción, expresividad y conocimiento, desde un yo siempre puesto en juego que interpela constantemente al nosotros.

El escritor

Decía Azorín que cuando un escritor se jacta de ganar dinero, ha cambiado de oficio.

El esnobismo

Para Borges era la más sincera de las pasiones argentinas.

El ex servicio militar

Algo totalmente desconocido por los actuales jóvenes veinteañeros. Fue dispuesto como obligatorio por el presidente Julio Roca en 1901 y se lo conocía popularmente como "colimba", palabra formada por un acrónimo que aludía a actividades frecuentes en los conscriptos: correr, limpiar y barrer. La dramática e injusta muerte de un conscripto terminó con la "colimba" bajo la presidencia de Carlos Menem.

El exceso de información

Marshall McLuhan decía que cuanta más información se recibiera, menos se sabría. Lo cual coincide con una prestigiosa científica británica, Susan Greenfield, de la Universidad de Oxford, quien señala que la velocidad y la multiplicidad de mensajes en la pantalla han reducido nuestra capacidad de mantener la atención y de retener lo que vemos, leemos y oímos. Además, nos ha vuelto menos hábiles a la hora de abstraer. Transformados en aspiradoras de irrelevancias y en sabios aparentes.

El éxito es caprichoso

Una vez Somerset Maugham tuvo cuatro obras representándose simultáneamente en Londres. Hoy, ninguna.

El éxito y el fracaso

Como bien decía Kipling, cuando los encuentres, trátalos de la misma manera porque son dos impostores.

El gris

El tango dice que nuestra ciudad está de olvido y siempre gris. Pero el gris es también un color.

El hombre y nuestro planeta

Frente a tanta destrucción por su parte, recuerdo que Cornelius Castoriadis decía que era como un niño que se encuentra en una casa cuyas paredes son de chocolate y que se dispuso a comerlas, sin comprender que en algún momento el resto, si queda algo, se le va a caer encima.

El hombre, el río y los libros

Ya sabemos que no nos bañamos dos veces en el mismo río, pero tampoco el río baña dos veces al mismo hombre. Y con los libros ocurre algo similar, ya que en la segunda lectura, no somos los mismos, y tampoco lo es el libro. Pero quien crea además que el libro no cambia, está equivocado.

El humanismo en el joven Marx

Y no hablo de Groucho sino de Carlos, quien a los 27 años decía que la desvalorización del mundo humano crecía en razón directa de la valorización de las cosas. ¿Después se hizo marxista?

El humor de Umberto Eco sobre libros y autores

"A veces los libros son más inteligentes que sus autores, mientras que los libros malos son más estúpidos que sus autores… Y cuando un libro es tan estúpido como su autor, entonces es un best seller".

El humor de Macedonio

El gran Macedonio Fernández, tan admirado por Jorge Luis Borges, en el momento en que debía dar una conferencia, se encontró frente a una sala totalmente vacía, seguramente por algún error de fecha u hora. Entonces, Macedonio solo dijo: "si faltaba uno más, no entraba".

El infierno de Guantánamo

Muchos creímos que podíamos encontrar en Obama la contracara de Bush, pero el cierre de esa horrorosa cárcel fue una promesa incumplida de su campaña electoral de 2008, y otros incumplimientos nos hacen dudar de ello. Incluso dejó sin efecto el traslado de sus prisioneros al exterior, pese a que 86 de ellos, en su mayoría yemeníes, habían sido autorizados a regresar por sus propios gobiernos. Desde hace más de cuatro meses, una huelga de hambre es protagonizada por 104 de los 166 detenidos que continúan en ese lugar y 44 son alimentados ahora por sondas nasogástricas. ¿Dónde fueron a parar la democracia y los derechos humanos en los Estados Unidos de América? (2012).

El insulto y la envidia en la Argentina

No sólo está a cargo de la clase política, ni de personas de baja educación. Todo eso viene siendo también exhibido por gente culta, por periodistas e incluso por escritores. Pero año tras año con más grosería y pérdida de lenguaje. Por dar un ejemplo: el de David Viñas, de quien he leído siempre sus trabajos con fruición, aunque nunca poesía. Pero dijo en una oportunidad de Neruda, que era "un boludo con vista al mar". Seguramente por sus estupendas casas con una maravillosa vista al Pacifico, pero sobre todo porque por su obra poética recibió el premio Nobel.

El jazz y el rock and roll

La verdad es que el rock siempre me pareció una música de lavarropas. Con ese sonido que Dori Caymmi equiparaba a algo así como pisarle la cola a un gato. Cómo él, yo siempre preferí el jazz, por su armonía. Y porque en el rock and roll, con dos acordes se puede hacer una canción. En cambio, en el jazz se debe hacer una improvisación sobre una progresión muy difícil de tocar…

El latín es todavía muy útil

Quienes saben de la importancia de la intuición es bueno que también sepan que ese "mirar adentro" viene de "intuere". Y que la palabra "jubilación" tiene su origen latín en la palabra "alegría", algo que muchos de los millones de jubilados argentinos no podrán creer.

El libre juicio de la razón

"No hay que esperar ni desear que los reyes sean filósofos ni que los filósofos sean reyes porque la posición del poder daña inevitablemente al libre juicio de la razón". Kant.

El matrimonio como institución

Así lo reconocía Groucho Marx, como una magnífica institución, pero a la vez se preguntaba quién querría vivir en una institución.

El mejor título que leí en un medio gráfico

"Trascendió que finalizó el carnaval" (en el diario La Nación en 1978 o 1979, cuando apenas se festejaba en algún barrio perdido de Buenos Aires).

El miedo...

Es el sufrimiento moral más grande de un niño.

El negocio del "complejo militar industrial"

Vietnam e Irak, las últimas dos guerras "de liberación" llevadas a cabo por los Estados Unidos, además de producir un verdadero genocidio –que no podrá ser juzgado al menos durante este siglo– de miles y miles de seres de dichos países, que incluyó la vida también de miles de norteamericanos, más la destrucción de viejas culturas, fueron fundamentalmente un gran negocio. Ya al despedirse de su presidencia, un republicano, vencedor militar en la Segunda Guerra Mundial, el general Eisenhower, denunció al "complejo militar industrial".

El neoliberalismo

Es un orden social para sostener el poder de las clases altas.

El niño y el arte

Según un estupendo poema de Raúl González Tuñón, el niño es el primer surrealista.

El odio...

Según George Bernard Shaw, es la venganza de un cobarde intimidado.

El olvido

Saber olvidar es también tener buena memoria.

El optimismo...

Al menos hoy, aquí y en el mundo, es sólo falta de información.

El Papa Francisco hace reflexionar

Sus cuatro axiomas son:
El todo es más que la suma de las partes.
La unidad puede siempre sobre el conflicto.
La realidad es más determinante que las ideas o, si se quiere, los relatos.
El tiempo prevalece sobre el espacio.

El paraíso sueco

De acuerdo con el Informe de Salud Pública en Suecia, presentado en 2013: 124 niños y jóvenes de 15-24 años se suicidaron cada año en el período entre 2009 y 2011. Para los niños menores de 15 años se trató de 5 por año. Entre los niños y los jóvenes adultos, el suicidio se ha convertido en algo más común y muy preocupante. Una encuesta del Instituto Karolinska (KI) muestra que muy pocos países de la UE tienen tendencias similares a la de Suecia, y merecen "atención especial". Yo viví en Suecia desde mediados del 86 hasta fines del 89, y escribí sobre este problema en mi libro *Lejano Buenos Aires*. Muy extraño, porque hay seguridad, futuro sin pobreza ni inflación. Pero también ocurre que el consenso es una virtud cardinal y el disenso un pecado mortal.

El perdón

Siempre se dice que además de perdonar hay que olvidar. Y eso suena bien. Yo no sería partidario de seguir recordando el perdón, sobre todo a quien eventualmente hubiese perdonado, pero olvidarme tampoco sería conveniente porque podría ponerme en la misma situación que provocó la herida que luego requirió mi perdón.

El peor pintor del mundo

Para Salvador Dalí, sin la menor vacilación ni duda posible, era Turner. Y los más grandes eran Picasso, Rafael, Velázquez y Rusiñol. Claro está, nadie como él.

El perro es el mejor amigo del hombre

Eso suele decirse de una de nuestras mascotas preferidas. Pero muchas veces se preguntarán, cuando son abandonados o castrados, dónde está la reciprocidad.

El pintor colombiano Fernando Botero

Su arte extra-large se verá gratis en el Museo Nacional de Bellas Artes. Estoy en condiciones de desmentir totalmente que se haya intentado nombrar curador de la muestra al Dr. Alberto Cormillot.

El poco conocido cerebro

Se sabe todavía poco de él, pero es una suerte de músculo fácil de engañar: cuando sonrío cree que estoy contento y eso me hace sentir mejor. Si lloro piensa que estoy triste y eso me hace sentir peor, salvo que lo haga de emoción. Y eso le hace pensar que soy sensible.

El poder del dinero

Instituciones financieras de inversión, ya muy conocidas, que son las que producen las grandes crisis, luego imponen a sus propios agentes en los más importantes puestos de responsabilidad en los países que las padecen. Ese tipo de financieras y los bancos constituyen lo que puede llamarse "el dinero organizado". Franklin D. Roosevelt, que supo de una gran crisis, decía: "Estar gobernado por el dinero organizado es tan peligroso como estarlo por el crimen organizado".

El populismo

Pueden escribirse sesudos trabajos sobre este tema, pero hay algo indiscutible, guste o no: el populismo nivela hàcia abajo.

El precio de los hombres

Siempre me cayó mal esa frase de que todo hombre tiene su precio, como una aceptación cínica de la corrupción. Pero ahora, para peor, se dice que los precios están muy rebajados.

El principito

Todos lo han leído y saben de su trama. También la conclusión de que no se ve bien sino con el corazón y que lo esencial es invisible a los ojos… Pero también es interesante saber que es el libro más traducido en el mundo, después de la Biblia y de *El capital*. Que su título original es *Le petit prince*. Su género: la novela corta poética. Que se publicó en abril de 1943 y fue traducida a unos 200 idiomas y dialectos. Que la primera traducción al español fue hecha por el argentino Bonifacio del Carril en 1951 y a él se debe la denominación de "principito" en vez de la otra más literal, como sería "pequeño príncipe".

El problema con los bancos...

Es que socializan los riesgos y privatizan las ganancias.

El prójimo es el próximo

Por eso decía la Madre Teresa que es fácil amar a la gente que vive lejos, pero no es tan fácil amar a aquellos que viven a nuestro lado. Sin embargo es lo único que tiene valor y que nos da verdadero valor.

El psicoanálisis

Lo más positivo es que siempre se trató de una posición escéptica, cuestionadora sobre las creencias dominantes en las sociedades de cada época. Desde Freud hasta hoy.

El psicoanálisis y los suicidios

Cuando alguien se suicida no obstante estar psicoanalizándose, se suele reprocharle al analista no haber logrado que ello no ocurriera. Sin embargo, el cuestionado se defiende diciendo que tal suicidio, de no haberse tratado, habría ocurrido mucho antes. También se dice que Freud no quiso psicoanalizar a Virginia Woolf porque suponía que se suicidaría. En tal sentido, quienes no simpatizan con Lacan, dicen que muchos de sus pacientes se suicidaron, pero su biógrafa Elizabeth Roudinesco responde que, en realidad, lo que sucedía es que Lacan era valiente y se animaba a tomar en análisis a posibles suicidas.

El *reality show*: rey de la tv

Dice con toda razón la escritora española Maruja Torres que el *reality show* es a la vida lo que un reloj cucú al orgasmo.

El relato

Dicen que la vida es una fiesta, pero debe ser en otra parte.

¿El secreto del mundo?

Según Nabokov no es fácil de entender, pero si lo entiendes lo entenderás todo y saldrás de la prisión de la lógica: el todo es igual a la más pequeña parte del todo, la suma de las partes es igual a una de las partes de la suma. Y ese es el secreto del mundo. Por otra parte, la vida como viaje es una ilusión estúpida. No hay viaje, no vamos a ninguna parte, estamos sentados en casa y el otro mundo nos rodea, siempre.

El sentido de humor y la felicidad

Mucha gente cree que quien tenga sentido del humor debe ser una persona feliz, y no siempre, ni mucho menos, es así. Porque tener sentido de humor puede provenir de una profunda falta de felicidad.

El sexo y la reencarnación

Según el gran escritor estadounidense Henry Miller, el sexo era una de las nueve razones que le permitían desear la reencarnación. Las otras ocho, no tenían para él importancia. Y habrá que creerle, porque también dijo que sin dinero, ni recursos ni esperanzas, era el hombre más feliz del mundo.

El silencio

Para Soren Kierkegaard es la esencia de la vida interior. Por falta de ésta es que hay gente que no para de hablar. Y Herman Melville decía que todo lo profundo estaba relacionado con el silencio y rodeado de él. Hasta en la música, decimos nosotros.

El subsistente colonialismo del Reino Unido

En pleno siglo XXI mantiene su rémora colonial en: Malvinas, Gibraltar, Anguila, Bermudas, islas Vírgenes, islas Caimán, Monserrat, islas Pitcairn, Santa Elena, islas Turcas y Caicos. Realmente patético.

El tema de la existencia o inexistencia de Dios

Los físicos Stephen Hawking y Leonard Mlodinow no niegan haber dicho o demostrado que no hay un dios o que la gente no debería creer en Dios. Lo que dijeron es que la ciencia puede explicar el origen del universo sin un dios o ser sobrenatural. Que un dios no es necesario en la explicación científica. Es todo lo que dijeron. Bueno, digo yo, para pelearse con la Biblia, alcanza.

El teólogo brasileño esperanzado en el Papa Francisco

Se trata de Leonardo Boff, quien cree que el Papa hará un llamado a los políticos para que eviten la corrupción. Además, ve la necesidad de cambiar de paradigma de civilización, porque esta que tenemos, con su voracidad de acumulación y de consumo, está destruyendo las bases que sustentan la vida en la Tierra. Y si continuamos en esta dirección vamos al encuentro de una catástrofe socio-ambiental de graves consecuencias.

El texto

Todo texto es un pretexto para el contexto.

El tiempo

Para William Blake era la imagen móvil de la eternidad.

El tiempo II

El mayor asesino: mata impunemente.

El tiempo III

Solo notamos su existencia o más bien su transcurso, por los cambios que vemos dentro o fuera de nosotros.

El trabajo de vivir

El 13 de mayo de 1972 Victoria Ocampo le escribía a María Elena Walsh una carta donde le decía: "¡A quién se lo decís! ¡Vaya si cuesta trabajo vivir! Si miro para atrás me parece que me caigo de espaldas en un precipicio de años; si miro adelante me parece que me caigo de bruces… no sé dónde. Paciencia…". Seguramente muchos han creído que la vida fue fácil para Victoria Ocampo… y que hacía siempre lo que le venía en gana.

El universo se expande, el mundo cambia

La Argentina, no.

El valor de las palabras

"Cuando las palabras pierden su significado, la gente pierde su libertad". Confucio.

El valor del perdón

El perdón no cambia el pasado pero puede cambiar el futuro.

El valor del silencio

Se han dicho muchas cosas sensatas e inteligentes sobre este tema, pero me gusta recordar que Aldous Huxley, a quien leía con fruición en mis años juveniles, decía que el silencio se hallaba tan pleno de sabiduría potencial y de espíritu, como un bloque de mármol en bruto era, en potencia, una gran escultura. Y creo que vale la pena releerlo.

El vencedor de todo dolor

Hablo del dormir, que permite el mayor olvido, aunque soñemos, con o sin fragmentos diurnos. Es el gran vencedor.

El verdadero amor

Además de la pasión y de la ternura, debe requerir una continua conversación íntima hasta los últimos días de vida de los amantes.

El verdadero motivo...

De la mayor parte de los infortunios del hombre se debe a la estupidez.

Elección de una sola y exclusiva verdad

Si entre muchas se elige una sola y se la toma como exclusiva y única válida, puede llegar a transformársela en una falsedad, y quien la sustente, un fanático.

Elecciones en España

El mundo todo está muy complicado, no sólo prácticamente sino también conceptualmente. Por ejemplo, con referencia a las recientes elecciones en España, he leído que en nuestra Madre Patria las elecciones no se ganan, sino que se pierden. Pero además, dicen que quien gana no lo hace por mérito propio sino por demérito ajeno. En fin, un enigma para cientistas políticos, pero lo más grave tal vez es que pareciera que la política y los políticos han desaparecido. Reinan la economía, las finanzas y los tecnócratas.

Ella era así...

Todos los hombres que la amaron fracasaron porque ella no buscaba ser amada sino admirada.

¡Ellas!

Recuerdo que un personaje de novela de Lawrence Durrell decía que con una mujer sólo se pueden hacer tres cosas: quererla, sufrir o hacer literatura. Me consta, y a veces, pero pocas, una sola mujer da para las tres cosas.

¡Ellas... siempre ellas!

Una de las mayores dificultades para comprenderlas es que hacen personal todo lo abstracto y particular todo lo general. Pero salimos de ellas y nos pasamos la vida queriendo entrar en ellas. Digo, psicológicamente, ¿no?

Elogio y condena dialéctica

Decir "roba pero hace" es una forma de aceptar la corrupción.
Decir "hace pero roba" es una forma de condenarla.

El Papa Francisco y la corrupción

Refiriéndose a los corruptos dijo que eran Anticristos. Y aunque hable desde Roma para todo el mundo, nunca excluye a nuestro país, que es muy suyo. El juicio excede al Código Penal, pero no a la conciencia.

El petróleo es más importante que los derechos humanos

Al menos para Estados Unidos y para Gran Bretaña, ya que Obama fue a Riad para dar el pésame por la muerte del Rey Abdala, y para sus exequias concurrió el príncipe Carlos y el Primer Ministro Cameron. No importó la condena a mil latigazos que sufriera el joven bloguero saudí Raif Badawi ni la decapitación en la plaza pública en La Meca de la joven birmana Laila Bint Abdul Muttalib Basim.

Embarazos

Dado que el hombre es el producto del embarazo –por ahora– de una mujer, no es de extrañar que más tarde, en su vida, pueda tener con las mujeres situaciones embarazosas.

Emilio Salgari

No obstante todos los artilugios de la técnica digital y visual de los cuales gozan los niños y los jóvenes de hoy, no saben todo lo que pierden por no leer a Salgari. Seguramente ignoran que escribió unas cien novelas, 178 cuentos cortos, cuatrocientas crónicas de viajes y folletines, que enriquecieron a sus editores a costa de su pobreza, que lo llevó al suicidio. Y sin embargo no hay una sola gota de amargura en toda su obra.

En búsqueda de una salida...

La tristeza no sirve porque mira hacia atrás. La preocupación tampoco porque mira alrededor o hacia abajo. Sólo la fe sirve porque mira hacia arriba y adelante.

En ciertas situaciones nacionales críticas

Los dirigentes parecen actuar como en las tragedias del teatro griego clásico: todos saben lo que va a ocurrir, todos dicen no querer que ocurra, pero cada cual hace precisamente lo necesario para que suceda la desgracia que pretende evitar.

En cuanto a Cristobal Colón

Que los llamados pueblos originarios se la tomen hoy con él, derribando sus estatuas, me parece un enorme disparate. Y mucho más disparatado para quienes no descendemos de pueblos originarios sino de los barcos, que venían de Europa. Sin perjuicio del enorme respeto que merecen los pueblos originarios y de poder gozar plenamente de todos los derechos humanos como verdaderos sujetos de derecho: en lugar de pura demagogia.

En defensa del buen vino

Dijo Horacio en sus Epístolas que ningún bebedor de agua escribió un poema que perdurara.

En el arte

Se suele nacer incendiario y terminar como bombero.

En muchos lugares no nos quieren

Dice Atahualpa Yupanqui en una carta escrita en París durante los años del peronismo: "Te diré que los argentinos están bastante desprestigiados en Francia –le escribía a su mujer– por su petulancia, chauvinismo y suficiencia, cosa no justificada de manera alguna". Y eso también ocurre en los países llamados hermanos. Tal vez más referidos a los porteños que a los argentinos en general.

En política

Ciertos pragmatismos no son más que formas distintas de cinismo.

¿En qué consiste el periodismo?

Al menos para G. K. Chesterton, el periodismo consistía en informar que Lord Jones había muerto, a gente que nunca se enteró de que Lord Jones había estado vivo.

¿En qué creer?

Si no se cree en la reencarnación, ¿sería entonces verdad que nuestro fugaz paso por la vida está precedido y seguido por una nada eterna?

Enamoramiento-amor

Demasiado extenso el tema para *Albinísimas*, pero digamos que cuando un fuerte enamoramiento no continúa en el amor, y se rompe mal la relación, cualquiera de las dos partes puede llegar a pensar que sufrió una enajenación mental transitoria, una pérdida de lucidez o una situación en la que la voluntad pudo haber quedado notablemente debilitada. No pueden creer haber sentido lo que sintieron.

Enigma para biólogos

¿No tener hijos es hereditario?

Enseñanza de un antiguo diálogo filosófico

Mandarín: ¿Cómo hacer una profunda revolución en mi reino?
Filósofo: Si desea transformar la realidad, modifique el lenguaje.
Nuestro país modificó su lenguaje, y el resultado está a la vista. En lugar de revolución, involución.

Enseñanza política histórica

El historiador Henry Ashby Turner examinó las circunstancias que le permitieron a Adolfo Hitler vencer obstáculos que parecían insalvables para llegar al Poder. Entre ellas, señaló en su libro *A treinta días del poder*, la importancia determinante que tuvo el alto nivel de incomunicación existente en la dirigencia alemana para oponerse a sus designios.

¿Entonces se acabó el comunismo? A mí no me consta

Pero tiene razón Alain Badiou cuando dice que asistimos a una mundialización capitalista sin freno y en ella, las fuerzas políticas dan muestra de más debilidad que de fuerza.

Entre lo vivido y lo imaginado

La novela, el cuento y la poesía me permiten borrar las fronteras entre lo vivido y lo imaginado. Por eso encuentro en la literatura mi mayor y tal vez, mi única libertad.

Entropía

Falta de información, de comunicación, transformación, destrucción, vuelta, magnitud termodinámica que expresa el grado de desorden molecular de un sistema. Eso nos pasa a quienes habitamos este planeta y al propio planeta.

Epitafio de Shakespeare

Para disuadir a los sepultureros de que desenterraran y arrojaran sus restos a un osario –como solía hacerse en aquellos tiempos– el dramaturgo compuso los versos para el epitafio de su tumba con una maldición: "¡Buen amigo, por Jesús, abstente de cavar el polvo aquí encerrado! Bendito sea el hombre que respete estas piedras y maldito el que remueva mis huesos". Hasta ahora dio resultado.

Epitafios

Dejarlos en manos de otros puede ser muy peligroso, tanto como un escrache eterno. Hecho por uno mismo puede parecer un acto de soberbia o de una falsa humildad. Por eso yo entiendo a quienes se hacen cremar.

Equívoco sobre la pasión

La pasión no significa poseer sino ser poseído.

Era familiero

Me refiero a Voltaire, cuya segunda esposa era hija de su hermana.

Era verdad aquello de...

Que lo que Juan decía de Pedro, decía mucho menos de Pedro que de Juan. Por eso es a veces útil, cuando se quiere saber de alguien, no que esa persona hable de sí misma sino de otro.

Era verdad en 1950 y también en 2015

"Cuando adviertas que para producir necesitas obtener autorización de quienes no producen nada; cuando compruebes que el dinero fluye hacia quienes no trafican con bienes sino con favores; cuando percibas que muchos se hacen ricos por el soborno y por influencias más que por su trabajo, y que las leyes no te protegen contra ellos sino, por el contrario, son ellos los que están protegidos contra ti; cuando descubras que la corrupción es recompensada y la honradez se convierte en un auto-sacrificio, entonces podrás afirmar, sin temor a equivocarte, que tu sociedad está condenada". Ayn Rand (1950).

Eran tal para cual

"Nunca volverás a escribir una oración por encima del nivel de *A sangre fría*. Como escritor estás acabado. Del todo. Traicionaste y vendiste el talento que te fue concedido. Ahora este talento ya no es tuyo. Disfruta de tu dinero sucio. Nunca tendrás otra cosa". Carta de William Burroughs a Truman Capote el 23 de julio de 1970.

Erotismo y poesía

Según Octavio Paz, el primero es una metáfora de la sexualidad. La segunda es una erotización del lenguaje.

Errores de algunos gobiernos

Atacar los efectos en lugar de las causas. Y prohibir lo que no pueden controlar.

Errores históricos de interpretación

Se producen cuando se juzga situaciones de pasados más bien remotos, con valores sociales, políticos o éticos vigentes hoy. Por eso dice Hobsbawm que el anacronismo histórico hace más daño que la mentira.

Es así nomás... les guste o no

Cuando una persona no es capaz de perdonar, difícilmente tenga capacidad de amar.

Es bastante comprensible

Una de las hermanas de Edvard Munch se volvió loca.

Es bueno saber sobre el cerebro

Que con un peso de solo el 2% del cuerpo consume el 20% del oxígeno disponible. Eso se llama respirar y uno ni siquiera lo percibe.

Es casi inevitable

Llegar a ese tiempo en la vida en que uno deja de vivir en su época y empieza a vivir en su mundo.

¿Es el amor garante de la felicidad?

Para el famoso psicólogo Rafael Santandreu, el hiperromanticismo es uno de los peores males de nuestra sociedad. Se trata de creer que tu pareja te ha de hacer completamente feliz. Y eso hace que las parejas no funcionen. El amor idealizado está lleno de tensiones y exigencias que no hacen más que arruinar las relaciones. Nadie puede pedirle al otro que nos haga feliz. Y pareciera que Santandreu tiene razón: se le puede pedir a la pareja, amor, fidelidad, comprensión, generosidad, solidaridad, compromiso, pero eso de "haceme feliz" no. Porque ese estadio de "felicidad" es estrictamente personal y depende de cada uno.

Esencia del colonialismo

Es comprarnos productos primarios y vendernos bienes manufacturados.

Es histórico el costo o el precio

Que siempre pagan los países subdesarrollados para sostener a los desarrollados. Ya lo decía Voltaire en *Candide*, cuando el personaje se topa con el mal en Surinam: un esclavo negro al que le habían amputado una pierna y una mano para que no huyera, le dice a Candide: "Este es el precio por el azúcar que ustedes comen en Europa".

Es lamentable

Pero el narcisismo suele ser el sostén de las pequeñas y de las grandes diferencias.

Es realmente triste

Lo que afirma el catedrático brasileño de Harvard, Roberto Mangabeira, ex asesor político del presidente Lula: que nuestro país es el único que ha logrado subdesarrollarse. Y no creo que podamos imputarle envidia.

¿Es toda buena la globalización?

El modelo occidental está llegando a su límite, no sólo porque el impacto que la contaminación genera en el clima se volverá incontrolable, sino también porque una forma de economía globalizada que apuesta al crecimiento y a la explotación de los recursos naturales jamás puede funcionar como principio universal. Por lógica, una economía así solo puede funcionar si el poder se acumula en una parte del mundo y se aplica en la otra. Porque su condición es particularista, no universal. Unos podrán, otros sufrirán.

Estrategias en el mundo árabe

Se dice que la estrategia de la Hermandad Musulmana, de Al Qaeda y del Estado Islámico, sería menos la de provocar una guerra civil en Occidente (enfrentando a no musulmanes contra musulmanes en el territorio de los primeros), que la de desatar la guerra civil en Oriente para que prevalezca la corriente del islam que cada grupo defiende: chitas, sunitas, wahabies, salafis, separando ambos mundos drásticamente. Pero uno se pregunta: ¿y después?

Es triste reconocerlo pero ocurre

Eso de que la moral se esgrime cuando se está en la oposición y la política cuando se obtiene el poder.

Esas cosas de Bernard Shaw

Que identificaba a los políticos con los pañales, por idénticas finalidades.

Esas cosas de los dictadores

Ellos deben conocer la verdad pero jamás han de permitir que se les diga.

¡Esas ocurrencias de Maquiavelo!

"El secreto de gobernar consiste en debilitar el espíritu público hasta el punto de desinteresarlo de las ideas y de los principios. En todos los tiempos los pueblos, al igual que los hombres, se han contentado con palabras (¿relatos?). Casi invariablemente les basta con las apariencias, no piden más. Es posible entonces crear instituciones ficticias, que respondan a un lenguaje e ideas igualmente ficticios". Pero esta ocurrencia lleva siglos porque fue escrita en 1527.

Esclavitud laboral

Se ha dicho que no la hay más irritante que la que se padece siendo uno el propio jefe. Porque es casi imposible engañarse.

Escribir o hablar

Quien escribe como habla, aunque hable bien, escribe mal.

Escribir una novela

Decía un querido escritor argentino, que movilizaba durante las 24 horas del día una energía tan total que se creaba un estado de indisponibilidad para todo lo que le fuese ajeno, prácticamente para todo lo demás. Porque tal tarea implicaba una mirada interior que podía concentrarse, ya fuese en el universo mental del espacio y tiempos recordados o imaginados. O en el de los personajes que los habitaban. Y en ambos casos ello implicaba un desdoblamiento que levantaba entre el escritor y el exterior, un mundo que separaba de la vida, o al menos de las resonancias que ella tenía para los otros.

Escuchar es un buen consejo

No siempre, claro está, porque mucho depende del interlocutor, pero en general se aprende mucho más escuchando que hablando.

Escuelas o cárceles

Según Sarmiento, donde no se levantara una escuela terminaría construyéndose una cárcel.

Esperanza

Sin la fe es muy poco.

Esta frase tiene 2.067 años

"El presupuesto debe equilibrarse, el Tesoro debe ser reaprovisionado, la deuda pública debe ser disminuida, la arrogancia de los funcionarios públicos debe ser moderada y controlada. La ayuda a otros países debe eliminarse, para que Roma no vaya a la bancarrota. La gente debe aprender nuevamente a trabajar, en lugar de vivir a costa del Estado". (Marco Tulio Cicerón, año 55 a. C.).

Está lleno de gente así

De las que se consideran insignes y son realmente insignificantes.

¿Está tan desactualizado Marx?

Cuando decía que el desarrollo de las fuerzas productivas capitalistas había de conducir a la desaparición de las clases medias y del campesinado, de modo que el conflicto final de la historia habría de ser una confrontación directa entre la burguesía capitalista y una masa proletaria homogénea.

Estados Unidos de América: roles

Ya que estamos hablando de sus candidatos, vale la pena recordar que EE.UU. se ha comportado históricamente como policía o como bombero, invadiendo o apagando incendios, respectivamente. Pero ahora, le está diciendo a Europa que se le acabó el agua. (2013).

Estados Unidos y Europa deben recordar

Que para Marx la concentración del capital en pocas manos generaría un mundo donde sólo un número muy pequeño de personas tendrían el mayor número de riquezas, mientras que el sistema no podría seguir el ritmo de su propio crecimiento desproporcionado. La cantidad de riquezas generadas y el continuo aumento de la población no permitirían el desarrollo igualitario de todos los individuos, a lo que se sumaba que el ritmo de crisis cíclicas terminaría aumentando con el tiempo hasta llegar al punto de la inevitable caída del sistema. También hay que recordar que tanto Lenin como Stalin están más cerca de Groucho que de Carlos.

Estar atentos

Cuando criticamos a los "otros", porque en general, los "otros", podemos ser también "nosotros".

Este año es del número 111

Por eso si usted le suma a los dos últimos dígitos del año en que nació el número de años que cumple, el resultado será 111. En todos los casos.

Esto es bien claro

Según Alain Badiou, la filosofía, desde sus orígenes, es algo que no puede funcionar como obediencia al poder. Apoyar el orden, no criticar lo existente, es una negación de la filosofía. ¿Lo sabrán los filósofos de Carta Abierta?

Esto ocurre en nuestro país

"El pasado no pasa nunca". Pero lo dijo William Faulkner, que no nos conocía para nada.

Estudios musicales olvidados

De niño estudié guitarra y piano, pero pronto deserté, aunque para mí, no ser capaz de leer una partitura implica una suerte de analfabetismo. Para consolarme me dije a mí mismo que el solfeo era una manifestación de racismo, ya que una nota redonda blanca valía dos negras. Años más tarde me sentí totalmente justificado al saber que podría sentarme al piano y estar frente a él sin tocar una sola nota durante 4 minutos y 33 segundos, y ser aplaudido por haber interpretado magistralmente una de las grandes obras de John Cage.

Eternidad

Cuando el tiempo no se mueve lo llamamos "eternidad".

Europa no lo entiende todavía

Que somos testigos de una revolución cultural que desplaza el eje de la hegemonía occidental y atlántica de los últimos cinco siglos a Asia.
Mientras tanto, Estados Unidos, después de haber explotado todo el negocio posible del petróleo en Medio Oriente, cree que puede democratizarlo.

Eutopía y utopía

La eutopía es un buen lugar donde la seguridad y la libertad estarían equilibradas a la perfección, sin causar descontento ni disenso, pero siempre se da en un combo con la utopía, que es un lugar que no está en ninguna parte.

Evitar el miedo

De cuestionarnos, aconsejaba Charles Chaplin, porque hasta los planetas chocan y del caos nacen las estrellas.

Evitar ser fastidioso

Porque aunque uno no se dé cuenta, si te preguntan cómo estás y no estando bien empezás a contarlo, sos un fastidioso.

Evitarlo

Arruinar el presente por un pasado irreversible que no tiene futuro.

Evo Morales quiere echar a la Coca Cola de Bolivia

Por un lado, aunque dicen que "refresca mejor", tendría razón porque engorda, no alimenta y daña la dentadura. Sin embargo, hay presiones para que eche solamente a la Cola y deje a la Coca.

¿Exageraciones?

Se ha dicho que *The Wall Street Journal* es como *L'Osservatore Romano* del capitalismo. Al menos no he escuchado que *L'Osservatore Romano* sea *The Wall Street Journal* del catolicismo.

Excelente y dramática descripción de hacer un duelo

"Es el proceso de pasar de perder lo que tuvimos a tener lo que hemos perdido". Diana Cohen Agrest.

Excentricidades bautismales

El nombre de Cayetana Fitz-James Stuart, duquesa de Alba y veinte veces grande de España, siempre estuvo vinculado con los gustos y excentricidades que pudo permitirse gracias a su inmensa fortuna y linaje. Esta columna no me da para tanto, pero pobre mujer, si cuando nació fue bautizada así: María del Rosario Cayetana Paloma Alfonsa Victoria Eugenia Fernanda Teresa Francisca de Paula Lourdes Antonia Josefa Fausta Rita Castor Dorotea Santa Esperanza Fitz-James Stuart y de Silva Falcó y Gurtubay, como consta en su partida de nacimiento. ¿Qué podía esperarse entonces, como para alarmarse de que comenzara un cierre de su larga carrera casándose a los 85 años con un "plebeyo" 27 años menor?

Exceso poblacional

Si de verdad existe un "más allá", entre otros problemas de adaptación, es que debe estar llenísimo.

Exhibicionismo

Los argentinos no nos conformamos con tener cosas (bienes, privilegios, etc.), porque tanto o más importante que tenerlas es poder mostrárselas a los demás. En realidad, lo más importante del disfrute sería poder exhibirlas ante los otros.

Exilios

Nacer es el primer exilio.

Exilios II

Yo creo que los primeros exiliados fueron Adán y Eva. La verdad, fue duro y todavía lo estamos pagando. Claro está que mi primer exilio, aunque pueda creerse muy leve, lo tuve a los siete años y lo sufrí bastante, cuando mi familia se mudó del barrio de Flores al Centro, a dos cuadras de la Plaza Lavalle. Obviamente sin consultarme.

Exilios III

Dicen que Sinuhé es el primer caso registrado de exilio. Se trataba de un anciano enfermo y desamparado que había vagado por tierras cuyo nombre ni él podía recordar, hasta que finalmente le pidió perdón al faraón que había decretado su expulsión de Egipto. Y con tal de morir en su patria, fue forzado a destruir su integridad. Muchos próceres argentinos murieron en el exilio, deseando, sin poder hacerlo, volver al país. La lista es larga, pero tomemos al menos dos casos: el de San Martín, que murió en Francia y el de Rosas, que murió en Gran Bretaña, un país que no es nuestro mejor amigo.

Expoliando a Machado

Amante no hay amor; se hace amor al amar.

Expoliando al diccionario de Les Luthiers

Inestable: mesa norteamericana de Inés.
Ondeando: onde estoy.
Telepatía: aparato de tv para la hermana de mi mamá.
Anómalo: hemorroides.
Diademas: 29 de febrero.
Nuevamente: cerebro sin usar.
Sorprendida: monja en llamas.
Nitrato: ni lo intento.

Expresiones de mal gusto

Que felizmente han caído en desuso. Por ejemplo: "ir de cuerpo", o decir de una mujer embarazada "está gruesa".

Expresionismo e impresionismo

El expresionismo es la expresión de eso que la realidad exterior provoca en la conciencia del artista. El impresionismo es la realidad exterior constituida desde esa conciencia, desde la subjetividad del artista. Y la verdad es que no hay tanta diferencia.

Extraña calificación

La de Theodor Adorno, quien decía que Kafka era una agencia de información sobre la condición humana. No me resulta feliz la expresión utilizada, pero en el fondo tenía razón.

Extraña comparación

Me refiero a un funcionario que equiparó la (llamada por él) "adicción al dólar", con la adicción a la cocaína. Porque para ello habría que estar demasiado vinculado a dichas adicciones o a su negocio. De otro modo, ¿a quién se le podría ocurrir?

Extraña declaración

La del Papa anterior a Francisco, que dijo que no se ordenaría a mujeres ni se derogaría el celibato porque "la Iglesia no ha recibido del Señor ninguna autoridad sobre esto". Creo que hasta Chesterton pensaría que no ha recibido ninguna autoridad para eso ni para muchas otras cosas. Y supondría que no necesitaría autoridad del Señor –que no sabemos cómo la expresaría– para ordenar mujeres y derogar el celibato.

Extraña explicación sobre los sueños

Fue la que dio el escritor Juan Rodolfo Wilcock en su libro *La sinagoga de los iconoclastas*, donde dijo que los sueños son en realidad recuerdos de un futuro ya sucedido. Y se quedó lo más pancho.

¿Extraño, no?

En sólo diez años pasamos del "que se vayan todos" al "vamos por todo".

Extraños títulos en un diario español

"Un avión español se estrella en Turquía por tercera vez en lo que va del año". Y yo no me subiría a ese avión, no vaya a ser que se le ocurra estrellarse por cuarta vez. "Fernando I dividió su reino y empezaron las guerras intestinales".

Falla de la voluntad

Tratándose de chocolate toda resistencia es inútil.

Falso recetario

Se ha dicho con razón que repetir el recetario de incrementar las sanciones, las cárceles o la autonomía policial sin llevar a cabo políticas activas para redistribuir la riqueza, proveer mejores servicios públicos y elevar el control civil del instrumento policial, es un camino llamado a fracaso.

Falsos autores

Es larga la lista a quienes se les ha atribuido la frase "de todo laberinto se sale por arriba", pero el único y verdadero fue el escritor Leopoldo Marechal.

Falta de comunicación

La comunicación funciona –y a veces con problemas– mientras mayor sea aquello que tenemos en común con nuestros interlocutores. Pero no sabemos conversar y comunicarnos con quienes son o piensan de manera muy diferentes respecto de cómo nosotros somos o pensamos. La diferencia nos ha conducido históricamente por el camino de la mutua descalificación e invalidación. Llegamos incluso a la demonización. Y cuando la conversación no es posible, su lugar es inevitablemente tomado por las múltiples modalidades que asume la violencia. Pero esto sólo podrá ser de otro modo si llegamos a aceptar al otro como diferente, legítimo y autónomo.

Falta de imaginación

Era dueño de un circo. Se le acercó un hombre para ofrecerle su trabajo. Cuando le preguntó qué sabía hacer, el hombre le dijo que imitaba a los pájaros. El dueño del circo dijo que eso no era atractivo. Entonces, el buen hombre partió, pero lo hizo volando.

Felicidad y alegría

Para Sartre la alegría era subjetiva, y si uno está alegre nadie puede negarlo. En cambio, la felicidad es un estado, que no depende de esto o de lo otro. Bueno, a mí –que no soy Sartre– también me parece que es subjetiva.

Feministas, abstenerse

"Con la poesía sucede lo mismo que con las mujeres: llega un momento en que la única actividad respetuosa consiste en levantarle la pollera". Oliverio Girondo.

Fenómenos insoslayables

La evidencia de la visión a distancia (clásicamente conocida como clarividencia), de la telepatía (transferencia de contenidos mentales), de la precognición (conciencia de sucesos futuros), de la psicoquinesia (interacción de la mente y la materia), y de la sincronicidad (coincidencia significativa, fenómeno compuesto de varios de los antecedentes). Pues bien, todos estos fenómenos son susceptibles de experimentación. Esto lo suscriben varios premios Nobel de Física. Einstein escribió el prólogo a un libro de Upton Sinclair sobre telepatía.

Ferrocarriles y próceres

Cierto revisionismo histórico en el cual militan miles y miles de peronistas, no deben tener explicación para el hecho de que Juan Domingo Perón, al argentinizar los ferrocarriles "británicos" haya bautizado a las tres líneas más importantes con los nombres de los vapuleados Roca, Mitre y Sarmiento.

¡Fiat lux!

Fue dicho y la luz se hizo. Luego, claro está, no cabía otra cosa, y la luz solo pasó a ser la sombra de Dios.

Ficción

Pocas cosas son tan reales y verdaderas como la ficción.

Ficciones

En las ficciones somos lo que soñamos y lo que hemos vivido, y a veces somos también lo que no nos hemos atrevido a vivir. Por eso las ficciones constituyen nuestra rebelión, el emblema de nuestro coraje, la esperanza de un mundo que podría ser creado por segunda vez, o infinitamente dentro de nosotros.

Ficciones II

Escribir ficciones es buscar lo que no somos en lo que ya somos. O aceptar en aquel que somos todos los otros que pudimos ser.

Finalmente tenía razón

El querido Aníbal Troilo, que nunca se fue de su barrio… y se negó a ir a Japón con su orquesta para una gira triunfal, porque qué iba a hacer en Japón, donde no conocía a nadie. ¡Qué embromar!

Finito e infinito

No podemos comprender el infinito con mentes limitadas y finitas, salvo el caso de algunos seres excepcionales. Cuando intentamos acercarnos solo hacemos referencia al tiempo y al espacio, como si pudiésemos de ese modo recrear el infinito dentro de nosotros. Pero tal vez el mayor éxito sea lograr una expansión de nuestra conciencia. Lo más posible es que todo nuestro mundo visible no sea otra cosa que una falsa concepción de un mundo invisible, pero existente.

Flexibilidad laboral

Dentro de poco se dirá que la única desocupación que existe es voluntaria, y que está determinada por el amor al ocio de nuestro pueblo. Al menos, creo que sería la última estupidez que me faltaría escuchar.

Forma impensable de un verdadero exilio

Yo creo que el Papa Francisco, pese a todo lo que representa, debe sentirse en el Vaticano casi como un exiliado. Porque siempre fue y sigue siendo muy argentino; un porteño nacido, como yo, en el barrio de Flores. Que echa de menos al canillita que le llevaba el diario, aunque ahora tome mate leyendo *L'Osservatore Romano*. Incluso, que no pueda viajar en nuestro incomodísimo subte, ni hacer sus visitas a las villas, ni ver a su equipo favorito, gane o pierda. Porque sigue siendo la misma grata y cordial persona que, cuando llamaba por teléfono o atendía decía: "Bergoglio habla", y no el arzobispo ni el cardenal. Por eso recibe a cuanto argentino llega allá, incluso a algunos que no son recibidos aquí por quien debería recibirlos. Y no hay duda de que es un argentino en el exilio, aunque hable urbi et orbi.

Formas de amar

Según Erich Fromm, el amor inmaduro dice te amo porque te necesito, mientras que el amor maduro dice te necesito porque te amo.

Fracaso al traducir literalmente modismos idiomáticos

Los casos son múltiples, pero recuerdo uno muy especial. Ocurrió durante una conversación mantenida por el entonces canciller de nuestro país, Nicanor Costa Méndez, con el embajador del Reino Unido en Buenos Aires durante la guerra de Malvinas. Costa Méndez, a quien le gustaba usar un lenguaje popular, le dijo al diplomático inglés que, sobre lo conversado: "muzzarella". El español básico pero académico que hablaba el británico no le alcanzó para entender el significado de la advertencia de Costa Méndez. Para mayor desconcierto del visitante, nuestro subsecretario, embajador de carrera, excelente profesional, con buenos idiomas pero carente de la picardía del canciller y de lenguaje popular, intervino explicándole al embajador inglés, en su idioma, que "muzzarella" era una suerte de queso que se utilizaba para recubrir las pizzas. ¿Qué tal?

Fracaso nacional

Cuando más que ciudadanos tenemos consumidores.

Franqueza papal

La del Papa León X cuando dijo: "esta historia de Jesús nos ha ayudado mucho".

Frase atribuida a Trotsky

"Cuanto peor, mejor". Pero era de Lenin. Evitar comparaciones.

Frente a enfermedades y plagas

Los verdaderos rasgos de la madurez son incompatibles tanto con el pánico neurótico al contagio como con el espíritu de cruzada.

Frente a los llamados desastres

Sin perjuicio de actuar con responsabilidad, pensar si en cinco años todavía importarán, tal idea podría cambiar su dimensión.

Freud y el inconsciente

Al parecer no fue Freud quien descubrió el inconsciente, porque dicho concepto apareció por lo menos en el siglo XVIII. Hume se refiere a eso. Tolstoi, en su gran novela *La guerra y la paz* le dedica todo un párrafo. En 1870 Freud todavía gateaba, y apareció un libro de Eduard Von Hartmann, publicado en alemán pero traducido al inglés, donde también se hablaba del inconsciente.

¿Fue así o lo inventé?

Porque tengo un vago recuerdo que me suscitó la fecha ya pasada del domingo 14 de abril y hoy, después de haber transcurrido otros catorce días, sigue rondándome. Se trata de que creí recordar que muchos años atrás, el 14 de abril se festejaba el *Día de las Américas*, que nada tenía que ver con el "Descubrimiento". Además, también tengo un vago recuerdo de haber escuchado a un presidente, por supuesto de un gobierno de facto, decir en una de esas oportunidades un discurso en estos términos: "Las naciones, al diapasón sagrado de sus más grandes holocaustos, han podido comprobar que cuando un pueblo no camina, es porque está parado". Además, fue aplaudido.

¿Fue una profecía?

Porque hace muchos años Perón preguntó: "¿Alguno de ustedes vio alguna vez un dólar?"

¿Fuerzas armadas o desarmadas?

Señalaba hace poco el ex canciller Dante Caputo la necesidad de una fuerza defensiva suficiente para custodiar nuestro país, con un territorio que es el octavo en el mundo por su superficie, que contiene la tercera fuente de agua dulce; una de las cuatro praderas más ricas del planeta y la probable existencia de mayores recursos en gas y petróleo. Y agregaba que dado el mundo en que vivimos, carecer de la capacidad para disuadir la apropiación de estas riquezas era literalmente un suicidio nacional.

Fundamentalistas del mercado

Pueden llegar a creer que llueve porque se fabrican paraguas.

Futuro o destino

Tiene razón Dante Caputo cuando dice que no hay destino sino futuro. Porque la idea del destino desgasta a la voluntad de las sociedades. ¿Para qué hacer o evitar lo que de todos modos acontecerá? Por eso en política es mejor que escuchar a las brujas mirar a las sociedades. Tampoco es bueno imaginar el porvenir bajo la forma del pasado, porque ello hace que el futuro, absolutamente inevitable, se convierta en mera nostalgia o frustración.

¿George Steiner habrá dejado de leer?

George Steiner dice que en el mundo de hoy nos llegan infinitas imágenes e historias directamente a casa. Lo cual le hace dudar de que tengamos otro Proust, otro Faulkner. Pero no obstante, afirma que la novela no ha llegado a su fin. De lo que sí está seguro es de que Shakespeare hoy sería un guionista. Si así fuese, nos daría mejores culebrones que los que vemos.

Ganas de vivir

¡La vida es tan rica si se la sabe vivir! Aun modestamente, como ese querido gaucho pampeano, don Zoilo, que cuando tenía 103 años fue visitado por un médico amigo por un fuerte achaque que se lo estaba llevando. El médico, buenamente, le dijo: -Pero don Zoilo, ya pasó lejos los cien años... ¿para qué quiere seguir viviendo? A lo cual don Zoilo, con su habitual ceceo, le contesto: -Y, dotor, pa' ver qué putaz paza...

Garantismo extremo

Porque si la sociedad es la que crea a los delincuentes, no hay otra solución que ponerla presa a ella y liberar a todos los delincuentes.

Generalización válida

En los países desarrollados, la clase dirigente es mejor que su pueblo. En los subdesarrollados, el pueblo es mejor que la dirigencia.

Genocidios

En parte tiene razón el ex fiscal de la Corte Penal Internacional, Luis Moreno Ocampo, cuando afirma que el mundo está listo para detener los crímenes masivos, pero no los actos de corrupción. Y digo sólo en parte, porque en realidad, en cuanto a los crímenes masivos, depende de qué nacionalidad sea el líder, porque Bush pudo impunemente liquidar a más de cien mil iraquíes durante una guerra desatada por las hoy ya inocultables mentiras.

Geometría diplomática

Me enseñó que es preferible ser tangente que secante.

Ginastera y Piazzolla

Es extraordinario que dos jóvenes músicos ligados al jazz local: Richard Nant y Fernando Tarrés estén dedicados hoy a hacer jazz con algunas composiciones de Ginastera y de Piazzolla. Por otra parte, estos dos compositores (maestro el primero del segundo) son los músicos argentinos más interpretados en el exterior. Y no llama la atención que algunos críticos hayan establecido paralelos entre ellos con dos músicos norteamericanos como Aarón Copland y George Gershwin. Clásicos Ginastera y Copland, aunque con mucha base de música folklórica de sus respectivos países, y populares Piazzolla y Gershwin, pero con desarrollos de composición de niveles clásicos.

Globalización

Puede llegar a ser pura promiscuidad, con todas las negativas consecuencias de la promiscuidad.

Gobernante serio

Confucio dijo que la primera decisión que tomaría como gobernante sería la de rectificar el lenguaje, porque si el lenguaje no es exacto, lo que se expresa no es lo que significa. Entonces, lo que debe ser realizado queda sin realizar; se perjudica a la moral y al arte; se desvía a la justicia y la gente queda sumida en un terrible desconcierto. Es decir que no debe haber abuso en lo que se diga, sino que siempre debe decirse lo exacto. Porque esto es lo que finalmente importa e influye sobre todo.

Gobierno y oposición

Por lo que viene ocurriendo en el orden político, pareciera que sólo puede desempeñarse en el gobierno y en la oposición el peronismo. Es decir que el peronismo tendría la capacidad dual de ser a la vez gobierno y oposición. Porque la oposición fuera del propio peronismo se comporta más como lo hacen las organizaciones no gubernamentales que los partidos políticos.

Goethe tenía razón

Cuando decía que se podía soportar todo excepto unos cuantos días de fiesta.

Goldman Sachs

A su lado, Carlos Marx era un místico espiritualista.

Goldman Sachs II

Hace poco, el politólogo José Nun recordó la gran responsabilidad de esta corporación en las dos últimas crisis, y que desde los años 70 hasta ahora, aumentó su capital más de 1400 veces. Lo extraordinario es que sus ejecutivos fueron secretarios del Tesoro de Bush y también primeros ministros de Grecia e Italia.

Gramática y lenguaje

Para Fernando Pessoa la suerte de un pueblo depende del estado de su gramática; además, sin lenguaje no hay nación.

Gran Bretaña y el colonialismo

Nuestras Malvinas no son el único caso de su subsistente colonialismo, pero tiene situaciones diversas. Por ejemplo Saint Pierre y Miquelon, junto a Canadá, siguen siendo una posesión francesa, pese a que el territorio continental adyacente pertenece al Commonwealth: Jersey y Guernesey están más cerca de Francia que de Inglaterra, pero sus ciudadanos son súbditos británicos desde hace siglos, y Francia no las reclama. Bermudas es la más antigua colonia británica y está frente a los Estados Unidos, que tampoco la reclama. Gibraltar está más cerca de España que de Gran Bretaña, y España las reclama, con una enorme paciencia y frustraciones varias.

Gran desesperanza

Leo que en Europa los jóvenes creen que no tendrán mejor vida que sus padres. ¿No fue tal vez lo que sintieron sus bisabuelos cuando emigraron a los Estados Unidos o a nuestra Argentina? Pero yo me pregunto, ¿qué creerán ese casi millón de muchachos del conurbano bonaerense, que están entre los 14 y 19 años y no estudian ni trabajan?

Gran diferencia

Envejecer es inevitable. Madurar, opcional.

Grandes potencias y derechos humanos

Tienen una larga historia de violación de derechos humanos, en algunos casos dentro de sus propios territorios, en otros, en sus colonias o en territorios próximos a los propios. En muchísimos casos han erigido y sostenido por décadas a verdaderos dictadores. ¿Qué lección moral pretenden darle al mundo? ¿Acaso desde sus asientos permanentes en el Consejo de Seguridad de las Naciones Unidas?

Grave complicidad

La enorme deuda externa fue el resultado de una grave complicidad entre la dirigencia del Primer Mundo y los desgobiernos del Tercer Mundo.

Grave error político

El de Berlusconi, que confundió elecciones con erecciones.

Grave falla

La de aquellas personas provistas de talentos, pero carentes del talento para aprovecharlos.

Grosero error de un sociólogo

Me refiero al tan famoso Zygmunt Bauman, cuando dijo que si la emoción es apta para destruir, resulta especialmente inepta para construir nada. Me imagino que también habrá, en "nada", incluido al amor. Lo extrañamos a Max Weber.

Guste o no es inevitable

Ni bien nacemos hemos comenzado a morir. Tal vez por eso en varios países del sur de Europa se festeja mucho más el Día del Santo que el del cumpleaños, porque si uno cumple un año más de vida, es obvio que le queda uno menos también por vivir.

Gustos literarios

El de Gide, para quien Simenon fue el mejor novelista francés. Primero lo rechazó a Proust, pero luego se arrepintió y terminaron siendo amigos. Pero me pregunto por los criterios estéticos de Gide. Realmente un verdadero misterio.

Hablando de China

Como recordamos a un emperador chino, vale la pena también citar lo que decía Napoleón: "Cuando China despierte, el mundo temblará".

Hablando de libros y escritores

Lo que llaman realismo consiste en hacer pasar por verdad la mentira y la mentira por verdad. Seguir teorizando es una lamentable pérdida de tiempo, pero algunos críticos viven de eso.

Hablando de medios

Se ha dicho con razón que una típica familia rica y distinguida pero ineficaz, vendió el diario más importante de la capital política de Occidente, o sea Washington DC, que se había empobrecido a un extremo impensable. Por supuesto hablamos de *The Washington Post*, que tenía que leer diariamente cuando vivía en aquella ciudad. Y el precio de la venta, doscientos cincuenta millones de dólares, fue un regalo para Jeff Bezos, dueño de *Amazon*, porque dicha suma, por ejemplo, es la de *Los jugadores de cartas* de Paul Cézanne, el precio para reformar el Maracaná para el mundial de Fútbol 2014, o para adquirir trece aeronaves de combate F 16; el equivalente a la recaudación de *Harry Potter y el prisionero de Azkaban* o igual a la demanda de Antonio de la Rúa a Shakira. Créase o no, esto puede ser algo revolucionario.

Hablar de imposibles

Un amigo me cita un texto de la escritora Doris Lessing que dice: "Si los jóvenes supieran. Si los viejos pudieran". Claro está, le digo yo, que si los jóvenes supieran, no serían jóvenes y si los viejos pudieran, no serían viejos. Es casi como decir: "Si los políticos supieran... Si los intelectuales pudieran". Y entonces, de igual manera podríamos agregar que, si los políticos supieran, no serían políticos, y si los intelectuales pudieran, no serían intelectuales. Como ven, de optimismo, nada.

Hablemos del amor

Alguien lo definió como una situación donde el hombre y la mujer crean todo el tiempo espejismos emocionales y tratan de sobrevivir haciendo equilibrio en ese filo inestable y peligroso que forman la ilusión y la realidad.

Hace poco algunos se quejaban del exceso de tuteo

Porque el trato de *usted* tenía todavía su valor. Pero de pronto el tuteo pasará a ocupar el antiguo lugar del *usted*, ya que ahora todo el mundo se *twittea*.

Hacer dialéctica, una obviedad

Hegel nunca dijo "siempre que llovió, paró". Sino "siempre que paró, llovió". Traducido al alemán, se entiende mejor.

¿Hacia dónde marchamos nosotros?

"Las naciones marchan hacia el término de su grandeza, con el mismo paso con que camina la educación". Simón Bolívar.

Hacia la intolerancia

Cuando la fuerza y seguridad de las convicciones hacen innecesarias las preguntas.

Haikus borgeanos

La ociosa espada / sueña con sus batallas: / Otro es mi sueño.
La vieja mano / sigue trazando versos / para el olvido.
La vasta noche / no es ahora otra cosa / que una fragancia.

Hasta sus opositores tendrían que aceptarlo

"Parece mentira que no cuidemos la vida, que es un paréntesis, mientras tenemos toda la eternidad para no ser". José Mujica (presidente de la República Oriental del Uruguay).

¿Hay algún otro país?

Que como la Argentina haya pasado del desarrollo al subdesarrollo.

Hay canallas permanentes

Paul Auster, en su interesante correspondencia mantenida con J. M. Coetzee le cuenta: "…No sé si te acordarás de esto, pero me sigue encendiendo la sangre, aún me llena de ira: en algún momento de los setenta u ochenta, el Congreso de Estados Unidos hizo una declaración simbólica al gobierno sudafricano, pidiéndole que liberase a Nelson Mandela de la cárcel. La votación fue casi unánime. Entre los dos o tres disidentes: Dick Cheney". Los lectores recordarán a este vicepresidente del último Bush, que llegó ilegalmente a la presidencia frente a Gore, y fue Cheney el más decidido gestor de la guerra contra Irak, para luego ganar con sus empresas cifras millonarias en la posterior reconstrucción. ¿Qué tribunal lo ha juzgado?

Hay cosas gratis, aun en el mundo capitalista

Y tal vez no nos demos cuenta. Como por ejemplo, según dicen algunos, las mejores cosas de la vida. Hay que descubrirlas y, por gratis, no es aconsejable regatearlas.

Hay gente así

Por ejemplo, quienes dicen que Dios debe perdonarlo todo porque ese es precisamente su negocio.

Hay muchas diferencias

Pero una muy importante es que cuando llega el momento de las urnas, los peronistas se unen y los radicales siguen desunidos. Si Gardel pudiera todavía cantar o "cartar" (como él a veces lo hacía para evitar la "n" nasal), diría así: "Karma radicales, Karma". Y lo de la K no tiene sentido político sino esotérico.

Hay muchas maneras de saludar

Un embajador de la China Nacionalista (cuando todavía teníamos relaciones con esa nación) presentó sus saludos al Subsecretario de Relaciones Exteriores de nuestro país, de una manera poética, típicamente china: Embajador chino: -Señor Subsecretario, deseo que el viento de la benevolencia acaricie su cabeza y que el rocío de la tarde primaveral lo favorezca como a las rosas de su jardín. Subsecretario argentino: -Basta la salú.

Hay muchos...

Incomprendidos, pero la mayoría no son genios.

Hay mujeres así...

Tan desconcertantes que si uno las encuentra en un ascensor no es fácil saber si están bajando o subiendo.

¿Hay plata o no?

Esa es la duda del veterano periodista Carlos Ares, porque afirma que no la hay para los maestros, pero hay dos millones de dólares por día para Aerolíneas Argentinas. No la hay para los jubilados, pero sí mil quinientos millones de pesos para el escandaloso negocio del fútbol. No la hay para una buena comida en las escuelas, pero sí tres mil millones de pesos para mantener a los Szpolski, Garfunkel, Cristóbal López y toda la cadena del periodismo mercenario.

Hay que autoanalizarse

Para darse cuenta de qué manera estamos o no, hechos de algunos otros.

Hay que evitarlos

Me refiero a los conflictos personales; porque restan energía, desgastan el cerebro y envejecen la mente.

Hay que ser generoso pero con inteligencia

Se le atribuye a Pitágoras haber dicho que debemos ayudar a nuestros semejantes a levantar su carga, pero no obligarnos a llevarla, sustituyendo sus propias responsabilidades.

Hay que sincerarse

Y decir la verdad: ¿deseamos algo porque lo consideramos bueno, o lo consideramos bueno porque lo deseamos?

Hay que tratar de burlar al ego

Porque su fórmula es: "según lo que suceda, así me siento". De ese modo vivimos en un mundo de deseos y expectativas, bajo la ilusión de que las circunstancias nos van a traer la anhelada paz y la felicidad… algún día. Sin embargo, una mejor posibilidad es decir: "yo soy responsable de crear mis sentimientos y mi estado de consciencia y a partir de ahí, trato con las situaciones de la vida". Vale decir que ya no dependo tanto de lo que suceda sino de lo que yo hago con lo que suceda.

Hay que vencer a la tristeza

Nick Drake, cantautor inglés nacido en Birmania, que murió a los 26 años y logró una enorme fama póstuma que no parece haber llegado todavía a nuestro país, fue la encarnación de la tristeza. Su madre, Molly, le contestaba a veces al piano las canciones que hacía Nick con su guitarra.

En una de ellas le decía: "Lamentate en silencio, aprende a no dar lástima, si el tiempo se lleva la felicidad también se lleva la pena, aprende a no recordar los recuerdos que llevan al lamento".

Hay algo extraordinario

Se ha generalizado eso de que las computadoras no piensan; y es verdad, pero muchos de los que lo afirman creen que ellos piensan, y en realidad, sólo discurren con frecuencia sin sentido, o sueñan o deliran; fantasean, sobre todo desean, pero lo que se dice pensar, de verdad, casi del mismo modo que las computadoras.

Heidegger nunca pudo desmentir esto

En su "Discurso de asunción al rectorado de Friburgo" dijo: "Que las normas que han de regir vuestro ser no sean los principios ni las ideas. El Führer mismo y sólo él es hoy y en el futuro la realidad alemana y su ley".

¡Helas!

En Marsella se habla hoy el árabe más que el francés.

Henri Bergson

Es sabido que este filósofo francés (1859-1941) dominó el panorama filosófico a comienzos del siglo XX y, siendo judío, inspiró a una fecunda generación de pensadores de su tiempo a convertirse al catolicismo. Él mismo estuvo a punto de dar ese paso, pero explicó, en su testamento, por qué se abstuvo de hacerlo: "Mis reflexiones me han ido atrayendo paulatinamente hacia el catolicismo, en el que veo la realización plena del judaísmo. Me hubiera convertido de no prever la formidable ola de antisemitismo que iba a estallar en el mundo. Quise permanecer entre quienes mañana iba a ser perseguidos". ¡Chapeau!

Hipernarcisismo

Hay personas que en todas las bodas quieren ser la novia y en todos los entierros el difunto.

Heridas que nunca cicatrizan

Son las que sufren los niños por la violencia moral o física que les infringen los padres.

Historia del control de precios

El economista Víctor Beker dice que según los historiadores económicos, el primer control de precios se implantó hace casi 4.000 años en Babilonia. En el año 301 d. C. el emperador Dioclesiano promulgó un Edicto sobre Precios Máximos que abarcaba 1.300 productos. Así procedía a reducir el contenido metálico de la moneda con la finalidad de hacerse de efectivo con el que pagar a los soldados y funcionarios. Pero al disminuir el valor de la moneda, aumentaban los precios. El Edicto establecía la pena capital contra los especuladores, a los que culpaba de la inflación.

Hombres y Dios

Dilema: Dios es una vieja ilusión del hombre o el hombre es una permanente desilusión de Dios.

Horca

El más horrible de los instrumentos de cuerda.

Hoy está todo documentado

Por eso yo no recuerdo que nadie haya elogiado más a Menem y a Cavallo que Néstor Kirchner y su esposa Cristina, nuestra presidenta. ¿Qué les pasó? ¿Se equivocaron entonces? Él ya no puede explicarlo pero ella debería hacerlo ahora en su habitual uso de la cadena televisiva. Así nos enteramos del cambio.

Hoy todo el mundo se encuentra

Pero en los tiempos de Bach y Handel, que nacieron con veintiséis días de diferencia, jamás se cruzaron.

Hoy, ni en casa ni en la escuela

"Desde muy niño tuve que interrumpir mi educación para ir a la escuela". Bernard Shaw.

Hubo hombres así en nuestro país

Me refiero al gran economista Raúl Prebisch, que cuando fue dejado cesante en el Banco Central, recibió al día siguiente tentadoras ofertas de todos los bancos de Argentina, nacionales y extranjeros para figurar como asesor de sus respectivos directorios. Pero Prebisch las rechazó, contestando que hasta el día anterior él los había fiscalizado, y que sería deshonesto pasar a tener una relación de dependencia con cualquiera de ellos. Agregó que él tenía vocación de servidor público. Por ello, vendió su departamento y se reintegró a sus cátedras en la Facultad de Ciencias Económicas de la UBA hasta que fue designado Secretario General de la CEPAL, donde continuó su magistral labor de investigación y docencia, reconocida internacionalmente.

Humildad científica

Decía Isaac Newton que si había visto más lejos era por haber estado de pie sobre hombros de gigantes. Lo que igualmente le pasó a Albert Einstein, que se paró de pie sobre los hombros de Newton.

Humildad de un grande de nuestra música

Me refiero al compositor Manolo Juárez, que dijo que él no era un pianista sino un tocador de piano. Que pianista era Horacio Salgán.

Humor de Borges

En la última entrevista que Facundo Cabral concedió a nuestra televisión, contó que hace más de 35 años él y un amigo suyo se encontraron con Jorge Luis Borges y le dijeron: "Maestro, componemos canciones de protesta", a lo que el autor de *Ficciones* contestó: "Qué suerte, cuando yo estoy enojado no se me ocurre nada".

Humor de Borges II

Contó en una oportunidad el escritor Ulises Petit de Murat que había leído en diarios franceses y luego en *The New York Times* la noticia de la muerte de Borges. Lo cual causó un cierto revuelo. "Apenas saberlo me puse en contacto con él y le expresé mi desagrado por la noticia apócrifa de su muerte. Pero él me corrigió: Apócrifa, no. Sólo prematura".

Ideas

Créase o no, son las emociones de la inteligencia.

¿Ideologías?

Así como para Foucault los locos no estaban locos y que hablar de la locura era ideología, para muchos criminalistas los delincuentes no son delincuentes y hablar de la delincuencia es ideología. Bueno, además para Foucault la verdad no es una correspondencia entre el pensamiento y la realidad.

Ignorancia e inteligencia política

Me refiero a los dos políticos (excluyendo al presidente de Siria) más peligrosos de este tiempo: Maduro y Putin; aunque de características diametralmente opuestas, como quedan establecidas en el título. No dudo de que el lector hará la adjudicación correspondiente.

Ignorancia y subdesarrollo

Dice el ex canciller Dante Caputo que la ignorancia de grandes sectores de una sociedad es la desgraciada consecuencia del subdesarrollo, y la ignorancia de las élites es, en cambio, una de las causas principales del subdesarrollo.

Imaginación compartida

"Siempre me gustó imaginar el momento que sigue inmediatamente a la muerte como aquel en el cual por un instante, una hora, un siglo, nos encontraremos en perfecta plenitud entre aquellos que amábamos antes de las otras partidas y las otras vueltas de la eternidad. Sin duda, habrá allí una docena de personas, todos amigos. ¡Qué apretón de manos nos daremos ese día!" Marguerite Yourcenar.

¿Importa o no que se degrade el lenguaje?

Según Juan Bautista Alberdi, la lengua de un pueblo es el reflejo de su historia, de su gobierno, clima, costumbres y carácter.

Importante visión

La del gran poeta inglés, W. H. Auden, quien dijo: "Pienso que a muchos de nosotros nos obsesiona el sentimiento de que nuestra sociedad, y no me refiero sólo a los Estados Unidos (donde vivió desde 1939) o a Europa, sino a toda nuestra civilización tecnológica mundial, ya se llame oficialmente capitalista, socialista o comunista, va a derrumbarse, y es probable que se lo merezca".

Impunidad de los bancos

Son las únicas empresas que cuando quiebran son salvadas por los estados. Además, cuando son acusados, amenazan con una batalla jurídica interminable (tienen brigadas de abogados trabajando para ellos); si llegan a un compromiso, pagan una multa sin admitir ni negar su responsabilidad. Después, prometen no volver a las andadas, pero no cumplen, son retados y pagan otra multa, siempre de costo muy reducido en relación con su conducta fraudulenta. El economista y premio Nobel Joseph Stiglitz señala que una variante de la defensa de los bancos es la máxima *caveat emptor*, que dice: nadie debería fiarse de nosotros y quienquiera que lo haga es un estúpido.

Incertidumbre de la vida

Malraux decía que el mayor misterio no era que hubiésemos sido arrojados al azar entre la profusión de la materia y los astros, sino que era haber logrado extraer de nosotros mismos imágenes lo suficientemente poderosas como para negar nuestra pequeñez, una forma tal vez insensata de confianza en medio de la más absoluta incertidumbre.

Incertidumbre sobre la vocación

Es que hay de todo en esta vida. Por ejemplo, Amalita Lacroze de Fortabat, quien dijo: "Una vez me pregunté si todo esto tenía sentido, si mi misión en el mundo no era otra. Pensé muy seriamente en dejar todo e ir a trabajar con los pobres al África. Al final no fui por el calor. Yo sufro mucho el calor".

Infancia desdichada

No hay nada ni nadie que pueda borrar una infancia desdichada, salvo un muy gran amor.

Inflación

Fenómeno económico que obliga a vivir pagando los precios del año próximo con los sueldos del año pasado.

Influencia literaria

En la Argentina, el relato ha sustituido a la realidad, fenómeno que ha llegado especialmente hasta el gobierno. Ni Borges ni Cortázar se habrían imaginado tanta influencia.

Insólito encuentro

El 14 de mayo de 1983 caminando por una calle de Buenos Aires, me encontré con un amigo a quien no veía desde hacía muchos años. Charlamos brevemente, pero no del presente sino del pasado. Nos despedimos con esa frase tan argentina de "tenemos que vernos… me llamás o te llamo… ¿los teléfonos son los mismos?… sí, los mismos". Seguí caminando, y al cabo de unas cuadras recordé que dicho amigo había muerto en 1973.

Instrucciones absurdas

Son las que aparecen en las etiquetas de consumo en algunos productos. Por ejemplo la que leí en un paquete de una plancha Rowenta: "No planchar la ropa sobre el cuerpo". En una sierra eléctrica sueca: "No intente detener la sierra con las manos o las piernas". En un paquete de frutas secas de American Airlines: "Primero abrir el paquete, luego comer las frutas secas". En el manual de un teclado Razor Keyboard XP: "Si su teclado no funciona, escríbanos un e-mail a: tech@razor.com" ¿Las redactan idiotas o están dedicadas a idiotas?

Intelectuales orgánicos

Esta es una interesante expresión de Gramsci aplicada a los justificadores incondicionales del poder, contribuyendo a la psicología del autoengaño, que atrapa a los entornos y contribuye a muchos disparates de los titulares de la sediciente autoridad.

Intercambios verbales famosos

"Le adjunto dos entradas para el estreno de mi nueva obra teatral. Vaya con un amigo, si es que tiene alguno", de Bernard Shaw a Winston Churchill.

"No podré asistir a esa primer noche, pero iré a la segunda si es que llegara a producirse", de Winston Churchill a Bernard Shaw.

Interesante aviso estadounidense

(Traducido del inglés). "Le avisamos que al conocer el hecho de su fallecimiento hemos cancelado la entrega de sus cupones de comida. Que Dios lo bendiga y por favor contéstenos si se produjera algún cambio en sus circunstancias". Department of Social Services, Greenville, South Carolina.

Introducción a la perestroika

François Mitterand –hoy se lo echa de menos– contó que en una visita al Kremlin fue testigo del siguiente diálogo, mantenido por el secretario general Konstantín Chernenko y un dirigente por entonces desconocido para el presidente de Francia:

Chernenko: ¿Qué resultados ha tenido la cosecha?

Dirigente: Pésimos, fatales…

Chernenko: ¿Y cuál fue la causa, el mal tiempo?

Dirigente: No, no ha sido el factor meteorológico. La causa es que la gente no trabaja.

Chernenko: ¿Pero desde cuándo la gente no trabaja?

Dirigente: Desde 1917.

Supo después Mitterand que el dirigente entonces desconocido para él, era un tal Mijaíl Gorbachov.

Inundaciones porteñas

El gobierno de la Ciudad debe seguir creyendo aquello de que "lo que mata es la humedad". Pero las cinco recientes muertes no las causaron la humedad de Buenos Aires sino una de las ya frecuentes inundaciones que se han constituido como un inevitable hecho de la naturaleza. Si el gobierno local hiciera un plebiscito, es posible que la sociedad porteña le indicara que terminar con las lamentables y dramáticas consecuencias de las inundaciones tiene mucha más importancia que cerrar el microcentro con peatonales, que las bicisendas, que la anacrónica doble mano de la avenida Santa Fe y que las carreras automovilísticas en plena ciudad, cada día menos transitable, salvo después de las diez de la noche.

Inundaciones porteñas II

El gobierno de la Ciudad alquila bicicletas pero si no se ocupa de las lluvias va a tener que alquilar góndolas.

¿Irá América Latina de consenso en consenso?

¿Por ejemplo del de Washington al de Beijing?

Julio Cortázar nos avisó

Cuando visitó por última vez nuestro país en diciembre de 1983 dijo: "Tengo la impresión de que al pueblo argentino se le ofrece una oportunidad única, de empezar un camino de ascenso, de salir del pozo… pero creo que es la última oportunidad que tenemos, y que si la perdemos –dado el estado de quiebra tanto económica como ética en que ha caído el país– los resultados pueden ser catastróficos".

¿Juridicidad estadounidense?

La Suprema Corte de Estados Unidos sigue sin expedirse sobre las torturas en Guantánamo.

Justicia e impunidad

Diría aquí un español: "Los delincuentes que vos encarceláis gozan de buena libertad".

Justicia-injusticia

Ambas comparten una cosa: la necesidad de la autoridad de la fuerza para ser aplicadas.

Justificado reproche

Es sabido que Golda Meir siempre le reprochó a Moisés llevar durante cuarenta años al pueblo judío por el desierto para terminar por ubicarlo en un lugar donde no había petróleo.

La "democracia de Bush"

El profesor Sanford Levinson, profesor de derecho en la Universidad de Texas, decía que después del 11 de septiembre de 2001, el gobierno de Bush comenzó a actuar como si las normas constitucionales y legales hubiesen sido suspendidas, fundada dicha acción en el jurista nazi Carl Schmitt, para quien no existen normas que puedan aplicarse al caos, afirmando que soberano es quien decide en estado de excepción.

La academia francesa

Hasta un escritor argentino fue incorporado a ella, pero no Moliere ni Balzac.

La actual decadencia de las Naciones Unidas

"El poder del mundo no se discute en las Naciones Unidas. Las guerras y los genocidios no tienen mecanismo de contención, excepto el que pueda crear la conveniencia circunstancial de las grandes potencias. La lucha es de ellos, los muertos, de los otros". Dante Caputo (ex canciller argentino que presidió la Asamblea General de la ONU entre 1988 y 1989).

La adolescencia prolongada

Como dice la escritora Hebe Uhart, la adolescencia es la etapa más engañosa de la vida de la gente. Pero también ocurre que mucha gente lleva esa etapa hasta la vejez.

La anarquía

Siempre colabora para que lleguen las dictaduras.

La Antártida argentina

Nuestra presencia ininterrumpida en la Antártida data de 1904, cuando en las Orcadas del Sur se izó nuestra bandera en la primera base permanente del mundo, que nos hizo pioneros de la investigación científica en esa tierra. Pocos jóvenes argentinos saben que el sector antártico argentino tiene una superficie de 1.461.597 kilómetros cuadrados, donde se realizan tareas de una grandeza silenciosa, de la cual nadie hace alarde y que responde fielmente a los fines suscriptos por los estados firmantes del Tratado Antártico, logrado durante la presidencia de Arturo Frondizi, primer mandatario que la visitó. Nuestro país continúa ejerciendo su soberanía a pesar de los constantes reclamos de Gran Bretaña sobre todo su territorio. Además de ocupar Malvinas.

La Argentina: un gran hotel

Así la veía un periodista británico, en el cual todos sus huéspedes viven quejándose de los servicios, sin darse cuenta de que ellos son los dueños del gran hotel.

La burocracia ontológica

Se justifica por su propia existencia, como Dios.

La búsqueda de la partícula de Dios

Los físicos deben ser miopes o los teólogos hipermétropes.

La causalidad

Es un descuido del azar.

La ciencia y la tecnología

Más allá de su importancia no pueden ordenar la vida, porque ésta solo se ordena por valores.

La civilización según Freud

Cada individuo es virtualmente enemigo de la civilización, porque ella es algo impuesto a una mayoría por una minoría. Y que la posibilidad de una nueva regulación de las relaciones humanas que ciegue las fuentes del descontento ante la cultura, renunciando a la coerción, será una edad de oro que difícilmente podrá llegar.

La confusión como provocadora de infelicidad

Por ejemplo si se toma como catástrofe lo que es una molestia, y por molestia lo que es una catástrofe.

La conspiración de los ricos

Es el título del último libro de Robert T. Kihosaki, autor del best seller *Padre rico, padre pobre*. Al parecer, esa conspiración es directamente la de los bancos, en los cuales no hay que confiar. Y agrega que es irónico, porque a pesar de que la Reserva Federal y el Tesoro (obviamente habla de las instituciones estadounidenses) son las causas del problema, el mundo entero confía en que ellas resolverán los principales problemas económicos de la gente. En cambio, para él, la Reserva Federal no es federal ni es estadounidense. La "Fed" (nada que ver con el libro de Isidoro Gilbert), como se la llama comúnmente, pertenece a algunas de las familias más acaudaladas del mundo: es un cartel bancario, así como la OPEP es un cartel petrolero. Ante esto, como decía un tío abuelo mío que era cura párroco en Madrid: "que Dios nos coja confesados".

La corrupción

Cuando un pueblo es totalmente insensible ante la corrupción, siempre me viene a la memoria el fin de la Roma Imperial.

La corrupción II

En nuestro país es total: alcanza a lo público y a lo privado.

La creación literaria

Consiste en autocontemplarse, descubrir en la mente el sentido de una experiencia real, desrealizar dicha experiencia imaginándola como ficción, y por último, si se puede, configurar la ficción en palabras.

La crítica literaria

Dice con mucha razón Mario Vargas Llosa que hay una crítica literaria universitaria, erudita, generalmente enfardelada en una jerga técnica que la pone fuera de alcance de los no especialistas y, a menudo, vanidosa y abstrusa, que disimula detrás de sus enredadas teorizaciones lingüísticas, antropológicas o psicoanalíticas, su nadería.

La cultura del espectáculo

La actual cultura tiene muchos más espectadores que lectores, además, para las lecturas hay generalmente una información abrumadora, no siempre veraz y raramente formativa. Por otra parte, la imagen predomina sobre la palabra, todo lo cual no alienta ninguna posibilidad de optimismo sobre los niveles de la humanidad que la padece.

La curiosidad

Puede llegar a ser una maravillosa persistencia de la niñez.

La desigualdad

Es el gran tema del cual trata el hoy tan famoso Thomas Piketty. Y tiene razón si se piensa que el 1% de la población concentra el 50% de la riqueza mundial. Cuadro peligroso para la estabilidad de la democracia.

La desigualdad en el capitalismo

El capital rinde el 4% o 5% anual con tasas de crecimiento económico de 1,5% por año. Con ello la desigualdad es inevitable.

La desobediencia civil

El poeta y filósofo estadounidense Henry David Thoreau, de tendencia trascendentalista y origen puritano, encarcelado por negarse a pagar impuestos a causa de su oposición a la guerra contra México, proclamaba que incluso tras los barrotes él era más libre que quienes lo habían encarcelado, porque no había nacido para ser forzado. Y si todos los que rechazaban la esclavitud o la guerra se negasen a pagar sus impuestos, con las prisiones llenas y cada vez con menos fondos, el Estado se vería obligado a desistir.

La dolorosa evolución del hombre

Para John Updike, el animal humano, que comenzó su evolución en los árboles y luego bajó al suelo para recorrer las praderas de Kenia, terminó por desarrollar una conciencia tan aguda y dolorosa que ninguna filosofía es capaz de aliviarla.

La dosis de humanidad de Juan XXIII

Cuando era Nuncio Apostólico en París se encontró en un acto oficial con Sofía Loren, que lucía un profundo escote y una cadena con una cruz de esmeralda adentrándose con coquetería entre sus senos. Quien luego fuera Juan XXIII, con una sonrisa desarmante expresó: "¡Benedetto quel calvario!", o sea ¡bendito ese calvario! En el año 2000 fue merecidamente santificado por Juan Pablo II.

La duda puede ser peligrosa

Al menos, según William Blake, si el sol llegara a dudar un solo instante, se apagaría.

La dulzura no requiere traducción

La dolcezza delle parole conduce alla fiducia.
La dolcezza del pensiero conduce alla profonditá.
La dolcezza del sentimenti conduce all'amore.

La ecuación "amigos/enemigos"

Ahora que ha vuelto a ponerse de moda el famoso jurista nazi Carl Schmitt, tuvo también su auge bajo el gobierno de George W. Bush, de cuyo abuelo siempre se dijo que había tenido vinculaciones con el régimen nazi. Lo interesante es que uno de los más importantes referentes del neoconservadurismo, Irving Kristol, sostuvo la necesidad de poner en vigencia dicha ecuación, con el agravante de establecer el famoso "para los amigos todo, para los enemigos ni justicia".

La edad no significa nada

Estar atentos, porque nunca se es demasiado viejo para hacer o decir estupideces.

La envidia

Es uno de los sentimientos más estúpidos y rastreros que pueda albergar el alma humana.

La escritura

Escribir es un modo concentrado de pensar.

La esperanza

Virtud cristiana, para Cioran virtud del esclavo. Para Michel Onfray, tener esperanza es esperar el mañana y no vivir el hoy. Por eso la esperanza de un mundo mejor aleja muchas veces del actuar aquí y ahora en pos de hacer un mundo mejor. No se debe esperar ni desesperar, sino actuar.

La exigencia de legalidad no es golpe de Estado

Por eso tiene razón Jorge Fernández Díaz cuando dice que si los progresistas argentinos hubieran vivido en los Estados Unidos durante los años 70 habrían caracterizado al Watergate directamente como un golpe de Estado. Eso constituyó un hecho muy catastrófico para el Partido Republicano, como lo fue para el Partido Demócrata el vengativo intento de juicio político a Clinton por el uso "oral" del Salón Oval. Que finalmente no prosperó, pero tampoco allá lo consideraron un intento de golpe de Estado. En cambio, sí lo fue, pero disimulado a la manera "institucional norteamericana", el asesinato de J. F. Kennedy.

La familia

El sexo libre y el divorcio exprés de alguna manera la han debilitado como institución social.

La famosa tasa Tobin

Establece que con solo el 1% de impuesto a las transacciones financieras se alcanzaría a cubrir todas las necesidades básicas de la población mundial en estado de pobreza. La tasa Tobin o ITF (Impuesto a las Transacciones Financieras) es una propuesta sugerida por el economista estadounidense James Tobin en el año 1971, y que recibiera el premio Nobel de Economía diez años más tarde, en 1981.

La felicidad

No es una cuestión de destino sino de elección.

La ficción

Es muy difícil precisarlo, pero creo que comenzó no sólo cuando el primer ser humano mintió, sino cuando quienes lo escucharon reconocieron su mentira pero prefirieron ignorarla.

La ficción es más larga que la realidad

Cuando uno recuerda un hecho de la vida real, ya lo está transformando en ficción.

¿La filosofía depende de la ciencia?

No depende de la ciencia pero no puede ignorar los trabajos científicos y ya no está en condiciones de construir una filosofía del espíritu como en la época de Descartes. No puede avanzar si para las preguntas que se hace no tiene en cuenta los saberes que se refieren a esas mismas cuestiones. No puede hacerlo dialogando únicamente consigo misma y su propia historia.

La genialidad no impide la estupidez

Por ejemplo, la de Nietzsche, cuando dijo que lo que no te mata te hace más fuerte.

La humildad

Cuando se hace ostentación de ella, es falsa.

La humildad II

La descubrió Charles Chaplin cuando se amó de verdad y desistió de querer
tener razón siempre, porque por no hacerlo antes había errado muchas veces.

La importancia de la creación artística

Nadie duda de que si Shakespeare, Beethoven o Van Gogh hubieran muerto prematuramente, nadie habría realizado sus obras. En cambio, si Newton no hubiera existido, algún otro físico hubiese descubierto las leyes clásicas del movimiento.

La importancia de la palabra

Además de que el hombre se constituye a través del lenguaje, según el poeta ruso Joseph Brodsky, cuando las civilizaciones dejan de sostenerse, no son legiones militares las que evitan su desintegración total, sino el lenguaje, la palabra, como fue el caso de Roma y antes, el de Grecia, a pesar de la larga ocupación turca.

La importancia de plantear bien las cosas

Porque a veces, un problema sin solución podría ser un problema simplemente mal formulado.

La inadecuación del lenguaje

"La obra y la existencia de Pizarnik atestiguan permanentemente el sentimiento de la inadecuación del lenguaje para expresar al mundo y la inadecuación del mundo con respecto a nuestros deseos más profundos". Es de una verdad incontrastable y que produce gran angustia. La cita es de la gran lingüista Ivonne Bordelois, refiriéndose a Alejandra Pizarnik. Este es un tema que traté por carta entre Estocolmo y París con Juan Gelman.

La indiferencia

Decía el profesor Abraham Joshua Heschel que la indiferencia al mal es peor que el mal mismo.

¿La inutilidad del arte?

Si nos traen *Rinoceronte* de Eugene Ionesco desde París no dejemos de ir a verla al Teatro San Martín. Y recordemos una de sus famosas frases: "El arte es inútil pero el hombre es incapaz de prescindir de lo inútil". Sin embargo creemos que lo único útil que hizo Ionesco en su vida tuvo que ver con el arte, y no le fue del todo mal.

La ley de Gravedad

Para orgullo de Newton, a pesar del estado de anomia en que vivimos, la única ley que se cumple en nuestro país es la ley de Gravedad. Todos los días nos enteramos de decenas de empresas, de personas o de valores que se caen.

La llamada "objetividad"

Cada día creo menos en ella aunque yo mismo ponga toda mi intención en cumplirla. Soy sujeto y todo parte de mi subjetividad: ¿cómo pretender que pueda ser objetivo?

La lógica anticapitalista de un poeta

Cuya enorme pobreza y hambre lo llevaban al gran poeta César Vallejo a decirle a un amigo: "Te debo 20 francos, préstame 5 y te quedaré debiendo 15…".

La luz y el sonido

Debido a que la velocidad de la luz es mayor que la del sonido, muchas personas que pueden parecer brillantes antes de opinar, luego se transforman en estúpidas.

La madurez

Según Woody Allen, cuando uno llega a ella lo tiene todo: sabiduría, experiencia, muchas cosas para decir. Lo único que no tiene es tiempo.

La mala moneda reemplaza a la buena

Creo que eso es lo que dice la ley de Gresham. Y por su lado, John Maynard Keynes afirmó que no hay forma más sutil y segura de derribar las bases de la sociedad que corromper la moneda.

La máquina capitalista

Tiene por objetivo hacer la deuda infinita o eterna.

La mariposa y el propósito cósmico

Dice G. I. Gurdjieff que nuestro desarrollo es como el de una mariposa. Debemos morir y renacer, como el huevo muere y se vuelve oruga; la oruga muere y se vuelve crisálida. La crisálida muere y recién nace la mariposa. Es un proceso largo y la mariposa vive solamente un día o dos. Pero se ha cumplido el propósito cósmico.

La mejor terapia

Definitivamente, la meditación, saber filosofía y vivirla puede hacer mucho más y mejor que el Prozac.

La memoria

Mark Twain decía que cuando era joven podía recordarlo todo, hubiera sucedido o no.

La memoria II

La memoria es una construcción y también una forma de imaginación.

Lamentable gran naufragio

El del Estado de Bienestar Social en Europa.

Lamentables y tempranas muertes

La de Keats, que murió a los veinticinco años. La de Lord Byron, a los treinta y seis; Emily Bronté, a los treinta; Charlotte Bronté, a los treinta y nueve; Shelley, sólo un mes antes de cumplir los treinta; Nathanael West, a los treinta y siete; Leopardi, García Lorca y Apollinarie, a los treinta y ocho; Pascal, a los treinta y nueve; Rimbaud, a los treinta y siete; Kafka no llegó a los cuarenta y cinco. Y hay muchísimos más, también en la música y en la pintura.

La mufa

Es el moho del alma.

La necesidad de la poesía

"¿Puede haber poesía después de Auschwitz?", pregunta el filósofo Theodor Adorno, y yo creo que tal vez, precisamente por eso debería haber mucha más poesía, tanta, que nunca pueda volver a ocurrir lo mismo.

La niñez no termina nunca

Al menos para los poetas. Por eso dice Dylan Thomas: "La pelota que arrojé una mañana en el parque/todavía no ha tocado el suelo…".

La novela

Dice Mario Vargas Lloras que es el género que permite decir mentiras que parecen verdades. Pero también permite decir verdades que parecen mentiras.

La novela: mejor que la sociología

Yo siempre he creído que la novela constituye hoy un mejor método que la sociología para aprehender la realidad, y que esa es la percepción y decepción de los investigadores sociales ante la insuficiencia de sus herramientas teórico conceptuales. Y Tzvetan Todorov va mucho más allá, porque dice que si se quiere saber cómo eran los griegos hace 2500 años hay que leer a Sófocles, a Aristófanes. Si se quiere conocer a la España del siglo XVII hay que leer el Quijote, a Calderón. Porque la literatura, para él, es la mejor mirada posible para la comprensión de la condición humana. Claro está, siempre y cuando sus autores no se olviden de que la gran vocación de la literatura es hacer sentido de nuestra vida, y no la encierren en un ejercicio estéril, puramente formal.

La novela sobre el asesinato de Trotsky

Leonardo Padura, escritor cubano autor de *El hombre que amaba a los perros*, novela que describe el asesinato de Trotsky, le dice en una carta a la escritora argentina Hinde Pomeraniec que es una pena que el principio de crear una sociedad de los iguales haya derivado en un sistema en el que solo una voz se escucha y una figura se eterniza en el poder y toma todas las decisiones como si fuese un ser providencial.

La palabra y el silencio

Tenemos más poder sobre lo que no decimos que sobre lo que decimos. Y así como la mano no puede retomar la piedra por ella arrojada, la boca no puede hacerlo con la palabra por ella proferida.

La partícula de Dios

Según los medios, acaban de descubrirla y explicaría el origen del universo por la transformación de la energía en materia, aunque no sabemos todavía de dónde salió esa energía. Por un lado, la Iglesia dice que con ello la Teología no se derrumba, y por otro, como solo se trataría de una partícula, los ateos tampoco están demasiado preocupados. Para los místicos, la visión directa de Dios, sin enormes y complicados instrumentos, fue mucho más sencilla que para los físicos, quienes aparentemente sólo buscan el llamado bosón de Higgs, de Peter Higgs, notable físico británico que goza de la admiración de, nada menos, Stephen Hawking.

La pasión

Alberto Camus, que sabía de ella, decía que siempre se encaminaba hacia las lágrimas.

La peor situación política de un país

Se da cuando el gobierno padece de anomia y la oposición de anemia.

La pizza

Se dice que en Estados Unidos de América se comen 350 trozos de pizza por segundo y que hay cerca de 70.000 pizzerías en todo el país. Desconozco ese tipo de cifras en nuestro país, donde creo que se come la mejor pizza del mundo, incluso mejor que en Italia.

La pobreza

Puede llevar más fácilmente al delito que a la espiritualidad.

La poesía

Se da cuando las palabras usadas en ella dicen mucho más que al usarlas en prosa. Aunque no para cualquier lector.

La política retrocede

La tecnología y la ciencia, como son saberes acumulativos, siempre avanzan. Lo mejor de la teoría política ha quedado en el pasado. Por eso, en la práctica va y viene, casi sin rumbo, condenada a la inoperancia.

La política según Marx (no Carlos, sino Groucho)

Es el arte de buscar problemas, encontrarlos, hacer un diagnóstico falso y aplicar después los remedios equivocados.

La prensa y los gobiernos

Hace más de doscientos años Jefferson dijo que la libertad de prensa era un mal para el que no había remedio, porque nuestra libertad dependía de ella. Y agregó que si hubiese tenido que decidir entre un gobierno sin prensa o una prensa sin gobierno, no habría vacilado un instante en preferir lo segundo. ¡Caramba!: más clarito, agua.

La publicidad

Una de las funciones de la publicidad es crear frustraciones y luego proponer las soluciones para tales frustraciones. Pero actualmente, como la televisión llega a millones de personas, salvo en los países de altos niveles de ingresos generales, siguen las frustraciones para grandes mayorías que no pueden consumir todo lo que se proponen. Porque además, no todas las necesidades son reales, ya que se crean muchas artificiales. Por otra parte, deberían darle prioridad y cobertura a las necesidades materiales elementales. Para los lujos, la publicidad debería utilizar medios mucho más selectivos y de menos alcance que la pantalla televisiva.

La pura verdad

"Una mente parlanchina es una mente enfermiza". J. Krishnamurti.

La razón

No puede modificar una opinión que no esté fundada en otra razón.

La realidad

Según Camus ningún artista tolera la realidad, y muchos políticos tampoco.

La religión de las ciencias duras

Quienes practican las llamadas ciencias duras desprecian el calificativo de ciencias a otros conocimientos, como la economía, el derecho, el psicoanálisis, hasta se burlan de las disquisiciones metafísicas o filosóficas en general, pero todos los días deben retractarse universalmente y crece el número de errores y hasta fraudes. En realidad, la historia de dichas ciencias es un museo de errores. Por suerte se reconocen y se trata de enmendarlos pero me pregunto si, mientras tanto, no producen ningún daño.

La revista *Time*

En su edición del 17 de mayo de 1962, dos meses después del derrocamiento del presidente Arturo Frondizi, decía: "La Argentina no es una comunidad, es un conglomerado. En lugar de vida nacional, la Argentina vive un caos de facciones rencorosas…". La cita pertenece a un extraordinario libro de investigación histórica dedicado al misterioso Almirante Alberto Teisaire, titulado *Detrás de Perón*, que derrama luz sobre nuestro pasado, con lucidez, seriedad documental y excelente escritura. Su autor es el politólogo y periodista Fabián Bossoer.

Larga ruptura entre el liberalismo y el socialismo

Siempre son interesantes las notas del ensayista e historiador mexicano, Enrique Krauze, quien como Isaiah Berlin y Octavio Paz, sigue bregando por restablecer un diálogo entre el liberalismo y el socialismo, perdido a partir de la revolución bolchevique y desaprovechada la oportunidad que brindara para ello la caída del Muro de Berlín. En cuanto al presente, afirma que "mientras la izquierda latinoamericana no llame por su nombre a la dictadura cubana y a su aliada venezolana, el diálogo está condenado al desencuentro". Como contracara la derecha avanza en Europa.

Larga ruptura entre el liberalismo y el socialismo

Siempre son interesantes las notas del ensayista e historiador mexicano Enrique Krauze, quien como Isaiah Berlin y Octavio Paz, sigue bregando por restablecer un diálogo entre el liberalismo y el socialismo, perdido a partir de la revolución bolchevique y desaprovechada la oportunidad que brindara para ello la caída del Muro de Berlín. En cuanto al presente, afirma que "mientras la izquierda latinoamericana no llame por su nombre a la dictadura cubana y a su aliada venezolana, el diálogo está condenado al desencuentro". Como contracara la derecha avanza en Europa.

Las células: grandes trabajadoras

La ciencia nos enseña que todo comienza con una sola célula. La primera se divide para convertirse en dos, estas dos se convierten en cuatro y así sucesivamente. Justo después de 42 duplicaciones se tienen 10.000 billones de células en el cuerpo y se comienza a aflorar como ser humano. Y cada una de esas células sabe perfectamente qué es lo que tiene que hacer para preservarnos y nutrirnos. Pero somos nosotros quienes solemos arruinarles su delicado y cuidadoso trabajo. A veces, las enojamos tanto que se rebelan y sobrevienen tremendas enfermedades.

Las cifras chinas me superan

Toda estadística sobre la China actual me sobrepasa. Ya no me refiero a las internas sino también a las externas. Por ejemplo, según un diario de España, China se está expandiendo en África, como ya sabemos rica en materias primas. Allí se prevé edificar una ciudad de la nada, a treinta kilómetros de Nairobi, capital de Kenia –donde yo viví hace casi veinte años–: veinte rascacielos que servirían como nudo comercial entre los dos continentes y aspiraría a convertirse en otra Dubai para los chinos. ¿No habrán pensado en nuestra Patagonia todavía?

Las clases llamadas populares

Estamos seguros de que pueden ser conservadoras o progresistas, reaccionarias o innovadoras, y todo depende de quien las alimente.

Las diferencias generacionales

Tiene mucha razón Fernando Iglesias cuando se refiere a las consecuencias que ocasionan la velocidad de los cambios. Tanto así que dos generaciones sucesivas tienen hoy perspectivas de vida mutuamente incomprensibles. De tal modo que la distancia entre padres e hijos crece al ritmo de los tiempos que corren. El mundo en que vivieron nuestros tatarabuelos era casi igual al de nuestros bisabuelos. El de nuestros abuelos y el de nuestros padres se parecía ya mucho menos. Y ahora, entre nosotros y nuestros hijos media el abismo abierto por la aceleración del tiempo.

Indudablemente, a pesar de mi estado de alerta de conciencia, me consta que estaba más cerca de mi padre que lo que mis hijos lo están de mí.

Las escuelas de periodismo

Para Gabriel García Márquez, su creación fue una reacción escolástica contra el hecho cumplido de que el oficio carecía de respaldo académico. Ahora ya no son sólo para la prensa escrita sino para todos los medios inventados y por inventar. Pero en su expansión se llevaron de calle hasta el nombre humilde que tuvo el oficio desde sus orígenes en el siglo XV, y ahora no se llama periodismo sino Ciencias de la Comunicación o Comunicación Social. El resultado no es en general alentador. Sin embargo, tenemos en nuestro país una excepción, que es Tea.

Las famosas ocasiones especiales

Es un grave error guardar cosas materiales para ocasiones especiales, porque cada día de vida es una ocasión especial. Ya que cada día es sagrado y no puede repetirse.

Las frases hechas o los modismos verbales

Cuando son traducidos literalmente a otro idioma no significan nada o al menos no se les entiende el sentido original. Por ejemplo, Carlos Gardel, que conservó un francés básico de niñez, recordaba una forma porteña para decir que algo era divertido, y que hoy ha caído en desuso: "¡qué plato!". Pero en Francia, él decía "¡quel assiette!" y los franceses no entendían qué había querido decir. Para ellos, simplemente había mencionado con extraño énfasis un plato.

Las generaciones

Decía Cesare Pavese que los problemas que agitan a una generación se extinguen para la generación sucesiva, no porque hayan sido resueltos sino porque el interés general los deroga.

Las heridas

Las causadas por la palabra son menos curables que las producidas por una lanza.

Las lágrimas

A veces las lágrimas sirven para limpiar los ojos y ver mejor.

Las mujeres

Dice un proverbio chino que las mujeres sostienen la mitad del cielo. Yo creo que la otra mitad se cae sobre los hombres. Pero las mujeres representan la mayor fuerza de renovación política en esta civilización profundamente desequilibrada. Así como las personas se enriquecen con el desarrollo de los dos lados, masculino y femenino, así también la sociedad se beneficia del cambio en el equilibrio de poder entre los sexos.

Las mujeres y las flores

Cuando era un niño de ocho años y estaba en segundo grado, en una composición dije que las mujeres eran flores con tétalos, y la maestra indignada llamó a mis padres. Fue sólo mi padre, quien me defendió porque entendió que lo mío era un homenaje precoz. Y yo todavía no me he retractado.

Las multitudes y los colectivos

Según René Balestra la multitud tiene un alma infantil que imita lo que hacen o dejan de hacer quienes mandan. Y los entes colectivos no tienen moral, persiguen sus conveniencias.

La soberbia

Hay jóvenes y aun adultos que teniendo en estos tiempos difíciles situaciones que podrían considerarse de privilegio, por razones laborales, familiares y hasta sentimentales, que no aprecian realmente lo que tienen. Pero esta es una vieja historia que comenzó con Adán y Eva, porque el verdadero motivo de su expulsión del Paraíso, donde tenían TODO fue la soberbia que los llevó a intentar saber y buscar más de lo debido. Y nos dejaron, para siempre, un trabajo enorme.

La soberbia II

Que consiste en no saber que nuestro planeta comenzó sin el hombre y terminará sin él.

La soja no alcanza

De vivir Arturo Frondizi y Rogelio Frigerio dirían que la sojocracia no es para siempre y que la Argentina no será un país desarrollado mientras no produzca y exporte bienes de capital y tecnológicos.

Las revoluciones

Comienzan en la calle y terminan en las mesas bien servidas.

Las revoluciones II

Casi todas las revoluciones engendran una contrarrevolución o al menos una restauración. Pero es el propio poder revolucionario inicial el que se encargará de disolver la fraternidad idealista que pensó dicha revolución y la hiciera posible. Porque sólo hay un instante para el ideal: el que media entre el triunfo de la idea y el primer decreto que congela esa idea.

Las ventajas del latín

Las raíces latinas nos explican muchas cosas, por ejemplo: el vocablo "maestro" deriva de *magister*. Y éste, a su vez, del adjetivo *magis*, que significa "más" o "más que". Al *magister* lo podríamos definir como "el que se destaca o está por encima del resto por sus conocimientos y habilidades".
El vocablo "ministro" deriva de *minister*. Y éste, a su vez, del adjetivo *minus*, que significa "menos" o "menos que". El *minister* era "el sirviente o el subordinado que apenas tenía habilidades o conocimientos".

La tolerancia

Las personas tolerantes valoran la riqueza que representa para la vida la diversidad de opiniones y perspectivas, y por ello pueden mantenerse calmas, serenas, satisfechas. Porque el poder de la tolerancia permite desarrollar otras virtudes, extraer beneficio y aprendizaje de cada situación, así como permanecer neutrales y ecuánimes en toda circunstancia. Además, la tolerancia es esencial para que reine el verdadero amor.

La tolerancia II

Según Beatriz Sarlo no debe ser el resultado de la indiferencia radicalizada sino el producto de la coexistencia conflictiva y difícil con lo diferente.

La única inmortalidad deseable

Para Woody Allen, por ejemplo, no es la que pudiera alcanzar a través de su obra, sino simplemente no muriendo.

La utopía de un tratado europeo de la cultura

Para Jean Monet tendría una ópera de Europa en Milán, una orquesta de Europa en Berlín, un gran ballet en Bruselas, un teatro Europeo en Londres, una ciudad del cine y la fotografía en París, una casa común de las letras de Europa en Madrid, un gran museo-academia de pintura y grabado en la Haya, una universidad centro de producción de periodismo y televisión en Estocolmo... Para mí, esto último no sería en Estocolmo sino en Roma. De todos modos es una utopía.

La ventaja de la música sobre la literatura

La música no miente. ¿Será ventaja?

La ventaja de no gastar en armas

Dos países derrotados durante la Segunda Guerra Mundial sufrieron la prohibición de fabricar armas, pero son hoy los más avanzados tecnológicamente porque invirtieron en educación y desarrollo. Obviamente hablamos de Alemania y de Japón.

¿La verdad?

Como lo estableció Popper, la verdad es siempre provisional, y sólo válida mientras no surja otra que la califique o refute.

La verdadera edad

Para el hombre es la edad de la mujer que ama. Para la mujer, no preguntársela.

La verdadera riqueza

Consiste más en las cosas de las cuales podemos prescindir que en las que tenemos.

La vida

Una vida vacía pesa más que una vida plena.

La vida y el aburrimiento

Para quienes se sientan alguna vez aburridos, porque no pasa nada, les recuerdo que la vida misma es una gran aventura. Pero que para bien o para mal, un día, sin apelación posible, se termina. Por eso conviene vivirla bien y con intensidad.

La vida y la literatura

Para el escritor chileno Roberto Bolaños, que murió muy joven, la vida era un combate desigual, ya fuese contra el tiempo, contra la muerte, contra el mal o contra cualquier otro monstruo invencible. Así veía también a la literatura, que era salir a pelear sabiendo previamente que sería derrotado. Increíble visión y sentimiento para un escritor exitoso en vida. Y a pesar de él, todavía después de muerto, ya que siguen publicándose, con igual éxito, sus últimas obras, que habían quedado inéditas.

La voz

Es bastante representativa del alma.

Lección de un alumno a un profesor

Cuando Gandhi estudiaba Derecho en la College University de Londres, un profesor racista, de apellido Peters, buscaba siempre la menor oportunidad para expresarle su gran animadversión. Y eran muy comunes sus mutuos desencuentros. Un día, cuando el profesor Peters estaba almorzando en el comedor de la universidad, Gandhi fue con su bandeja y se sentó al lado del catedrático. El profesor, en tono altanero y burlón, le dijo:

-Señor Gandhi, no sabía usted que un puerco y un pájaro no pueden sentarse nunca a comer juntos.
A lo que Gandhi contestó:
-Esté usted tranquilo profesor, que ya me voy volando.
Y se cambió de mesa.

Lecciones de Keynes para Kicillof

La demanda no debe ser inferior a la oferta pero tampoco superarla porque entonces desata la inflación. Otra: no todas las crisis son provocadas por las expectativas. A las economías sólidas no hay malos augurios que las derrumben, y a las frágiles no hay optimismo que las sostenga.

Lección para adultos

Los niños pequeños se pelean pero luego van a jugar juntos porque su felicidad vale más que su orgullo.

Lección para cínicos

No hay que confundir el valor con el precio.

Lectura de la realidad

Depende más de los deseos del lector que de su inteligencia.

¿Leen libros nuestros dirigentes políticos?

Si lo hicieran, no deberían dejar de leer *Roque* (Sáenz Peña: el presidente que forjó la democracia moderna), de la historiadora María Sáenz Quesada. La enorme diferencia cultural entre los dirigentes de su generación y el alto nivel de sus discursos, con las dos generaciones que hacen la política de nuestros días, salvo muy pocas excepciones, es abismal. Bueno, y muchos libros más.

Leer y escribir

Kafka quería, según le escribe a Felice, vivir encerrado en una gruta escribiendo, sin salir jamás. Alguien le acercaría dos veces por día la comida a la puerta para luego retirarse. Aislado, sabía que leer era una droga, casi como la escritura.

Lenguaje juvenil

Trato de estar al tanto acerca del siempre cambiante lenguaje que utilizan los jóvenes, más allá de cierta caracterizada pobreza, y también me llama la atención que a veces supongan haber inventado palabras sin saber que provienen del nada nuevo lunfardo. Sólo quiero hoy mencionar a dos –no lunfardescas– que se han transformado en inevitables expresiones verbales. Una de ellas fue de larga duración aunque ahora ha sido sustituida por otra: se trata de "listo", que utilizaban en las conversaciones telefónicas o personales, como cierre de ellas o a modo de consenso. Y la reemplazante ha sido "dale". Simplemente las señalo, sin ningún ánimo de crítica, pero con la seguridad de que sólo se usan en nuestro país y no en el resto de nuestro continente. Ni siquiera sé si se utilizan fuera de Buenos Aires.

Leo con asombro

Y no me parece mal, que Scioli, Massa y Macri hayan hecho el recorrido equivalente a nueve vueltas al mundo en sus campañas. Lo que no sé es si se dieron tiempo para leer algún libro, clásico o contemporáneo.

Les juro que digo la verdad

El sacerdote jesuita Jorge Bergoglio, luego cardenal, arzobispo de Buenos Aires y hoy Papa Francisco, nació en el barrio de Flores, donde yo también nací, pero les juro que nunca dije: "qué va a ser Papa si vivía a la vuelta de mi casa".

Ley francesa

Los únicos límites impuestos por la ley francesa son la difamación, la injuria, la incitación al odio o a la violencia racial y la "apología del terrorismo". En particular sanciona "la incitación a la discriminación, al odio o a la violencia respecto a una persona o grupo de personas en razón de su origen o de su pertenencia o no pertenencia a una etnia, una nación, una raza o religión", un delito plausible de un año de prisión o de multa.

Libertad de expresión

¿De qué sirve si el otro no escucha?

Libros de autoayuda

No tengo nada en especial contra ellos, pero lo que ocurre es que en muchos casos sólo son de autoayuda para sus autores por lo que logran recaudar con sus ventas, cuando son cuantiosas, aunque ello no sea garantía de su eficacia respecto del objetivo propuesto.

Libros de autoayuda II

Siguen de moda, pero tal vez eran mejores los de los filósofos griegos que ni siquiera tenían esa intención, o muchos textos religiosos, cristianos u orientales. Claro está que en los de autoayuda hay muy pocos razonablemente interesantes y la mayoría mediocres. Aunque a algunas personas les resultan útiles y no hay por qué discutirlo o negarlo. Pero lo absolutamente innegable, es que para quienes son realmente de autoayuda, es para sus autores, porque se venden más que los libros de cuentos, que las novelas, que los ensayos, y qué decirles de los pobres libros de poesía.

Literatura y vida

La realidad mata al relato.

Llamado al silencio

Bendito aquel que no teniendo nada que decir se abstiene de expresarlo con palabras.

Llamar a las cosas por su nombre

No debemos seguir llamando "Proceso de Reorganización Nacional" (en lugar de dictaduras), a los gobiernos que surgieron a partir del 24 de marzo de 1976. Tampoco "Revolución" al golpe de Estado producido el 4 de junio de 1943. Ni "Revolución Libertadora" al golpe de Estado del 16 de septiembre de 1955, o "Revolución Argentina" a la que derrocó en 1966 al presidente Arturo Illía.

Lo dice Michel Foucault, no Santo Tomás

La ética no es sino la práctica reflexiva de la libertad. La libertad es la condición ontológica de la ética, pero la ética es la forma reflexiva que adopta la libertad.

¿Lo dijo Picasso?

Hay que recuperar al niño para poder pintar como un adulto. Y también para ser una persona mejor. Pero esto último no lo dijo Picasso.

Lo echamos de menos a Inodoro Pereyra

Cuando decía: "Estoy comprometido con mi tierra, casado con sus problemas y divorciado de sus riquezas". O cuando le preguntaban cómo se ganaba la vida, y contestaba "¿Ganar? ¡De casualidad estoy sacando un empate!". Y a Mendieta cuando quería negociar o decía "¡qué lo parió!". Es que hace mucho ya que se fue el Negro Fontanarrosa.

Lo he comprobado

Nunca falta alguien que sobre.

Lo importante de Gandhi

Fue introducir en el siglo XX la idea de lo poderosa que puede ser una minoría comprometida. Tras haber alcanzado la independencia de la India respecto del dominio británico, decía: "Es supersticioso y antidivino creer que la actuación de la mayoría vincula a la minoría porque no son los números los que cuentan sino la calidad. Yo no considero necesaria la fuerza de los números en una causa justa".

Lo más importante

Es más importante ser fiel a las ideas que a las convicciones, porque las primeras siempre están en movimiento y obligan a pensar, en tanto que la rigidez de las convicciones muchas veces no permiten reflexionar.

Lo que llamamos "doble standard" o hipocresía

Muchas veces escuchamos que no se entiende bien la política exterior de los Estados Unidos, ya que pregonando la democracia y su crítica a la corrupción, ha sostenido por décadas a dictadores: en nuestro continente a los Trujillo, Somoza, Batista… y otros, o en Egipto a un Mubarak. Y la explicación es la siguiente: si bien es verdad la importancia de la preocupación política, ética y moral de los Estados Unidos por la corrupción o por violación de los valores de la democracia, es de todos modos secundaria a los intereses específicos que represente su relación con los gobiernos de cada caso y circunstancia.

Lo que llamamos casualidad

¿No será una recurrente careta que utiliza el destino?

Lo que piensen de uno

Verdaderamente, lo que otros piensen de nosotros, no debería incumbirnos. Pero sin soberbia.

Lo que somos

Dicen que somos lo que recordamos, pero también lo que olvidamos, salvo cuando eventual y lamentablemente se produce por razones patológicas una pérdida total de la memoria, y ya entonces dejamos de ser.

Lo que uno es

Dicen que si uno es lo que uno hace, entonces uno no es lo que no hace. Sin embargo, yo creo que uno es también lo que no hace.

Lo vemos día a día...

He leído que los insaciables se construyen solos y cuando ya nada les alcanza para saciar su avidez, también solos superan el síndrome de abstinencia devorándose a sí mismos.

Lógica infantil

Casos de niños de 7 años en una escuela. La maestra le pide a uno de ellos, llamado Dieguito, que señale en un mapamundi nuestro continente. Dieguito lo señala bien: América. Luego la maestra la pregunta al resto de los niños quién descubrió América, y todos contestan al unísono: "¡Dieguito!".
En este otro caso la maestra pregunta a la clase cuántos lados tiene un círculo. Después de un largo silencio, uno de ellos se para y contesta: "Dos, el de afuera y el de adentro".

Los actos del lenguaje

Con ellos creamos realidades, suscitamos esperanzas, alegría o tristezas, generamos ideas, producimos actos, como por ejemplo al jurar para aceptar un cargo. Y de tantas otras maneras. También con su ausencia, mediante el silencio.

Los amigos y los demás

Los amigos llegan a tiempo, los demás, cuando tienen tiempo.

Los anónimos

Hay que tomarlos como de quien vienen.

Los antiguos cafés de Buenos Aires

"Recuerdo –decía Oliverio Girondo– que fue en uno de esos cafés que no pegan los ojos. Las sillas ya se habían trepado a las mesas para desentumecerse las patas, mientras que –con un gesto que ha olvidado hasta el campo– un mozo sembraba aserrín sobre las baldosas humedecidas".

Los apegos atan

Desde un punto de vista espiritual cuando apegamos nuestra conciencia a cualquier cosa, es como si el objeto de ese apego nos quitara nuestra libertad. Si contempláramos nuestro yo en el instante del apego, veríamos que lo perdemos en el objeto de ese apego.

Los autorretratos

Más de cien hizo Rembrandt porque al trabajar muy lentamente no conseguía modelos con facilidad.

Los balcones y el mundo

"Setena balcones y ninguna flor". Siete mil millones de seres y ninguna paz.

Los cambios de antes y los de ahora

Hasta la primera mitad del siglo XX, los cambios, después de producidos duraban bastante, lo suficiente como para integrarse a nuestras vidas. Y luego, cuando eran sustituidos por nuevos cambios, aun bien recibidos, podía quedarnos alguna nostalgia. Por el contrario, los cambios actuales se producen con tal frecuencia que no nos permiten siquiera alguna nostalgia por lo que reemplazan. A su vez, serán reemplazados con tanta velocidad que tampoco lograremos integrarlos realmente a nuestras vidas.

Los cambios tecnológicos

Casi todos son muy positivos y mucho más los que mejoran la ciencia y nuestras propias vidas. Pero también están aquellos que dependen mucho de la avidez comercial de ganancia y que transforman el último celular o aparato técnico que compramos en algo viejo a los seis meses de haberlo usado, con el agravante generalizado de la falta de continuidad en la producción con la consiguiente falta de repuestos si fuera necesario obtenerlos. Es decir, creándonos la obligación de cambiarlos y seguir entonces gastando y gastando cifras increíbles… ¿Recordamos los años en que muchos objetos duraban con uso gozoso o imprescindible y diario?

Los críticos no son muy apreciados

Dickens los bautizó "ladillas". D. H. Lawrence, "cerdos". Y no hay crítico que tenga una estatua.

Los ecólogos tienen razón

La leyenda dice que el hombre paga con sus pretensiones de saber y de dominarlo todo con la venta de su alma al diablo y la destrucción de la vida en el planeta. Yo señalo que seguramente muchos no creerán en eso de venderle su alma al diablo, pero es que hay muchas especies de diablo en la vida diaria. Y en cuanto a la destrucción de la vida en el planeta, lo vemos todos los días.

Los enemigos de los gobiernos autoritarios

Son la sociedad civil en primer lugar. Luego el periodismo y la justicia independientes.

Los enemigos no traicionan

Porque solo los amigos pueden traicionar.

Los escritores se mueren de envidia

De otro modo Lope de Vega no podía haber dicho que no había nadie tan tonto como para elogiar el Don Quijote.

Los grafiteros ignoran

La belleza infinita de una pared blanca.

Los hombres y las mujeres

¿Será verdad que los hombres sólo comprenden a los hombres, pues todos tienen mecanismos dotados de muy pocas palancas: un puñado de apetitos terrenales, estoicismo y el orgullo atávico del guerrero? ¿Y que en cambio, las mujeres son seres refulgentes como lunas, que hieren o desconciertan a los hombres tanto cuando se ocultan como cuando resplandecen?

Los intelectuales

¿Podríamos decir que son personas productores de bienes culturales e ideas dentro de complejos sociales particulares?

Los intelectuales... el escritor

Susan Sontag dijo que no sabía qué eran los intelectuales, ya que no le interesaba el concepto de intelectual. Lo que sí sabía es que el escritor debe decir la verdad.

Los jóvenes influyen

El número de personas con menos de 30 años que viven hoy en el planeta es tres veces mayor que en 1950. Esto tiene efectos políticos, económicos, culturales y sociales. El mundo cambia vertiginosamente y casi no hay tiempo de amoldarse a situaciones de corta duración.

Los juegos

Se trate del Mundial de Fútbol o cualquier otro, siempre nos permite olvidarnos de la realidad. Se cuenta que el célebre Antonio Porchia, tan famoso por sus "Voces", contó que de muy niño, teniendo hambre, se puso a jugar al fútbol, hasta que cayó desmayado precisamente por olvidar su hambre.

Los mejores estilistas del idioma alemán

Fueron, para Nietzsche, él mismo y Heine. De Goethe, nada.

Los noticieros

En general comienzan diciendo "Buenos días", "Buenas tardes" o "Buenas noches", para inmediatamente darnos noticias que no hacen otra cosa que contradecir y desmentir totalmente dichos saludos.

Los pintores también tienen sus preferencias

Por ejemplo, Velázquez despreciaba sin reservas a Rafael como pintor.
Otro ejemplo, el de Magritte, quien consideraba a Giorgio de Chirico como el más grande pintor de nuestra era. Yo me quedo con Magritte y no con de Chirico. Claro está, yo no soy pintor.

Los poetas

¿Será verdad que los grandes poetas tienen el poder de abarcar en una sola mirada el panorama entero de la vida, armonizando lo que está dentro con lo que está fuera de ellos?

Los principios

Hay que apoyarse en ellos pero al mismo tiempo observar que con el tiempo no tiendan a aflojarse.

Los sueños

En general me resulta aburrido escuchar sueños o leerlos en novelas o verlos en películas. Me refiero a los que producen las personas estando dormidas. Sin embargo, sí me gusta escuchar los sueños diurnos de las personas, los que se producen durante las vigilias.

Los verdaderos enemigos

Según algunos veteranos corresponsales extranjeros acreditados en nuestro país, los verdaderos enemigos, tanto del gobierno como de la oposición, son sus propios y respectivos integrantes.

Los vicios

Son caminos erróneos en búsqueda de la felicidad.

Los yoes

Como, aunque nos resulte difícil aceptarlo, estamos compuestos por innumerables yoes, cada uno con su falsa concepción del interés propio, nos lleva a equivocarnos en mucho de lo que hacemos, y siempre estamos preguntándonos el por qué.

Lunfardo, triste y final

"Y así terminó un piola. Aguja Brava / que por amor quedo cardando lana / Antes sacaba tela de las minas / y ahora le hace colchones a la cana".

Maestro de vida

En la vida el primer y último maestro es el vivir mismo, con riesgos y sin reservas.

Mala noticia para el poeta

Voy a hablarte francamente: tu soneto, amigo Gonzalo, si es el primero es muy malo, si es el último, excelente.

Mala praxis

Los economistas son profesionales privilegiados porque para ellos no existe la mala praxis, como la pueden sufrir, por ejemplo, los médicos, los abogados o los ingenieros. En cambio, los economistas permanentemente producen malos diagnósticos y sobre todo pronósticos, y no pasa nada. Siguen lo más campantes pontificando como consultores o asesores, nacionales o internacionales. Con total impunidad.

Maldades

El pianista, compositor y actor estadounidense Oscar Levant se distinguía por la mordacidad de sus frases. En realidad, maldades. Cuando el famoso beisbolista José Di Maggio se separó de Marilyn Monroe –tal vez el único hombre que la amó– dijo que ello demostraba que nadie puede triunfar a la vez en dos pasatiempos nacionales.

Malhumor telefónico

De alguien que grabó el siguiente mensaje: "No estoy disponible en este momento, pero le agradezco su llamado. De paso le informo que estoy haciendo algunos cambios en mi vida. Por favor deje su mensaje después del *beep*. Si no le respondo la llamada, sepa que no hacerlo es uno de esos cambios".

Malvinas

Franco llegó al poder sobre un millón de muertos. Nunca fue un pacifista pero dijo que Gibraltar no valía la vida de un solo soldado español. Por eso España sigue negociando. Galtieri llegó al poder violando la Constitución y sobre la muerte y tortura de miles de argentinos. Y no le importó continuar con la muerte de cientos de muchachos y de decenas de jóvenes oficiales, en una guerra imposible de ganar. Ahora habrá que seguir negociando en peores condiciones, tal vez por décadas.

Mantener como firme creencia...

Que todavía no hemos recibido ni dado lo mejor.

¡Marilyn Monroe!

Kilómetros de páginas y de fotos recordando su dramático final hace cincuenta años. Aparecieron tantos nombres famosos: desde Frank Sinatra a los Kennedy, desde un conocido mafioso hasta Arthur Miller. Pero finalmente, no nos queda otra cosa que la inexorable caducidad de todo.

Marx amaba el capitalismo

Pocos lo saben, y además lo disfrutaba. Claro está, no me refiero a Carlos sino a Groucho.

Marx o Hobbes

Qué diría Marx sobre el hoy disperso proletariado, compuesto por cuentapropistas, temporarios y empleados en negro, a lo que hay que agregar a los desocupados, a los marginales y a los hijos de padres que nunca trabajaron. Todos ellos inmersos en una sociedad muy conflictiva, violenta e insegura, más cercana a una imagen hobbesiana, por las lucha de todos contra todos, que marxista o socialdemócrata.

Marxistas abstenerse

Su antidogmatismo y pragmatismo explican las famosas palabras dirigidas por Karl Marx a su yerno, Paul Lafargue: "Ce qu'il y a de certain c'est que moi, je ne suis pas marxiste" ("Lo cierto es que yo no soy marxista").

Más burocracia

Hay funcionarios que no ocupan un cargo, solamente señalan una ausencia.

Más clarito, agua

Se ha dicho que hay dos formas de impedir pensar al ser humano. Una, obligarle a trabajar sin descanso, y otra, obligarle a divertirse sin interrupción.

Más grave que la sordera

Es, con plena capacidad auditiva, no tenerla para escuchar el silencio.

Más plata no da mayor felicidad

Lo dijo un millonario estadounidense cuya fortuna pasó de 480 a 500 millones de dólares.

Más sobre el político populista

"El populista utiliza de modo discrecional los fondos públicos. No tiene paciencia con las sutilezas de la economía y las finanzas. El erario es su patrimonio privado, que puede utilizar para enriquecerse o para embarcarse en proyectos que considera importantes o gloriosos o para ambas cosas, sin tomar en cuenta los costos. La ignorancia o incomprensión de los gobiernos populistas en materia económica se ha traducido en desastres descomunales de los que los países tardan decenios en recobrarse". Enrique Krauze, intelectual mexicano y director de la Revista Letras Libres.

Más sobre Gandhi

Él llamaba a su principio revolucionario, "fuerza del alma" o "fuerza de la verdad", que es mucho más que una mera "resistencia pasiva" o "no violencia" y solo uno de sus aspectos. Es autonomía feroz y compasión total. "No te quiero coaccionar. Ni quiero ser coaccionado por ti. Si te comportas de forma injusta, no me opondré a ti violentamente (por la fuerza física), sino por la fuerza de la verdad, por la integridad de mis convicciones, que se hace evidente en mi disposición a sufrir, a ponerme en peligro, a ir a la cárcel, incluso a morir si es necesario. Pero yo no quiero cooperar con la injusticia" Esto recuerda a Mandela.

Más vale reconocerlo...

Eso de que no vemos las cosas tal cual son sino tal cual las vemos.

Máxima china

Todo lo que llega a su apogeo se deteriora.

Mayo del 68 en París

Las paredes hablaban y de tanto en tanto vamos a ir contando lo que decían:
"El sueño es realidad".
"Dios: sospecho que eres un intelectual de izquierda".
"La barricada cierra la calle pero abre el camino".
"El derecho de vivir no se mendiga, se toma".
"Olvídense de todo lo que han aprendido: comiencen a soñar".

Me gustó la idea

"Hay otro mundo y está en éste". Paul Eluard.

Me lo dijo un niño

El mundo se puso redondo de girar.

Me parece que G. Steiner ha dejado de leer

George Steiner dice que en el mundo de hoy nos llegan infinitas imágenes e historias directamente a casa. Y que quizá por eso las novelas están llegando a su fin. Lo cual le hace dudar de que tengamos otro Proust, otro Faulkner. Finalmente afirma que los grandes maestros contemporáneos escriben de manera breve. Seguramente, creo yo, no tengamos otro Proust ni otro Faulkner y tantos otros. Pero ni la novela ha llegado a su fin ni todos los grandes contemporáneos escriben de manera breve. Sí estoy de acuerdo cuando dice que Shakespeare hoy sería un guionista. Y nos daría mejores culebrones que los que vemos.

Me parece que no

¿Son compatibles el capitalismo y la ecología?

Me pregunto

¿Sabrá el universo que existimos?

Me pregunto II

Ya sabemos de todo lo que está haciendo el Papa Francisco por transparentar el Vaticano, acercar la Iglesia al pueblo, viajar por el mundo para predicar la Paz. Pero al mismo tiempo, siendo ahora Obispo de Roma, se da hasta su santísimo tiempo para aceptar ese cholulaje tan argentino de quienes no pierden oportunidad de visitarlo para sacarse fotos con él, y hasta, alguno, tratarlo grotescamente de "potencia a potencia". Si hasta recibe a muchos buenos jugadores de fútbol, cuando este deporte tan popular y que tan digno ha sido por décadas es hoy víctima (como otros ámbitos) de la corrupción de ciertos dirigentes y de las "barras bravas". Me pregunto, entonces: ¿no aprovechará esos encuentros para señalarles que la corrupción es uno de los peores dramas que dañan a nuestra sociedad y al futuro del país?

Me quedo con los físicos

Max Planck confesó en una ocasión que él comenzó siendo estudiante de Ciencias Económicas, pero al ver que era demasiado difícil se pasó a la Física. Así, se llevó su incertidumbre a esta disciplina. Si muchos famosos economistas hubiesen hecho lo mismo, nos habrían ahorrado una gran cantidad de crisis, que los físicos no provocan.

Medida

Uno es del tamaño de lo que ve.

Mejores lugares para nacer

En 2013 ocupaba el primer lugar Suiza y luego Australia, Noruega, Suecia, Dinamarca, Singapur, Nueva Zelanda, Holanda, Canadá y Hong Kong. Argentina ocupaba en 1988 el lugar 21 y en 2013 el 40. Pero faltan las cifras vinculadas no a nacer, sino a vivir. ¿Coincidirán? También habría que hablar de aburrimiento y diversión. No tengo cifras para el 2015.

Menos mal que estamos en Argentina

Porque el gobierno de Chávez no acepta ninguna disidencia. Eso decía yo cuando Chávez vivía. Ahora lo tienen a Maduro. Y yo debería cambiar el título.

Meta ideal

Para llegar no hay que ir a ningún lado.

Mi Buenos Aires querido

A veces responde a una época de la ciudad. En mi caso fue la del Buenos Aires entre el fin de la década del 50 y el comienzo de la del 60.

Mi Buenos Aires querido, cuando yo te vuelva a ver...

La más importante escritora brasileña, Clarice Lispector, dijo en una entrevista que le hicieron aquí hace 36 años: "Vine a Buenos Aires hace 20 años... Me llama la atención su gente, la erudición que parecen tener, lo elegantes que son. He visto sólo a tres mendigos en la calle y a ningún chico descalzo. No es como Río donde abundan las personas que piden limosnas y pobres niños que venden pastillas y todo tipo de cosas".

Mi isla preferida

Única en la que he vivido y volvería a vivir: Manhattan.

Miami

Hay ciudades con alma, como Buenos Aires, París, Nueva York, Roma, Madrid... Miami no tiene alma, ni tiene cafés para charlar, ni calles para caminar salvo alguna peatonal.

Lo mejor de Miami es el mar y la arena, que estaban ya desde antes de Miami y fueron donaciones de la Naturaleza, no de lavados de dinero, ni de mafias ni del narcotráfico. Pero hay que darle tiempo. Va mejorando.

Miami II

Es la única ciudad del mundo en la que más de la mitad de sus ciudadanos eran inmigrantes recientes, es decir de los últimos cincuenta años (la mayoría, por supuesto, cubanos), y que hoy sus descendientes prácticamente la gobiernan.

Miedo

El miedo determinado por la lucidez no es cobardía.

¿Ministerios de Cultura?

Hasta el siglo pasado no existían los ministerios de Cultura. El primero fue creado por Hitler, aunque se lo llamó Ministerio de Propaganda (un toque de sinceridad), dejando bien en claro el papel que el nacionalsocialismo le otorgaba a la cultura. Y estuvo a cargo del famoso Joseph Goebbels, quien por eso, cuando escuchaba la palabra "cultura" llevaba su mano al revólver.

Misión en nuestra vida

Esto lo leí en algún libro que decía que tenemos una misión a cumplir, y aunque nos afanemos, corriendo de un lado a otro por el mundo, si no hacemos aquello que hemos venido a hacer no habremos hecho nunca nada en nuestras vidas. Como si fuera, digo yo, tan sencillo saber qué hemos venido a hacer en nuestras vidas.

Misterios del universo

El 99% del universo es materia oscura desconocida. Nos rodea el misterio. A veces sentimos temor en viajar en avión, porque nos sentimos en el aire. Sin embargo, vivimos las 24 horas de todos los días en un planeta que está también en el aire.

Modas electrónicas

La del tuiteo que viene a ser una forma electrónica del tuteo. Los que todavía usan el "usted", tan pasado de moda, tal vez deberían recibir un programa nuevo que podría llamarse el "usteo".

¿Modernidad?

La afirmación más fuerte de la Modernidad era que somos lo que hacemos, pero nuestra vivencia más intensa es que ya no es así, sino que somos cada vez más ajenos a las conductas que nos hacen representar los aparatos económicos, políticos o culturales que organizan nuestra experiencia. Algunos se arrojan al flujo de informaciones y los productos de la sociedad de masas; otros procuran reconstruir una comunidad que proteja su identidad, filtrando las incitaciones provenientes de la producción, el consumo o la comunicación masiva. Pero la inmensa mayoría pertenece y quiere pertenecer a uno y otro universo. Entonces vivimos una mezcla de sumisión a la cultura de masas y repliegue sobre nuestra vida privada.

Modismos que usan los jóvenes

Estar colgado: estar distraído.
Transar: besar.
Curtir: tener relaciones sexuales.
Garrón: situación difícil.
Lija: tener hambre.

Montaigne sabía...

Cuando decía: "Somos, no sé por qué, dobles, de modo tal que descreemos de aquello en que creemos y no podemos deshacernos de aquello que condenamos".

¿Moral internacional?

Se ha dicho que exigir que la moral sea la guía única en la conducta internacional de los estados es ingenuo. Porque los intereses económicos, militares y geopolíticos siempre van a primar. Pero tenerlos como único factor y olvidarse de lo que nos define como seres humanos es inaceptable. Por eso, defender principios humanitarios fundamentales también debe ser parte del interés nacional de todo país decente.

Moral kantiana

Al parecer, en una oportunidad Fichte necesitó desesperadamente que Kant le prestara dinero. Y Kant se lo negó. Pero lo ayudó a encontrar un puesto de profesor.

Mortalidad e inmortalidad

Lo que hace muy valioso e irrepetible cada día de nuestras vidas es la mortalidad. Si fuésemos inmortales no tendrían tanto valor.

Muchas mujeres deberían saberlo

Lo que Anna Magnani le dijo a Visconti mientras filmaban *Bellísima*: "Por favor no me retoque las arrugas porque me las he ganado a pulso".

Mucho no cambié

Antes era indeciso, ahora no estoy seguro.

Muchos ricos

Dicen que el dinero no hace la felicidad, pero la compran hecha.

Murió Mandela

Cuando llegué a Sudáfrica como diplomático todavía existía el *apartheid* y Mandela estaba preso. Ahora partió para siempre y quiero recordarlo con unas palabras de Mario Vargas Llosa: "Mandela es el mejor ejemplo que tenemos de que la política no es sólo ese quehacer sucio y mediocre que cree tanta gente, que sirve a los pillos para enriquecerse y a los vagos para sobrevivir sin hacer nada, sino una actividad que puede también mejorar la vida, remplazar el fanatismo por la tolerancia, el odio por la solidaridad, la injusticia por la justicia, el egoísmo por el bien común y que políticos como el estadista sudafricano, que dejan su país, el mundo, mucho mejor de como lo encontraron".

Murió Margaret Thatcher

No hay duda de que ir a la guerra de Malvinas impidió que en ese momento de fragilidad política perdiera el poder. No le importó, claro está, el costo de vidas, ni siquiera las propias. Tampoco las argentinas a nuestros dictadores. De todos modos, ella y ellos perdieron luego el poder. No vale la pena decir algo más, ya que del resto se ocupó la biología y el tiempo.

Música e ingleses

Se dice que a los ingleses puede no gustarles la música, pero sin embargo les encanta el ruido que hace. Pero esto es un chisme que viene de Europa.

Música y felicidad

Un antiguo proverbio chino decía que cuanto menos feliz es el hombre, más ruidosa es su música.

Muy personal

"No nos ahogamos por falta de oxígeno, sino por falta de capacidad en los pulmones". Franz Kafka.

Nacimiento de talentos

¿Qué pasó en esos años? para que nacieran, entre otros, talentos como: Conrado Nalé Roxlo en 1898; Jorge Luis Borges en 1899; Francisco Luis Bernárdez en 1900; José Santiago Tallón en 1900; Leopoldo Marechal en 1900; Roberto Arlt en 1900; Álvaro Yunque en 1900; Eduardo Mallea en 1903; Raúl González Tuñón en 1905; César Tiempo en 1906; Ulyses Petit de Murat en 1907... y pocos años antes Ezequiel Martínez Estrada, Alfonsina Storni y Victoria Ocampo.

Nada que ver con el Papa Francisco

El cardenal Spellman, de Nueva York, una vez le envió al Papa Pío XII un automóvil Cadillac con manijas de oro macizo. Y siguieron dando misa y comulgando.

Nada que ver con Freud

Para Breton, el inconsciente es un campo magnético de asociaciones cuyo registro se produce a través de medios automáticos.

Natalio Botana

El gran periodista fundador de Crítica rechazó el ofrecimiento de ser embajador en Francia que le hizo el presidente de facto General José Félix Uriburu, haciéndole saber que no lo ofendiera porque jamás había sido empleado público.

Además, tal vez ignorase Uriburu que Botana era uruguayo, como tantos "argentinos" famosos como Horacio Quiroga, Ireneo Leguisamo, Florencio Sánchez, Francisco Canaro, Hermenegildo Sabat y muchos otros…

Necesidad de la oposición

Cualquier poder que no sea oportunamente contrapesado sufrirá una disolución interna mucho más dramática que la exposición a la negatividad externa. Por eso todas las dictaduras terminan por caer, aunque se trate de la que se ejercía en la ex URSS.

Negativas características nacionales

Nuestra permanente recurrencia a la autocomplacencia o a la autohumillación nos impiden un accionar sensato.

Negocio de los cementerios

Al menos en Estados Unidos, me dijo un norteamericano que se trataba de un gran negocio porque se compraban por hectáreas y se vendían por metro cuadrado. El capitalismo da para todo, aun después de la vida.

Neosetentismo

Sus actores deberían recordar que Marx decía que la historia se repite, primero como tragedia y después como farsa. Tal vez esa sea la diferencia entre la Juventud Peronista y La Cámpora. Pero también hay que recordar que Marcuse decía que a veces la farsa podía ser más terrorífica que la tragedia original.

Ni San Agustín lo entendió

Me refiero al propósito de Dios de crear las moscas.

Nietos modernos, abuelos antiguos

Me escribe un amigo desde Washington DC, abuelo como muchos de sus amigos con quienes se ve a menudo en un club bastante exclusivo, y varios de ellos se quejan de las actuales elecciones de vida futura de sus nietos:

"Mi nieto quiere ser chef".

"Mi nieta quiere ser boxeadora".

"Recibí un mail de mi nieto, dice que se casa con una buena persona… no me aclara si es varón o mujer".

"Mi nieto es hincha del Manchester United".

"Mi nieto se pone la ropa de su mamá, se disfraza de Madonna y baila por toda la casa".

"Mi nieto me pidió una iguana para su cumpleaños".

"Les hice un asado a mis nietos pero son ovo-lacto-vege-tarianos".

Nietzsche era genial

Pero hoy se diría que era "políticamente incorrecto". Aunque teniendo en cuenta que decretó la muerte de Dios, fue bastante más considerado con George Sand, ya que de ella sólo dijo que era una vaca que escribía. De todos modos, yo creo que Dios no tuvo en cuenta ninguna de las dos afirmaciones.

Ninguna duda

Todo arte es biográfico. Incluso la ciencia ficción lo es.

No atender ciertos llamados

Por ejemplo, el del pasado, porque no tiene nada nuevo que decirte.

No bastan los buenos modales

Porque peor que hablar con la boca llena es hacerlo con la cabeza vacía.

No comprender los textos de lectura

Es muy común hoy escuchar este problema vinculado a alumnos de la escuela secundaria. En tal sentido circulan ahora dos lamentables ejemplos. El de un alumno que afirmó que en Francia San Martín había tenido una amante llamada Logia Lautaro. Y el de otro, que por su lado afirmó que el Papa había excomulgado a Lutero porque no quiso sacarse una foto con él. Las frases leídas que habían provocado groseras confusiones eran, respectivamente: "En Francia, San Martín tuvo relaciones con la Logia Lautaro" y "El Papa excomulgó a Lutero, porque se negó a retractarse ante él".

No confundirse

Ciertas formas de supuesto pragmatismo no son más que disfraces del cinismo.

¿No conoce ese tipo de personas?

Hay personas que, como todo les aburre, se sienten arrogantemente superiores.

No cualquier verdad

No estoy dispuesto a aceptar una verdad que no contenga algo de amor.

No dar tantas explicaciones

Porque los amigos no las necesitan, los enemigos no las creen y los estúpidos no las entienden.

No dejarse deslumbrar

Como la velocidad de la luz es mayor que la velocidad del sonido, ciertas personas parecen brillantes antes de que escuchemos las estupideces que dicen.

¿No es asombroso?

Toda la escritura que se puede hacer con 29 o 27 letras del alfabeto y toda la música con siete notas musicales.

No es necesario ser budista

Pero la única manera de ser libre es rechazando toda necesidad.

No es para todos

"Opto por no ser un hombre común, es mi derecho ser singular, si puedo. Busco la oportunidad, no la seguridad. Quiero correr el riesgo intencionado; soñar y construir, fracasar y triunfar, negarme a cambiar el incentivo por un nimio subsidio. Prefiero los retos de la vida a la existencia asegurada, la emoción de realizar una ambición a la calma sosa de la utopía". Peter O' Toole.

No es por obstinación...

Que a veces me niegue a coincidir con alguna persona, sino que simplemente quiero evitar que los dos estemos equivocados.

No es realmente fácil

Pocas cosas en la vida son tan complicadas como volverse simple. En cambio, muy fácilmente complicamos todo lo simple.

No hay culpables afuera

Porque tenemos que comprender nuestro papel de creadores de nuestro dolor, ya que es nuestra mente la causante de nuestros problemas. No son los demás, ni el mundo de allá afuera. Es nuestra propia mente, con su corriente casi constante de pensamientos, pensando sobre el pasado, preocupándose por el futuro, en lugar de instalarse de manera plena en el presente para vivirlo intensa y positivamente.

No hay nada nuevo bajo el sol

En tiempos de Luis XIV se registró este diálogo entre dos poderosos hombres de gabinete:

Colbert: -Para conseguir dinero, hay un momento en que engañar al contribuyente ya no es posible. ¿Y cómo seguir gastando cuando ya se está endeudado hasta el cuello?

Mazarino: -Si se es un simple mortal, claro está, en ese caso se puede terminar en prisión. Pero cuando hablamos del Estado, eso no cabe, y por lo tanto el Estado puede seguir endeudándose. Todos los estados lo hacen. Además, hay que crear nuevos impuestos.

Colbert: -Pero a los pobres no podemos cargarlos, y a los ricos no conviene, porque dejarían de producir… Entonces no tenemos solución.

Mazarino: -Colbert, tú piensas como un queso de Gruyere o como un orinal de enfermo. Hay una cantidad enorme de gente entre los ricos y los pobres. A esos hay que aplicarles los nuevos impuestos.

No hay que pedirle peras al olmo

Me refiero a una "reflexión" de Arnold Schwarzenegger cuando dijo que tener más dinero no lo hacía a uno más feliz, ya que él con 50 millones de dólares no se sentía más feliz que cuando tenía 48 millones de dólares. Pero tampoco lo hizo feliz todo lo que nunca pudo imaginarse en alcanzar, quedándose en su país.

¿No le ha ocurrido nunca?

Eso de mirar tres veces el reloj pulsera y no registrar la hora.

No lo dijo Carlos Marx

"Pienso que las instituciones bancarias son más peligrosas para nuestras libertades que ejércitos enteros listos para el combate. Si el pueblo americano permite un día que los bancos privados controlen su moneda, los bancos y todas las instituciones que florecerán en torno a los bancos, privarán a la gente de toda posesión, primero por medio de la inflación, enseguida por la recesión, hasta el día en que sus hijos se despertarán sin casa y sin techo, sobre la tierra que sus padres conquistaron". Thomas Jefferson, 1802.

No me parece justo

Que alguien no haya sido premiado por sus silencios. A veces tan valiosos.

No necesariamente es resignación

No toda aceptación es resignación. Veamos: quejarse es siempre falta de aceptación de lo que es, pero invariablemente, la queja lleva una carga negativa que convierte al quejoso en víctima. Hay simplemente que analizar la situación y tratar de cambiarla. Si no se puede cambiar, sin adherir a ella, hay que aceptarla como una circunstancial realidad. La queja como desahogo no sirve.

¿No nos pasará lo mismo?

"Inglaterra es un país de buena gente con los tipos equivocados en el control". George Orwell.

No olvidar

Que pase lo que nos pase nunca dejan de crecer las manzanas en los manzanos.

No pizza, sino vainillas con champagne

Si a usted le tocó en una recepción diplomática realizada a mediodía, que le sirvieran vainillas y champagne, no lo atribuya a una supuesta tradición vinculada al refinamiento, porque se trata de un método de ahorro, ya que un par de vainillas y una copa de champagne hinchan de tal modo el estómago que no hay ninguna posibilidad de ejercer la gula.

No podía creerle

Un poeta amigo mío no pudo convencer en Galicia a una viejita encantadora que no conocía a un primo que ella tenía en Buenos Aires, aunque le agregó, ante su primera negativa, que además de ser "López" de apellido, se llamaba Paco. Y como mi amigo alegaba sobre la enorme cantidad de españoles con ese nombre y apellido, ella añadió para mayor información que su primo Paco López tenía un bar y que, por ende, siendo poeta y hombre de tertulias, debía conocerlo. Como mi amigo insistió en su negativa, la viejita terminó por preguntarle con cierta suspicacia: "Dime la verdad, ¿habéis reñido?".

No puede ser...

Que alguien que no se conozca a sí mismo pueda pretender conocer a otra persona. Pero dicen que eso les ocurre a veces a los psicoanalistas.

No puede ser de otro modo...

Ver todo oscuro si nos hundimos en nuestras propias sombras.

No puedo remediarlo

Pero cada segundo del presente se transforma inmediatamente en pasado.

"No quiere más Lola"

Según los paremiólogos, o sea los expertos en refranes, el de nuestro título proviene del nombre de una galleta sin aditivos que a principios del siglo XX integraba la dieta de los hospitales. Por eso, cuando alguien se moría, se decía: "este no quiere más Lola". Desde entonces se aplica a quien no quiere seguir intentando lo imposible.

No se equivocó

Me refiero a Alejandro Korn, que en 1925 expresaba en *Nuevas bases*: "Nuestro sentido crítico se ha agudizado, nuestras exigencias han crecido, pero una atomización regresiva nos desvincula en grupos minúsculos y nos incapacita para la acción colectiva. Ponto mereceremos el apóstrofe shakespereano: ¡You, fragments!".

¿No se habrán enterado de la década ganada?

Una de las más prestigiosas revistas periodísticas del mundo, *The Economist*, elige a la Argentina como ejemplo para que otros países sepan qué es lo que no tienen que hacer para fracasar.

¿No se les ocurre una analogía?

Alguna vez dije que perder una discusión tenía de positivo enseñarle a uno algo nuevo y sobre todo sacarlo de un error. Si se pierde una votación debería ocurrir algo similar.

No se me puede creer...

Si digo que soy un mentiroso, mi afirmación se anula por sí misma.

No se puede negar...

Cualquiera sea su religión, sea ateo o agnóstico, que la Iglesia Católica fue fundada por un inocente condenado a muerte.

¿No será erróneo para un país...

...elegir un presidente que podría caerse de maduro?

No siempre ocurre...

Pero dicho por Thomas Jefferson vale la pena transcribirlo: La democracia no es más que un gobierno de masas donde el 51% de la gente puede lanzar por la borda los derechos del otro 49%.

No sirven

Los vínculos de sangre y del amor sin espiritualidad.

¿No somos más sudacas?

Ahora, en la reunión de Cádiz, el gobierno español le pide ayuda a Latinoamérica.

No son asesinos pero...

Me refiero a ciertas personas que no han matado a nadie pero que leen con enorme satisfacción algunos obituarios.

No soy machista ni antifeminista

Pero creo que es muy común que las mujeres conviertan sus intereses en sentimientos. Por eso es más común ver mujeres casadas con hombres poderosos o muy ricos, que a la inversa. Tal vez ello ocurra porque a pesar de la aproximación cada vez mayor de las equiparaciones de los derechos de las mujeres a los de los hombres, todavía ellas se siguen sintiendo más débiles.

No soy pesimista sino realista

Si vemos la vida desde una perspectiva religiosa, nos encontramos con el Apocalipsis, y si la vemos desde una perspectiva científica, nos encontramos con la Entropía. Vale decir que la cosa no va terminar bien, lo cual no deja mucho lugar para el optimismo. Pero el hecho cierto y más molesto es que llegamos a ella cuando la función había comenzado hace miles de millones de años, y que nos iremos muchísimo antes de que termine. Eso no nos gustaría si se tratase de ir a ver una película, obra de teatro o concierto. Bueno, tampoco tratándose de la vida.

No tenemos la menor idea, pero...

Nuestro planeta, con los siete mil millones de seres que lo habitamos, sigue girando como si nada a 29,5 kilómetros por segundo, alrededor de una estrella adolescente llamada Sol en el brazo de Orión de una galaxia espiral conocida como la Vía Láctea.

Estamos ya en los siete mil millones y no hay miras de que disminuya. Además la gente vive más, y el Tercer Mundo no se abstiene de procrear. No puedo dejar de pensar que nuestro planeta Tierra va a terminar como el camarote de *Una noche en la Ópera*, la película de los hermanos Marx que nos hizo reír tanto. Pero no creo que lo que venga sea tan divertido.

No tengo nada contra la pintura

Pero los simios pueden pintar, y sin embargo no escribir ni hacer música.

No todo es mentir

Puede serlo no decir la verdad o decir lo contrario de lo que se piensa, pero no lo es no decir todo lo que se piensa.

No todo es positivo en ciencia y tecnología

Al menos no lo era para Ludwig Wittgenstein quien decía en su famoso Tractatus: "No es absurdo creer que la era de la ciencia y de la tecnología es el principio y fin de la humanidad. Mi manera de pensar no es deseable en esta época, tengo que esforzarme y nadar contra la corriente. Quizá dentro de cien años la gente aceptará estas ideas". Por otra parte toda su filosofía está impregnada de una incertidumbre que le impedía distinguir lo falso de lo verdadero, o decir que, en definitiva, para él no había diferencia.

No todos los bolivarianos lo saben

"Nada es tan peligroso como dejar permanecer largo tiempo a un mismo ciudadano en el poder. El pueblo se acostumbra a obedecerle y él a mandarlo, de donde se originan la usurpación y la tiranía". Simón Bolívar (Congreso de Angostura, 1819).

No tomamos en cuenta

Entre otras virtudes de los perros, está que nunca mienten. Además, es muy difícil que aun los seres muy queridos nos reciban con el alborozo de ellos, aunque nos hayan dejado de ver por media hora.

No entendí a Ezra Pound

Salvo que su locura le permitiera decir de Hitler que era un santo y un mártir.

Nos ha ocurrido a veces

Que ellas nos preguntaran de cosas ignoradas y nosotros les respondiéramos de cosas imposibles.

Nos ha pasado a todos

El encuentro con personas que nos hablaron y ni siquiera las escuchamos. Otras que nos hirieron pero que no nos dejaron ni una cicatriz. Pero también hubo aquellas que por el simple hecho de aparecer en nuestra vida, nos marcaron para siempre.

Nos pasa...

Eso de tener Papa y no tener cura.

Nostalgia porteña

La de Julio Cortázar cuando decía: vos ves la Cruz del Sur, respirás el verano con su olor a duraznos. Caminás de noche mi pequeño fantasma silencioso, por ese Buenos Aires, por ese siempre mismo Buenos Aires.

Nostalgias

La creación artística es producto de la nostalgia por el Paraíso perdido.

Novedades mundiales

El observatorio espacial Kepler de la NASA descubrió dos planetas del tamaño de la Tierra pero que orbitan en torno a una estrella (¿su Sol?) que se encuentra a casi mil años luz de distancia de nuestro sistema solar. Por otro lado, el gigante multinacional estadounidense de la tecnología IBM (más sano que el FMI y que el FBI) pronosticó un futuro cercano en el que las máquinas leerán la mente humana y reconocerán con quién están tratando. ¡Pobres máquinas!

Novísima definición del delincuente

Es un pobre rebelde.

Nuestra gran fragilidad

Es tal que necesitamos que las mismas causas produzcan siempre los mismos efectos, que las magnitudes inmutables lo sean verdaderamente, que el caos cumpla con su perpetua obligación de engendrar el caos. Necesitamos predecirlo, comprenderlo, sentir que un orden infinito guarda nuestras pequeñas, insignificantes espaldas. Esto lo ignoran en general la mayoría de los políticos.

Nuestra hermandad latinoamericana

Debe ser muy espiritual, porque en cifras: nada. Veamos: sólo el 18% del comercio total de América Latina se realiza dentro de la región, comparado con el 52% del comercio total de Asia y el 65% de la Unión Europea.

Nuestras hermanas las estrellas

Dicen que las estrellas son la fábrica de átomos en el universo, y en algunas religiones orientales se las tratan como hermanas nuestras ya que tienen la misma composición atómica. Porque el oro, la plata, el hierro, el níquel, el calcio de nuestros huesos y el hierro de la sangre, todo eso estuvo en el interior de una estrella. Y el fin catastrófico de una estrella fue el origen de nuestra vida.

Nuestro péndulo

Ir de un capitalismo sin control a un estatismo sin medida.

Nuestros enemigos

No hay que hablar mal de ellos porque finalmente son nuestros, los hemos hecho nosotros.

Nuestros límites

(Para los jóvenes y los dirigentes políticos). Según Wittgenstein, los límites de nuestro lenguaje significan los límites de nuestro mundo.

Nueva banalización de la cultura

Hace más de un año el gobierno de nuestra Ciudad inauguró una pequeña plazoleta en la intersección de las calles Florida y Rojas, esquina del edificio Kavanagh, con una plaqueta en homenaje al maestro Alberto Ginastera. Para lo cual se hizo un acto musical dentro de la Plaza San Martín, muy adecuado para la alta jerarquía del hecho cultural que tenía lugar. Pues bien, hoy, dicha plazoleta ha sido ocupada, en su mitad, por una plataforma que contiene sobre su enorme basamento una supuesta obra de arte de quien fuera un artista que se dedicó a todo tipo de transgresiones y a burlarse del arte mismo. La obra del caso es un enorme huevo blanco que posiblemente pueda ser víctima de pintadas y leyendas por los jóvenes que merodean esa zona, pero además, cabe preguntarse si era justo restarle media plazoleta al gran maestro Alberto Ginastera, cuya fama de compositor es hoy mundialmente reconocida, y cuya vida personal y artística fue lo opuesto a la del señor Federico Peralta Ramos, para tener que compartirla con este frustrado burlón del arte. Todo ello hecho por las mismas autoridades del gobierno de la Ciudad de Buenos Aires, cuya filosofía estética parece ahora estar signada discepolianamente por juntar la Biblia con el calefón.

Nuevas preguntas sin respuestas

¿No es inquietante que los médicos se refieran a su trabajo como "práctica"?
¿Por qué se utilizan agujas esterilizadas para poner la inyección letal a los condenados a muerte?

¿Por qué "separado" se escribe todo junto y "todo junto" se escribe separado?
¿Si la caja negra de los aviones es indestructible, por qué no harán todo los aviones de ese mismo material?
¿Por qué los kamikazes usaban cascos?
Cuando un abogado pierde el juicio, ¿por qué no lo internan?

Nuevas visiones...

De la naturaleza, donde no habría nada fijo, ya que hasta una roca es un baile de electrones. Hay rocas milongueras.

Nuevos descubrimientos científicos me superan

Hasta Isaac Newton y la Física Mecánica, los que somos ajenos a las ciencias llamadas duras, más o menos nos arreglábamos, pero primero apareció el principio de indeterminación de Heisenberg, la Teoría de la Relatividad de Einstein; todas las cuestiones que plantea la Física Cuántica. La Teoría de las Cuerdas y otras… Además, acabo de leer que buena parte del agua de los océanos pudo proceder de los cometas, según un equipo de expertos del Instituto Max Planck, después de detectar por primera vez en un cometa agua con una composición similar a la de los océanos terrestres. Y yo que inocentemente amaba ese proverbio chino que decía que el agua calentaba el fuego y que el fuego apagaba el agua. ¡Es demasiado!

Nunca es tarde

Plotino no empezó a escribir hasta los 50 años. Aunque sabía escribir desde niño. Y Goethe tenía 78 años antes de comenzar la segunda parte de Fausto.

Nunca fue muy cuerdo

Me refiero al escritor William Burroughs, quien mató a su esposa mientras trataba de dispararle a un vaso colocado sobre su cabeza. Tampoco ella, se me ocurre, sería muy cuerda.

Obama en Berlín

El 19 de junio Barack Obama pronunció un largo discurso en Berlín, en el mismo lugar donde medio siglo atrás John F. Kennedy declaró que todos los hombres libres eran ciudadanos de Berlín. Ronald Reagan, un cuarto de siglo atrás, también en dicho lugar desafió a la URSS reclamando que se derribara el Muro. Obama, en cambio, para pesar de quienes le tenemos simpatía, al parecer no tuvo nada que decir.

¿Obama halcón y Putin paloma?

No. Simplemente Putin necesita seguir vendiéndole al gobierno sirio tanques, helicópteros artillados y misiles Grad para disparar contra blancos civiles que ya causaron más de cien mil muertes, mientras se llenan las arcas rusas con el dinero que los bancos chinos prestan a Bashar Al-Assad.

Obediencia debida

Suponer que su cumplimiento transforma el mal en una banalidad es un grave error. Porque el ser "normal" que la cumple, cuando se trata de asesinar, deja de ser normal.

Objetivos internacionales de los Estados Unidos

Frenar a China, disuadir a Rusia, cooptar a India, controlar a Europa, asegurar el sistema de bases militares extendido desde el corazón de Asia Central hasta el Cuerno de África, recelar de las Naciones Unidas, mantener un esquema neoprotectoral de facto en Irak y Afganistán, defender a Israel, sostener a Arabia Saudita, poner en cuarentena a Pakistán, contener a Irán, vigilar a Turquía, aislar a Venezuela y a otros potenciales regímenes calificados de "canallas"' y regular el ascenso de poderes emergentes como Brasil y Sudáfrica. (2013).

Obsesión literaria

Me refiero a la que padecía la compleja, hiriente pero también enormemente colmada de dolor y de infelicidad, Dorothy Parker, calificada de implacable y letal, reconocida muy tardíamente. Acaban de publicarse en nuestro idioma *Los poemas perdidos*. Era tan exigente con ella misma que decía: "no puedo escribir cinco palabras sin cambiar siete".

Obviamente estamos muy cerca

Porque dicen que la palaba "sinagoga" es griega y originalmente significaba "asamblea cristiana".

Ocurre con frecuencia en nuestro país...

Que cuando debemos ser pesimistas, somos optimistas.

Ojalá no frene de golpe

Porque dicen que nuestro planeta gira a 1675 km por hora.

¡Ojo con cambiarse de camiseta!

Porque Nicolás Maquiavelo, que sabía de esas cosas, ya avisaba hace quinientos años que los que se cambiaban de bando finalmente no quedaban en ninguno.

¡Ojo con la inflación!

Porque no hay burro manso cuando le tocan la bolsa.

¡Ojo con señalar!

Porque cuando lo hacemos hay tres dedos que nos están apuntando a nosotros.

Omnivisión casi borgeana

"Si viera por un don especial todo el universo, el bien y el mal, todas las estrellas y las puras gotas del océano, la ocurrencia de la historia y la 'memoria del olvido', entonces seguiría viendo en el último pozo de mi conciencia el inexplicable rostro de Dios". Marcial Tamayo (lúcido ensayista, ex embajador y canciller boliviano).

Opinión compartida

La de Isidro Odena cuando dijo que el gobierno desarrollista de Arturo Frondizi fue la última aplicación de la inteligencia política a la realidad nacional, y yo agregaría también internacional.

Opinión de Albert Einstein

"Mi ideal político es la democracia. Respetar cada hombre como un individuo y no idolatrar a ninguno. Es una ironía del destino que yo mismo haya sido receptor de una excesiva admiración y reverencia por parte de mis congéneres, sin haber faltas o méritos por mi parte. Soy consciente de que para cada organización que alcanza sus objetivos, un hombre tiene que ser quien piense, dirija y generalmente cargue con la responsabilidad. Pero en mi opinión, un sistema autocrático de coerción pronto degenera; la fuerza atrae a hombres de moralidad pobre...".

Opinión de Norman Mailer

Al contestar el famoso "cuestionario de Proust", en la pregunta sobre qué persona viva le inspiraba más desprecio, dijo: "Bueno, solía ser Ronald Reagan. Era el presidente más ignorante que habíamos tenido nunca. Ahora George W. le ha quitado el puesto".

Opinión de un capitalista sobre el mercado

Dice George Soros que el mercado es, sin duda, un mecanismo más eficaz para la distribución de recursos que la intervención gubernamental; pero eso no quiere decir que no se necesite dicha intervención, bien para reasignar recursos o para mantener la estabilidad de los mercados. Considerar al mercado como respuesta final a todas las cuestiones sociales constituye una peligrosa falacia. Pero también el exceso de intervencionismo.

Opinión de una escritora sobre un escritor

Ambos famosos, pero Virginia Woolf opinaba que Joyce era iletrado, grosero, falto de educación, obrero autodidacta. Ella tuvo una vida bastante infeliz. Fue abusada por un hermanastro el día de la muerte de su madre. María Moreno dijo de ella que fue una lesbiana asustadiza con Vita Sackville West y tal vez platónica con Katherine Mansfield. Como sabemos, se suicidó.

Opinión inglesa sobre nuestras Malvinas

El escritor Bruce Chatwin le decía en una carta a un argentino: "Dejando de lado el muy obvio derecho de la Argentina para con las islas y la obvia amenaza que el nido 'pirata' representa para la seguridad argentina, la guerra demostró que los británicos siguen siendo la nación militarista que fueron siempre; que estaban ansiosos por ir a la guerra contra alguien, no importa dónde; y que cuando la oportunidad surgiera, allí irían, cegados, sin siquiera considerar lo cierto y lo equivocado. El episodio del Belgrano debe ser uno de los hechos más cobardes del siglo, o una ineptitud necia, pero en ninguno de los casos perdonable".

Opinión médica heterodoxa sobre el consumo de alcohol

El ron y las aguardientes son destilados de la caña de azúcar. El vino, el brandy, la champaña son destilados de las uvas, lo que se significa que se elimina el agua de la fruta de modo que pueda sacársele el mayor provecho. La cerveza está hecha de cereales. El whisky se destila a partir de la cebada, la malta y el maíz. El vodka se produce a partir del trigo, el centeno, la remolacha o la papa. Vale decir que todos estos productos tienen un origen vegetal, de modo tal que hay que ser cauteloso en aconsejar demasiada limitación y menos aun la prohibición.

Opiniones sobre Argentina

A pesar de que eran mucho mejores que las actuales, había gente muy sabia que no se engañaba. Por ejemplo Albert Einstein, quien se preguntaba: "¿Cómo puede progresar un país tan desordenado?" O Georges Clemenceau, que decía: "La Argentina crece gracias a que sus políticos y gobernantes dejan de robar cuando duermen".

Oppenheimer decía:

"El optimista piensa que éste es el mejor de los mundos posibles, y el pesimista sabe que es verdad, porque todo sumado, aunque quizá la vida y el universo sean tan solo un proyecto, aun siendo un proyecto es maravilloso. Porque ninguno de nosotros logra hacer un árbol, ni un río, ni una montaña. Ni científicamente la vida. De modo tal que debe haber alguien más capaz que nosotros que esté haciendo las pruebas técnicas para crear algo nuevo… Y tal vez nosotros seamos solo un borrador de otro universo contemporáneo y paralelo que no podemos ver".

Optimismo y pesimismo

Es verdad que el optimismo suele dar buenos resultados, pero esto no refuta las majestuosas verdades del pesimismo.

Optimismo y pesimismo II

Le atribuyen a Churchill haber dicho que el optimista veía una oportunidad hasta en una calamidad, en tanto que el pesimista consideraba una calamidad cada oportunidad.

Origen del placer y de la alegría

El placer viene desde afuera, la alegría desde dentro.

¿Originarios?

Hasta hace poco más de veinte años se hablaba de indígenas. Recuerdo que en mis años juveniles se hablaba en nuestro continente de nacionalistas hispanistas y de nacionalistas indigenistas. Los araucanos, los mapuches, los diaguitas, los tobas, los tehuelches, todos eran pueblos indígenas. Claro está, yo no era indígena, pero no por un tema de piel o de color. Ahora ellos son originarios, y yo me pregunto ¿quién no es originario si ha nacido de hombre y de mujer? Yo me considero tan originario como los aztecas, los mayas, los incas, los araucanos, etcétera.

Otra burocracia

La de los grandes organismos, que tienden a vivir menos para su misión que para su propia administración y para su personal.

¡Otra vez con lo de la veloz expansión del universo!

Porque mi mayor preocupación es que no se deje a nuestro sistema planetario tranquilo y quieto por el momento. Sobre todo, ruego que no mueva a nuestro planeta. Porque por ejemplo, tanto nos hemos acostumbrado a sus meros e inocuos movimientos rotatorios que ni los notamos, tal es así que seguimos diciendo que el sol sale o que el sol se pone. Y cuando viajamos en avión nos "sentimos en el aire" como si ya por el simple hecho de ser habitantes de este planeta no estuviésemos todo el día y todos los días "en el aire". Por eso, mi mayor deseo es que al menos nuestro planeta no se desplace demasiado, porque si ello ocurriese y estuviésemos viajando a París, o a Londres o a Nueva York (digamos, para elegir buenos lugares), no sea cosa de que cuando tengamos que aterrizar nuestro planeta no esté en su lugar, y por ende tampoco dichas ciudades.

Otras frases de los "indignados" en España

"Me sobra mes al final del sueldo".
"¿Dónde está la izquierda?... Al fondo, a la derecha".
"No falta el dinero. Sobran ladrones".
"No apagues la televisión, podrías pensar".
"No es una crisis, es una estafa".

Otro crimen contra la humanidad olvidado

El del rey de Bélgica Leopoldo II, causante de que la población del Congo se redujera de veinte millones a ocho millones. Y todos lo han olvidado. Se trata del desprecio de Europa por África.

Obviamente no era ateo...

Quien decía que para Dios nosotros no existíamos.

Obviamente no soy machista

Dios hizo primero al hombre, y después tuvo una idea mejor e hizo a la mujer.

Opinión de Cortázar

Sobre Mario Vargas Llosa, a quien apreciaba, decía que para la música era sordo. Pero no como Beethoven.

Oxímoron

Algún lector me ha preguntado sobre el origen de esta palabra que se escribe igual en inglés y en español, aunque se acentúa de manera distinta. Y yo creo que viene del griego "oxi u oxy" que significa, precisamente, una paradoja interna. Ya dimos en otras *Albinísimas* varios ejemplos de esa paradoja interna. Hoy se me ocurre agregar "político veraz".

¿Oxímoron o paradoja?

A veces la derecha puede ser siniestra y la siniestra puede ser diestra.

Palabras y silencios

No todas las palabras muestran y no todos los silencios ocultan.

Para aquellos que se la han tomado con Colón

El gran historiador Hobsbawm, que ninguna izquierda podrá calificar de colonialista, se negó en 1992 a firmar un manifiesto de protesta que le acercaron los pueblos originarios de México, aun comprendiendo los sentimientos que inspiraban esa clase de gestos. Y a pesar de su simpatía por ellos, se negó a convalidar el eslogan revisionista "La larga noche de los quinientos años". Porque entendía que encerraba una cuota de arbitrariedad suficientemente alta como para ignorar las contribuciones que durante siglos habían aportado las sucesivas corrientes migratorias llegadas al continente, primero desde los puertos de España y más tarde desde toda Europa.

Para artistas

"Siempre hay que soñar y apuntar más alto de lo que uno puede apuntar. No preocuparse por ser mejor que sus contemporáneos o sus predecesores. Hay que tratar de ser mejor que uno mismo. La única responsabilidad de un artista es con su arte…". William Faulkner.

Para ateos y creyentes

Dios no es demostrable ni refutable.

Para cerrar el recuerdo de mayo del 68

Veámoslo desde el presente por una mente lúcida como la de Gilles Lipovetsky: "Mayo del 68 fue importante. Liberalizó las costumbres en una sociedad que estaba esclerótica. Explotó todo. Y durante doce años tuvo mucho impacto. A nivel personal es lo que yo conservo, reivindico y me parece bien porque la gente logró ser mucho más libre. Pero luego dejó de proponer. No creo que pueda resolver los problemas de hoy. El mundo cambió. Hoy creo que deberíamos ofrecer un discurso de la responsabilidad". Yo estoy totalmente de acuerdo.

Para ciertos intelectuales

Decía el lúcido Dardo Cúneo que los intelectuales que no aciertan a transmigrar desde la época vencida, harán las veces de recolectores de fantasmas; serán los memorialistas en busca del tiempo perdido.

Para curiosos metafísicos

Quienquiera que haya reflexionado sobre estas cuatro cosas, mejor habría hecho no viniendo al mundo: ¿qué es lo que hay arriba?, ¿qué es lo que hay abajo?, ¿qué es lo que ha habido antes?, ¿qué es lo que habrá después? Sentencia rabínica.

Para después de las elecciones

Conviene recordar con Rudyard Kipling que el éxito y el fracaso son dos impostores que deben recibir igual trato.

Para ejercer el periodismo

Según el famoso Ryszard Kapuscinski (1932-2007), nacido en Polonia, ante todo hay que ser una buena persona, porque las malas no pueden ser buenos periodistas. Ya que el ejercicio del periodismo requiere intentar comprender a los demás, sus intenciones, su fe, sus intereses, sus dificultades, sus tragedias. Y es también a partir de esa condición que se puede hablar de la política y del mundo con buena fe y credibilidad.

Para gozar de una buena vida

También se requiere tener la suerte de no tener mala suerte.

Para hacer política no es necesario ser gobierno

Eso se lo enseñó Confucio a un discípulo que lo requirió pidiéndole su presencia en el gobierno porque estaban al borde del caos. Le recordó que había enseñado a no eludir los problemas por ser todos responsables de lo que ocurriera en el mundo. Además, le dijo que estaba rezando y que luego iría a la esquina para ayudar a un hombre porque haciendo lo que estaba a su alcance beneficiaba a todos. Ya que tener ideas para salvar el mundo, ni siquiera nos ayudaba a nosotros mismos.

Para levantar el ánimo

El maestro Eckhart Tolle nos decía que estábamos aquí para permitir que divino propósito del universo se despliegue. Y que en ello radicaba nuestra importancia.

Para los Gómez de la guía telefónica

Los Gómez ocupamos muchas de sus páginas, sin embargo, hace siglos, no era en España un apellido sino un tratamiento: significaba "Señor". Me lo hizo notar un querido profesor de Literatura, quien al pasar lista, decía: "Favilla, Eduardo; Gayoso, Horacio; Señor, Albino…". Ante mi sorpresa y pregunta, recibí tal explicación. Le agradecí el trato de Señor, pero le pedí un trato igualitario.

Para marxistas

Deberían considerar que a Carlos Marx no se le ocurrió nunca ser Primer Ministro ni ministro de Economía. A Groucho tampoco.

Para melómanos y no melómanos

La música y el sonido están presentes en la terminología médica. La salud significa tener un cuerpo y una mente *sound* (sano, sonido). En chino, medicina es *yao*, que deriva de *yue* y significa música.

Para mí mismo

Quien diga que sabe lo que pasa en la Argentina, está totalmente desinformado. En nuestro país se suicidaron, entre muchos otros, hombres como Leandro N. Alem, Lisandro de la Torre y el Dr. Favaloro. Y ni hablar de quienes fueron asesinados por razones políticas o ideológicas.

Aquí habríamos crucificado nuevamente a Jesucristo, como dándole la cicuta a Sócrates o incendiado la casa de Pitágoras.

Para no ser bárbaro

No recuerdo qué escritor inglés decía con razón que tan bárbaro es el hombre que sabe mucho de Física y que no conoce la Novena Sinfonía de Beethoven, como quien conoce esa sinfonía y no sabe qué significa la segunda ley de la termodinámica, porque ella condena al universo a desaparecer. O sea la entropía.

Para preguntas estúpidas, tolerancia cero

Cuando está lloviendo y se dan cuenta de que estás por salir en medio del aguacero, te preguntan: "¿Vas a salir con esta lluvia?" La respuesta es: "¡No! Voy a esperar la próxima".
Cuando terminás de levantarte y te preguntan: "¿Te despertaste?" La respuesta es: "¡No! Soy sonámbulo".
Cuando te llaman por teléfono a tu casa y te preguntan: "¿Dónde estás?" La respuesta es: "¡En el Polo Norte! Un tornado me llevó con casa y todo para allá".
Cuando estás frente a un ascensor con una caja que te dobla por el peso y te preguntan: "¿Va a subir?" La respuesta es: "¡No! Estoy esperando que baje el departamento".

Para presidentes de grandes potencias

Una nación que gasta más dinero en armamento militar que en programas sociales se acerca a la muerte espiritual, dijo Martin Luther King. Y ya en 1958, en su mensaje de despedida al finalizar su presidencia, el general D. Eisenhower, victorioso en la Segunda Guerra Mundial, y además republicano, denunció como un gran peligro al "complejo militar-industrial".

Para que no se la creyera

Los señores feudales, al elegir rey, decían: "Nos, que valemos tanto como vos, y que juntos valemos más que vos, os coronamos rey".

¿Para qué se discute tanto?

Sobre lo fantástico y lo real, si no hay nada más fantástico que lo que consideramos realidad.

Para quienes juntan y juntan bienes

No hacerse ilusiones, porque como decía André Maurois, la vida es un juego del que nadie puede retirarse llevándose las ganancias.

Para recordar

Toda situación, mala o buena, algún día cambiará, lo cual nos debería llevar a tratar de disfrutarla plenamente cuando sea buena y no sentirnos tan mal cuando no lo sea.

Para recordar II

El dolor es un hecho; el sufrimiento, una elección. Y que tanto el éxito como el fracaso pueden ser dos impostores que arruinen una vida.

Para seguir pensando

Teilhard de Chardin decía que a nivel del Cosmos, toda la Física moderna lo demuestra, sólo lo fantástico tiene reales posibilidades de ser verdadero. Y creía que estábamos en la prehistoria de la explicación científica que nos conduciría al conocimiento de las causas.

Para ser auténtico...

Se requiere saber decir y saber callar.

Para sobrevivir

Un organismo sólo puede sobrevivir si es capaz de interpretar eficazmente la realidad que habita. Piense por ejemplo un mosquito que habiendo entrado al Louvre se dedique a picar, por ejemplo, a la Venus de Milo en vez de hacerlo a los visitantes. Obviamente, perecerá.

Para tener en cuenta

Cuando vienen los problemas, no suelen ser simples soldados individuales, sino batallones.

Para tener en cuenta II

Se ha dicho que una nación de ovejas engendra un gobierno de lobos.

Para terminar una polémica

Hay que decirle al interlocutor: si te doy la razón vamos a ser dos los equivocados.

Para un mundo mejor

Amar la vida no sólo por hábito de vivir sino por hábito de amar.

Para una sociedad indiferente

Quien no se mueve, no siente las cadenas.

Paradoja

La de Gadafi, quien llamaba "ratas" a sus enemigos y terminó escondido en un tubo de desagüe.

Paradoja del amor

Se ha dicho que consiste en ser uno mismo sin dejar de ser dos.

Paradojas

Nietzsche hizo creer en Dios a muchos ateos.

Paradojas argentinas

Las jubilaciones pagan impuesto a las ganancias; las rentas financieras, no.

Paradojas de la historia

Por ejemplo que Buchenwald quede a 18 kilómetros de Weimar, cuna de Goethe, y muy cerca de Eisenach, pueblito en el que nació Bach, quien compuso su Cantata 163 sobre un tema del Nuevo Evangelio referido a la justicia divina.

Parte de la herencia del presidente Bush

Aquí tenemos el resultado de lo que sembró Bush en Irak: ahora, el avance yihadista en ese país pone en guardia a la Casa Blanca y Obama, que admira al Papa Francisco por sus llamados a la paz, podría desplegar drones para frenarlos.

Particularidades de Andy Warhol

Entre tantas otras, era un tipo de persona que se sentía feliz de no salir, pero quería saber exactamente qué estaba pasando en los sitios donde no estaba. Él prefería quedarse en casa y ver, si era posible, las fiestas a las cuales lo invitaban, en un monitor de su cuarto. Me resulta bastante comprensible.

Pasión de dominio

Es la más terrible enfermedad del espíritu humano.

¿Patria o buitres?

Quien se acuesta con buitres amanece carroña.

Peligro para una sociedad

La abundancia de nulidades engreídas y reputaciones consagradas.

Pensamiento-sentimiento

Así como Discépolo decía que el tango es un pensamiento triste que se baila, podríamos decir que el peronismo es un sentimiento festivo que se vota.

Pensar

En nuestro país sigue siendo una forma de transgresión.

Pequeña confusión

Es la de creer que preocuparse por los problemas es lo mismo que ocuparse.

Perdón, pero seguimos con los impuestos

Warren Buffett, una de las tres personas más ricas del mundo, pide: "Por favor, dejen de mimar a los ricos con exenciones fiscales… Un aumento de impuestos no atenta contra las inversiones ni contra la creación de empleo". "Mientras las clases pobres y medias luchan por nosotros en Afganistán y mientras la mayoría de los estadounidenses luchan por llegar a fin de mes, nosotros, los superricos, seguimos teniendo extraordinarias exenciones fiscales". Me gustaría imaginarme un diálogo entre Ronald Reagan y Carlos Marx sobre este tema.

Perfección

Un ser integral conoce sin viajar, ve sin mirar y realiza sin hacer. Lao-Tse.

Periodismo

Sigue siendo una de las profesiones más peligrosas. El año 2013 dio como balance 200 presos y 52 asesinados.

Periodismo en USA

Según el gran periodista Gay Talese, el 11 de septiembre (fecha del ataque a las dos torres) se acabó con el buen periodismo. Con la excusa de la seguridad nacional la prensa estadounidense dejó de hacer preguntas, ya no cuestiona al poder. Él creía que aquello acabaría tras los años oscuros de la administración de Bush, pero con Obama no ha mejorado. Los periodistas de hoy siguen haciéndole el juego al gobierno, son como funcionarios.

¿Periodismo o militancia?

El catedrático colombiano Javier Darío Restrepo, a cargo del consultorio ético de la Fundación Nuevo Periodismo, de Gabriel García Márquez, dice que: "Desde el momento en que un periodista se inclina ante las banderas de un gobierno o de un partido, pierde su dignidad, pierde su independencia y, por consiguiente, no está haciendo periodismo, sino caricatura de periodismo".

Periodismo y democracia

Cuando alguien no entiende el periodismo como una necesidad de la democracia, en verdad, lo que no entiende es la necesidad de la democracia.

Periodista

"El periodista tiene la obligación de pensar para enseñar, para educar. No pensar en agradar. Su misión es sociológica y pedagógica, no escenográfica". Dante Panzeri (periodista deportivo argentino).

Personas muy mentirosas

Conocí a una que no solo mentía cuando contestaba preguntas, sino también cuando ella preguntaba.

Pesimismo sobre los acuerdos

No somos como otro. Ni mejor ni peor. Somos otro. Y si estamos de acuerdo con alguien, se trata de un mal entendido.

Pesimismo total y humorístico

Yo admiro a Woody Allen, pero ocurre que como todo buen humorista, finalmente es muy pesimista. Veamos esta opinión suya: "Más que en ningún otro momento de la historia, nos hallamos en una encrucijada. Un camino conduce a la desesperación absoluta; el otro, a la extinción total. Quiera Dios que tengamos la sabiduría de elegir correctamente".

Pesimistas y optimistas

Se dice que solamente los pesimistas pueden cambiar el mundo ya que los optimistas siempre están contentos con el mundo en que viven. Pero ciertos pesimistas, lo son tanto, que creen que de ninguna manera el mundo existente pueda mejorar.

Pienso del mismo modo

"No me importa saber si un animal puede razonar, pero sí puede sufrir, y sólo por ello lo considero mi prójimo". Albert Schweitzer.

Pinochos

Hay personas que realmente no han crecido, sólo han aprendido cómo actuar en público.

Pintores, músicos y escritores

Hay mercado para todas las expresiones artísticas, pero en el caso de los pintores, ellos venden el objeto mismo de su acto creador. Eso produce un propietario único, personal, institución, museo. De allí esos precios millonarios en dólares. Ya prácticamente no existen escritores que hagan originales a mano, y aun así, el precio de un original estaría muy lejos de las cifras alcanzadas por un cuadro. Sus obras se reproducen de acuerdo a la capacidad de ser vendidas. Con los músicos ocurre algo similar, y sus obras se interpretan o se graban también de acuerdo con el éxito que alcancen. Pero nadie se transforma en dueño de la obra literaria o musical. Claro está que este tema da para mucho más que para el espacio de las *Albinísimas*.

Plagio libre

El del gran Montaigne a Plutarco, ya que lo llamaba "su breviario".

Plagio o investigación

Robarle ideas a una persona es plagio. Robarle a muchas es investigación.

Planeta Tierra

Así lo llamamos. Pero mirándolo bien deberíamos llamarlo Planeta Oceánico. De cualquier manera, ahora que sin movernos como para llegar personalmente a la Luna sabemos que es un pequeño globo colgando de nada, en medio del espacio, rodeado de estrellas y de otros planetas. Tan insignificante y frágil como entender nuestras guerras, matanzas, los nacionalismos, los crispados regionalismos. Cuando esa misma pequeñez real frente al universo sólo debería conducirnos a la paz, a la armonía, a la justa distribución de la riqueza.

Platón y la política

"...yo, que al principio estaba lleno de entusiasmo por dedicarme a la política, al volver mi atención a la vida pública y verla arrastrada en todas direcciones por toda clase de corrientes, terminé por verme atacado de vértigo, y si bien no prescindí de reflexionar sobre la manera de poder introducir una mejora en ella, y en consecuencia en la totalidad del sistema político, sí dejé, sin embargo, de esperar sucesivas oportunidades de intervenir activamente, y terminé por adquirir el convencimiento con respecto a todos los estados actuales, de que están, sin excepción, mal gobernados…" (Carta VII, 325e – 326b 3).

Población mundial

Para nosotros sigue siendo válido aquello de que gobernar es poblar, pero para el planeta Tierra, nuestra gran casa, poblar es desgobernar.

¡Pobre capitalismo!

¿El capitalismo financiero que hace dinero con el dinero o con papeles que llaman dinero, habrá reemplazado para siempre al capitalismo de producción?

Pobre corazón

Ahora el amor y hasta la creencia en Dios parece que provienen del cerebro. Se acabó aquella pascaliana que decía que el corazón tenía razones que la razón no comprendía. Pero que le avise al cerebro que si deja de latir, él se termina. Aunque tal vez no el amor ni Dios.

¡Pobre Dios!

"Los ritos y las ceremonias de las iglesias no hacen más que convertir a Dios en un payaso". Soren Kierkegaard.

¡Pobre Edgar Allan Poe!

Le fue muy mal en la vida. Téngase en cuenta que de niño se educó prácticamente en un cementerio, donde aprendió matemáticas sumando y restando las fechas que figuraban en las lápidas.

¡Pobre Europa!

Leemos que vende sus "joyas" a precio de liquidación. Que desde Emiratos Árabes hasta Dubai –países del Golfo Pérsico que navegan sobre petróleo–, de China a Rusia, todos estados en fuerte expansión, en su mayoría guiados por regímenes autocráticos, "nuevos ricos" que han puesto su mira en las viejas joyas de la atribulada Europa.

¡Pobre Rusia!

Porque primero tuvo a los zares, después tuvo unos 70 años de realismo socialista y lleva más de 20 de degradación capitalista.

Pocos las conocían tanto como él

Perón le aconsejó a Cámpora respecto de las FF.AA. que había que desplumar a la gallina sin que ésta gritara.

Pocos lo saben

Pero la paciencia es una forma extraordinaria de acción.

Poder y obediencia

Tal vez no sea el poder lo que crea la obediencia sino ésta al poder.

¿Podrá Obama hacer lo mismo que Roosevelt?

Es decir, ¿aumentarle el impuesto a los ricos en un 90%?

Podría ser

Que para definir a un gran escritor se dijera que es aquel cuyos libros escritos a lo largo de toda su carrera componen un libro único, tan largo como su vida.

Poema para los desaparecidos por la dictadura

Se trata de este poema de Ernesto Cardenal dedicado a un querido amigo: "Te mataron y no nos dijeron dónde / enterraron tu cuerpo / pero desde entonces / todo el territorio / es tu sepulcro / o más bien / en cada palmo / del territorio nacional en que / no está tu cuerpo / tú resucitaste…".

Polémica afirmación sobre intérpretes y compositores

Decía el gran escritor uruguayo, Felisberto Hernández: "Toda la vida he tenido la duda si sería compositor o ejecutante: debiendo confesar que me faltan para ser esto último las condiciones que adornan a los seres superficiales, que sacrifican las cuestiones de fondo a la memoria sumamente desarrollada, a la reacción rápida y a la voluntad especial de acción". El caso es que F. H. se destacó realmente como buen escritor pero no como compositor.

Políticos y estadistas

Los primeros piensan en las próximas elecciones, los segundos en las próximas generaciones.

Populismo vs. Desarrollismo

Tomás Abraham dice con razón que uno de los más grandes errores fue el derrocamiento del presidente Arturo Frondizi, y agrega, después de contraponer lúcidamente su proyecto desarrollista al desastre al cual conducen los populismos, que paradojalmente, Frondizi fue acusado de filonazi, entreguista, gorila y peronista, todo al mismo tiempo. Esto me recuerda una frase del libro sobre la Guerra Civil Española de Manuel Chaves Nogales (*A sangre y fuego*) cuando dice: "De mi pequeña experiencia personal puedo decir que un hombre como yo, por insignificante que fuese, había contraído méritos bastantes para haber sido fusilado por los unos y los otros".

Por eso creo más en las palabras

Porque tiene razón Susan Sontag cuando dice que las imágenes eluden la razón, y no son argumentos sino dardos disparados directamente a la afectividad. Bueno, no soy pintor, ni fotógrafo ni cineasta.

Por eso hay abogados

Gracias a que hay malas personas.

Por eso la crisis de tantos países

Porque el producto interno de todos los países es −según dicen− de aproximadamente 70 billones de dólares (millones de millones). El monto de la deuda total del planeta es de 190 billones de dólares. Así las cosas, la fragilidad de una economía mundial que posee esta relación deuda/producto es inmensa y, naturalmente, también la capacidad de su sistema financiero para derrumbar economías. Del mismo modo, su poder de presión y su capacidad para dictar las políticas públicas de los países es muy superior a la capacidad de decisión de los gobiernos.

Por eso no acepto más lo de ficción y no ficción

Porque todo lo que uno escribe configura una autobiografía. Aunque se dedique a escribir sobre ciencia ficción. Creo que Borges pensaba lo mismo.

Por eso no era triste

El viejo tango que decía: "si soy así, ¿qué voy a hacer?, nací buen mozo y embalao para el querer". Aunque el lector no lo crea, su autor fue el compositor brasileño Antonio Botta.

Por favor, no se depriman

Según la biología nosotros somos máquinas de supervivencia, pero ese nosotros abarca a todos los animales, plantas, bacterias y virus. Por ejemplo, un pulpo no se parece en nada a un ratón y ambos son muy diferentes de un roble. Sin embargo, en su química fundamental son casi uniformes y en especial respecto a los genes, que son básicamente el mismo tipo de moléculas para todos nosotros, desde las bacterias hasta los elefantes.

Por favor, que eso no nos ocurra

Se dice que poco a poco podría ocurrirnos que fuésemos siendo como nos ven los demás.

Por más que digan lo contrario...

No hay revolucionario que después de triunfar la revolución no se haga conservador. Porque si la revolución se establece y se queda en ella, ya dejó de ser revolucionario. Por eso el Che se fue de Cuba.

¿Por qué cometemos tantos errores?

Porque no somos profesionales de la vida sino meros aficionados.

¿Por qué escriben los escritores?

De vez en cuando se cubren páginas de revistas culturales con ese tipo de preguntas a decenas de escritores que, seguramente por cortesía, contestan, tal vez preguntándoselo ellos mismos por primera vez. Acabo de leer unas cincuenta respuestas de ese tipo en una revista semanal. Algunas respuestas ingeniosas, otras aburridas, artificiosas, tontas, muy elaboradas... pero la que me pareció más honesta y sensata fue la de Umberto Eco: "porque me gusta".

¿Por qué firmamos convenios con jurisdicción extranjera?

Porque la única ley que se cumple en la Argentina es la ley de Gravedad de Newton.

¿Por qué hoy la derecha triunfa sobre la izquierda?

Porque prima la idea del consumo y del espectáculo que adormece la conciencia emancipadora que la izquierda representó históricamente. Por lo menos sus ideólogos no seguirán diciendo que la religión es ahora el opio de los pueblos.

¿Por qué no hay fusilamientos en la Argentina?

Porque el pelotón formaría en círculo.

¿Por qué se produce el pánico financiero?

Porque nadie olvida aquí que meses después de que el Congreso aprobara la intangibilidad de los depósitos, se instauró exactamente lo contrario: su confiscación.

¿Por qué sufrimos o gozamos?

Epícteto era un filósofo estoico que postuló que el mal para el hombre no surge tanto de las cosas que le ocurren sino de las ideas que acerca de ello se forma. Vale decir que todo tiene que ver con lo que uno hace con las cosas que le pasan, sean buenas o malas.

¿Por quién doblan las campanas?

Recuerda con John Donne que la muerte de cualquier hombre te disminuye, porque formas parte de la humanidad. Por tanto, no mandes a nadie a preguntar por quién doblan las campanas: están doblando por vos.

Porque eso no es amor propio sino soberbia y orgullo

Cuando un hombre que no se inclina nunca ante nada no podrá llegar a soportar su propio peso y se inclinará.

Posmodernidad y populismo

Pan para hoy hambre para mañana.

Pragmáticos abstenerse

Recuerda Abelardo Castillo que Albert Camus necesitaba que la verdad fuera un absoluto. Tal vez era ingenuo en ese sentido y mucho menos práctico. Pero ese es el gran legado de Camus, afirma Castillo. Porque lo que nos falta hoy son hombres terriblemente éticos que no hagan ninguna concesión, que vayan a buscar la verdad adonde esté, no en el slogan o en la ideología previa.

¿Preámbulo macedoniano?

Se le atribuye al extraordinario creador que fue Macedonio Fernández haber dicho que el preámbulo de la muerte era envejecer, y en realidad, el preámbulo insoslayable de la muerte es la vida misma, porque todo niño, al nacer, es ya lo suficientemente viejo como para morir, sin que ello nos obligue a ninguna tristeza sino más bien y necesariamente a la alegría, a la actividad creadora, a la vitalidad, a la generosidad, al amor y al gozo.

Preguntas sin respuestas

¿Por qué los Picapiedras festejan Navidad si vivían en una época anterior a Jesucristo?
¿Por qué las películas de batallas espaciales tienen explosiones tan ruidosas si el sonido no se propaga en el vacío?
¿Cómo se escribe el cero en números romanos?
¿Por qué las mujeres abren la boca cuando se maquillan los ojos?

¿Por qué hay gente que despierta a otros para preguntar si estaban dormidos? Bueno, esto tiene respuesta pero por respeto a los lectores prefiero omitirla.

¿Prestamos atención a nuestros interlocutores?

Aun en reuniones de a dos, vemos a cada rato la conversación interrumpida por los llamados a un celular. ¡Y qué tal si la reunión es de más de dos! Por eso decía Simone Weil que ni siquiera llegó a conocer los celulares, que la atención era la más escasa y pura forma de generosidad.

Prestar atención

El éxito se esconde detrás de cada fracaso y el fracaso detrás de cada éxito.

Presupuesto nacional

"Para fijar los ingresos del Estado se han de tener en cuenta las necesidades del Estado y de los ciudadanos. Es preciso no exigirle al pueblo que sacrifique sus necesidades reales para necesidades imaginarias del Estado. Son necesidades imaginarias las que crean las pasiones y debilidades de los que gobiernan, por afán de lucirse, por el encanto que tiene para ellos cualquier proyecto extraordinario, por su malsano deseo de vanagloria, por cierta impotencia de la voluntad contra la fantasía. A menudo se ve que los espíritus inquietos, gobernando, han creído necesidades del Estado las que eran necesidades de sus almas pequeñas". Montesquieu (1689-1755).

Principio universal del capitalismo

Maximizar las ganancias y minimizar los riesgos.

Prioridades defensivas

Con respecto a ciertos deportes (por ejemplo, el hockey), la protección testicular data de 1874. En cambio el casco comenzó a usarse en 1974. Vale decir que tardaron 100 años en darle igual importancia al cerebro.

Problema orgánico

Mi corazón quiere ser optimista pero mi cerebro insiste en su pesimismo.

Problemas de España en otros tiempos

Pío Baroja decía que el fanatismo religioso y el fanatismo liberal serían un obstáculo enorme para la redención de España. Los fanáticos en religión impedirían la evolución del sentimiento religioso. Los fanáticos de la democracia, considerando intangible el sufragio, la libertad de prensa y el parlamentarismo, impedirían la evolución de la idea política. Bueno, don Pío Baroja no podía imaginarse a los "indignados" y tantas otras cosas que fueron pasando en España y en Europa, por decir lo menos.

Problemas para una sociedad

Si en lugar del ser predomina el poseer.

Producciones personales argentinas

Ahora nada menos que un Papa, Francisco, el primer Sumo Pontífice de América toda. Quien siendo arzobispo de Buenos Aires y cardenal primado de la Argentina, prefería ser llamado Padre Bergoglio, ni siquiera Monseñor. Pero también nuestro país produjo tres premios Nobel de Ciencias, dos de la Paz. En literatura un Borges, en pintura Berni y Pettoruti, en música Ginastera y Piazzolla, en piano Martha

Argerich. En deportes Vila, Messi y Ginobili... y muchos más en todas esas ramas. ¿Qué esperan los actuales dirigentes políticos para elevar sus propios niveles?

Programa del populismo

Según el ensayista Fernando Iglesias, es generar clientes. Para los de arriba: subsidios, blanqueos y negociados. Para los del medio: transporte, energía y fútbol gratis. Para los demás: planes sociales, choripán y ladrillos.

Publicidad y violencia

En diversos medios televisivos y gráficos aparece el aviso publicitario de una bebida gaseosa, no dulce ni alcohólica, en el cual se muestra a un conocido futbolista que, en la producción televisiva, comete una violenta falta contra otro jugador, ilustrada por un texto que dice: "cortá con tanta dulzura". En gráfica, el mismo jugador aparece con los tapones de punta y el texto dice: "a la dulzura le voy con los tapones de punta", repitiendo más abajo el "cortá con tanta dulzura". No está mal que esa bebida corte la sed sin apelar a la dulzura, pero el aviso, aunque seguramente de manera no intencionada, está incitando a la violencia en el fútbol, como si ésta no fuera ya brutal y permanente, para que además haya avisos publicitarios que la promuevan.

Puro realismo

Freud dijo que, cuando el psicoanálisis sustituía el sufrimiento neurótico por una infelicidad humana normal, eso era una gran victoria.

¡Qué día!

Recuerdo ese octubre de 1945, en plena adolescencia, cuando ya había sabido en el colegio secundario de "la revolución" del 43 y de todo lo que había seguido. Iba los domingos al cine Ópera a la función gratuita de la Sinfónica Juvenil dirigida por el maestro Luis Gianneo, con músicos –algunos de ellos– muy célebres años más tarde. También escuchaba la dramática estridencia de la sirena del diario *Crítica*, atacado por grupos de manifestantes y la del diario *La Prensa*.

¿Qué es el presente?

Casi no existe porque es pura acción o inacción, grávida de pasado, creando futuro.

¿Qué es la crítica?

Según Marx (Carlos, no Groucho), quien fue tan interesante como filósofo que como economista, la crítica no es una pasión de la mente sino la mente de la pasión.

¿Qué es la vida?

Según un querido amigo, no es un problema para ser resuelto sino un misterio para ser vivido.

¿Qué es la vida? II

Para algunos puede ser el largo y doloroso espectáculo de la muerte de sus sueños. Para otros, el largo, complejo y gozoso trabajo del cumplimiento de los propios. ¿Qué será para quien lea estas líneas?

¿Qué es una comisión?

Generalmente es una reunión de personas importantes que, solas, no pueden hacer nada mientras que juntas deciden que nada se puede hacer.

¿Qué espera América del Sur?

Dotada de todos los climas y recursos naturales estratégicos y de la mayor reserva forestal y de agua potable del planeta. Salida a los dos océanos y a la Antártida. América del Sur ocupa una superficie de 17,8 millones de kilómetros cuadrados y está habitada por 370 millones de personas, el 6% de la población mundial. ¿Qué más se necesita? Ya sabemos: líderes inteligentes y verdaderos estadistas, democracia republicana, libertad de expresión, distribución justa de la riqueza, sin narcotráfico ni corrupción. Casi nada, ¿no?

¿Qué fue lo peor que nos ocurrió?

Para muchos, según el ensayista Alberto Ferrari Etcheberry, el peronismo fue lo peor que ocurrió en nuestro país desde su aparición. Opinión que podría aceptarse, siempre y cuando se reconozca que hubo una excepción: el antiperonismo, simbolizado en el patético decreto 4151/56 que creó el delito penal de cárcel hasta seis años, más multa e inhabilitaciones para quien se le ocurriera gritar "viva Perón".

¿Qué habría dicho Mafalda?

Porque Quino, al ser homenajeado al cumplir ochenta años, dijo, con su humor de siempre, que a esa edad, en lugar de pensar que se está en el otoño de la vida sería mejor pensar que se está en la primavera de la muerte. A mí me parece que si bien la palabra "primavera" dispara más alegría que la palabra "otoño", la palabra "vida" sigue siendo más atractiva que la palabra "muerte".

¿Qué implica ser agnóstico?

Simplemente creer que no se puede demostrar la existencia o la inexistencia de Dios. No otra cosa, pero claro está, también significa carecer de la seguridad del creyente o del ateo.

¿Qué le requiere el mundo de hoy a un país progresista?

Una agricultura de vanguardia, industria eficiente, telecomunicaciones de punta, educación de máxima calidad, seguridad y justicia confiable.

¿Qué les parece el mundo en que vivimos?

Me comenta un amigo biólogo que si pudiésemos reducir la población de la Tierra a una pequeña aldea de cien habitantes, manteniendo las proporciones que existen actualmente, nos daría los siguientes resultados: 57 asiáticos, 31 europeos, 8 africanos, 4 americanos. Entre ellos, 52 mujeres y 48 hombres. Sólo 30 serían blancos. Cristianos también sólo 30. Habría 89 heterosexuales, 11 homosexuales. Seis personas poseerían el 59 por ciento de toda la riqueza. De las cien personas, ochenta vivirían en condiciones infrahumanas. Setenta no sabrían leer. Cincuenta sufrirían desnutrición y solo una tendría computadora y educación universitaria.

¿Qué pasa con los partidos políticos?

Se dice que la era de los partidos políticos corresponde a la de los estados de bienestar y a la política moderna. Y que ahora, en la posmoderna actualidad, cuando la relación política entre representantes y representados está rota o carcomida, los partidos tienen tanta dificultad para reorganizarse como para adaptarse al presente. En cambio, el peronismo, por ser más un movimiento que un partido, viene superando esta situación.

¿Qué pasa en Turquía?

Un país laico, según su Constitución, y una sociedad mayoritariamente musulmana. En la última década pasó del cuartel a la mezquita y está a mitad de camino entre las democracias occidentales y el autoritarismo ancestral. Por eso las protestas masivas, como en Egipto.

¿Qué pasará con los tarifazos?

Porque la clase media argentina, cuando vota, es la que más ha adherido a aquella famosa frase de Bill Clinton en su primera campaña presidencial: "es la economía, estúpido".

¿Qué preferís?

¿Que te ame porque te necesito o que te necesite porque te amo?

¿Qué profesionales necesita el país?

Acabo de leer que en la UBA se gradúan por año 1500 psicólogos y apenas 500 ingenieros. A nivel nacional nuestro país produce, en las universidades públicas y privadas, 4600 psicólogos anuales y apenas 146 licenciados en ciencias del suelo en el mismo espacio de tiempo. Ello así a pesar de que el país tiene una gran cantidad de industrias petroleras y mineras que requieren nuevos geólogos. Y que no me digan que esto significa que estamos atendiendo más el alma que el cuerpo.

¿Qué somos?

Se dice con razón que uno es lo que hace. Pero debemos agregar que también somos lo que no hacemos, lo que decimos y lo que callamos. Para conocernos mejor habría que pensar sobre todo esto.

¿Qué somos? II

Somos lo que pensamos y lo que no pensamos; lo que hacemos y lo que no hacemos; lo que escribimos y lo que no escribimos. Sobre todo, lo que amamos y lo que no amamos.

¿Qué somos? III

La afirmación de que nuestra verdadera identidad es la de almas eternas e imperecederas ha sido aceptada hasta por científicos eminentes. Pero una cosa es la comprensión intelectual, de que tal vez seamos seres espirituales que tenemos una experiencia física y no seres físicos con una experiencia espiritual esporádica, y otra cosa es experimentarlo realmente.

¿Qué somos? IV

¿Occidentales o accidentales?

¿Qué somos? V

¿Somos lo que creemos ser o somos lo que los demás creen o pretenden que somos?

¡Qué tristeza!

Solo una persona, su secretaria, asistió al funeral de Leibniz. En el de Stendhal solo tres personas siguieron su féretro; su obituario más largo ocupó tres renglones y en uno de ellos escribieron mal su nombre.

¿Quién es el justo o el santo?

Aquel que obra sin codiciar el fruto de sus acciones.

¿Quién es pobre y quién es rico?

Como vivimos en una sociedad de consumo no sabemos que no es rico quien tiene todo sino quien no necesita nada.

¿Quién puede explicar semejante conducta?

Se ha sabido, y no a través de filo o neonazis, que los Aliados en la Segunda Guerra Mundial conocían perfectamente la red ferroviaria de los nazis para llevar a los judíos a los campos de concentración. Tenían hasta las fotos, pero no bombardearon esas vías para impedir de ese modo tales traslados.

¿Quién vio un dólar?

Esa pregunta, cualquier veterano la recuerda, la hizo públicamente el entonces presidente Juan Domingo Perón. ¿Qué preguntaría hoy?

Quienes aman verdaderamente la buena música

También son capaces de disfrutar del silencio.

¿Quién dicen que las mujeres no avanzan?

¿Hubieran soñado Perón, Vargas e Ibañez, creadores del ABC, que más de cincuenta años más tarde iban a ser sucedidos por tres presidentas? Para lectores jóvenes, el ABC era el acrónimo que evocaba la intención política compartida por los tres presidentes hacia mediados de los 50 de forjar una alianza que consolidara la posición estratégica de la región frente a las grandes potencias.

¿Quiénes viven de los pobres?

Siglos atrás las monarquías; hoy, los populismos.

Racional pesimismo

Dice Noam Chomsky desde sus oficinas en el Instituto Tecnológico de Massachusetts (MIT): "Si miro el mundo objetivamente, creo que será un milagro si los seres humanos sobreviven en un mundo decente dentro de cien años". Pero hay científicos más pesimistas que él, porque creen que la entropía terminará con nuestro planeta. Y también teólogos, que creen en el Apocalipsis, o sea en un final total. Ninguna sobrevivencia.

Rara afirmación

Se le atribuye a Picasso haber dicho que la originalidad es parecerse un poco a todo el mundo. Como no era modesto ni tonto, es muy difícil aceptar tal atribución. Pero también ocurre que en general, cuando las personas geniales en alguna expresión de arte se salen de ella y pasan a otra, suelen desbarrar. Al menos, Dalí, que hablaba hasta por los codos, tenía gracia.

Racismo contra Gandhi

Ya hemos contado alguna vez sobre la mala disposición y agresión racista que un profesor inglés le profesaba al joven Gandhi, cuando estudiaba derecho en Gran Bretaña. En una oportunidad, le escribió en la hoja de un trabajo escrito para un examen: ¡IDIOTA! y se la devolvió al joven Gandhi. Este tomó la hoja y se sentó. Al cabo de unos minutos se dirigió nuevamente al profesor y le dijo: -Profesor, usted firmó la hoja pero no me puso la nota…

Ray Bradbury

Nos llevaba a Marte pero casi no se movió de su casa de siempre, digamos de sus últimos cincuenta años. Además sospechaba de la tecnología y por eso decía: "Apaguen todo. Patrullen su casa para desconectar los enchufes de la televisión, la radio, el fax. La computadora que transmite el correo electrónico y su estancada Internet. Vayan a sentarse al porche con un vaso de vodka con limón, una libreta y un lápiz, y piensen de verdad".

Realidad y ficción

La ficción no es más que una interpretación o desinterpretación de la realidad.

Realismo literario

Un escritor al que se calificaba de realista decía que era la realidad quien lo plagiaba a él.

Rechazos erróneos sin consecuencias

Por ejemplo, Paul McCartney fue rechazado dos veces en las audiciones para entrar en un coro. A Luciano Pavarotti le dijeron que tenía que cambiar su sonido para que se pareciera más al de dos grandes de la ópera. A George Gershwin, cuando tenía diez años, le dijeron que era demasiado tarde para empezar a estudiar música. En literatura ocurrieron rechazos similares.

Recomendación

Que un pasado que no tiene futuro no te arruine el presente.

Recomendación oriental

"Nunca discutas con un imbécil, te hará descender a su nivel y allí te ganará por experiencia".

Recomendaciones de lecturas

Para estas vacaciones: *¿Qué nos hace más Nación? Desafíos del desarrollismo frondizista-frigerista*, de Horacio García Bossio, editado por La Cooperativa, una editorial de la Universidad Nacional de Lanús. *El arte de hacer justicia*, de Ricardo Lorenzetti, editado por Sudamericana. Y *Fue Cuba*, de Juan B. Yofre, editado por Sudamericana.

Reconocimiento del otro

De pronto, dos personas se miran a los ojos, se reconocen en el amor o en la amistad y eso vale por una eternidad.

Recordando a Antonio Porchia y sus voces

Si no levantas los ojos creerás que eres el punto más alto.
Sé que no tienes nada. Por ello te pido todo. Para que tengas todo.
Se vive con la esperanza de llegar a ser recuerdo.
Durmiendo sueño lo que despierto sueño. Y mi soñar es continuo.

Recordando a Chesterton

El estupendo escritor inglés que algunas capillitas de críticos esnobs no reconocen, decía: "Hay un pecado, decir que es gris una hoja verde, y se conmueve el sol ante el ultraje. Una blasfemia existe, el implorar la muerte porque solo Dios conoce lo que la muerte vale. Y un credo: no se olvidan de crecer los manzanos nunca, pase lo que nos pase. Hay una sola cosa necesaria: Todo. El resto es vanidad de vanidades".

Recordando a Manuel García Ferré

Este extraordinario creador dijo una vez: "Agradezco a los que me aman porque me hacen feliz, y a los que no me aman porque me hacen fuerte". Había llegado a nuestro país a los 17 años de su España natal, donde nació en 1929 y ahora acaba de dejarnos para siempre.

Recordando a Oliverio Girondo

A 120 años de su nacimiento se recuerda a este gran poeta que hablaba de las niñas de Flores, que tenían los ojos dulces como las almendras azucaradas de la Confitería del Molino.

Recordando a Ramón Gómez de la Serna (creador de las famosas "Greguerías")

"Entre los carriles de las vías de ferrocarril, crecen flores suicidas".
"Cuando anuncian por el altavoz que se ha perdido un niño, siempre pienso que ese niño soy yo".

Recordando a un famoso obispo

Me refiero al obispo brasileño Hélder Camara, quien decía: "Si doy un pan soy un santo, si pregunto por el hambre soy comunista".

Recordando al gran humorista Juan Verdaguer

Vivió entre 1915 y 2001. Decía: "Siempre que salimos mi mujer y yo, caminamos de la mano. Si la suelto, se pone a comprar". "En el principio, Dios creó el mundo y descansó. Creó al hombre y descansó. Después creó a la mujer... Desde entonces ni el mundo, ni el hombre, ni Dios tuvieron más descanso". "El matrimonio es una relación entre dos personas en la que una siempre tiene razón y la otra es el marido".

Recordando cien años después a José Ingenieros

"El mediocre ignora el justo medio, nunca hace un juicio sobre sí, desconoce la autocrítica, está condenado a permanecer en su módico refugio. El mediocre rechaza el diálogo, no se atreve a confrontar con el que piensa distinto. Es fundamentalmente inseguro y busca excusas que siempre se apoyan en la descalificación del otro. Carece de coraje para expresar o debatir públicamente sus ideas, propósitos y proyectos. Se comunica mediante el monólogo y el aplauso". *El hombre mediocre* (1913).

Recordando frases lutherianas

Si la montaña viene hacia ti, ¡corre! Es un derrumbe.
Errar es humano, pero echarle la culpa a otro, es más humano todavía.
La verdad absoluta no existe, y esto es absolutamente cierto.
Hay un mundo mejor, pero es carísimo.
No te tomes la vida en serio, al fin y al cabo no saldrás vivo de ella.

Recuerdo de infancia

Cómo olvidarme del tranvía número 5, que con su traqueteo eléctrico me llevaba por la avenida Rivadavia desde el Centro a Flores en media hora.

Recurriendo a Borges

De estar entre nosotros viendo lo que pasa, tal vez modificara parte de uno de sus famosos poemas para decir sobre los opositores al gobierno que ni siquiera el espanto los une, y será por eso que fracasan tanto.

¿Reencarnación?

Cicerón decía que la velocidad con que los niños aprenden es una prueba de que los hombres ya saben todo antes de nacer.

Referéndum en Malvinas

Nada cambiará. Las islas seguirán siendo nuestras pero ocupadas por ellos. Y como están ocupadas por británicos no pueden hablar de autodeterminación, evocando que son malvinenses, porque serlo no les resta para nada el ser británicos, como a nuestros patagónicos ello no les quita el ser argentinos. En este caso el principio internacional a aplicar es el de la integridad territorial y no el de autodeterminación. Pero digamos también que si en un futuro, que no será cercano, recuperamos por la vía diplomática las Malvinas, no quisiera para ellas destinos tan tristes como los actuales, por ejemplo, de Formosa o del Chaco.

Reflexión taoísta

No busques ningún contrato y hallarás la unión.

Reflexiones de estadounidenses por las elecciones

Si Dios quiere realmente que votemos, debiera proveernos de candidatos.
Algunos recuerdan que una vez Nikita Khrushchev dijo que los políticos eran iguales en todas partes. Capaces de prometer la construcción de un puente incluso aunque no existiera el río.

Cuando era niño me dijeron que cualquiera podía llegar a ser presidente. Ahora he comenzado a creerlo.

Los políticos son personas que tienen el arte de obtener votos de los pobres y fondos para sus campañas de los ricos, prometiendo proteger a unos de los otros.

También recuerdan que Adlai Stevenson dijo en un discurso de su campaña en 1952 que le ofrecía a sus oponentes un trato: si ellos dejaban de decir mentiras sobre sus partidarios, él cesaría de decir verdades acerca de ellos.

En lugar de darle a un político las llaves de la ciudad, sería mejor cambiar las cerraduras.

Refranes posmodernos

Al que madruga… (antes lo ayudaba Dios) ahora encuentra todo cerrado.

Todo tiempo pasado fue… anterior.

El que ríe último… no entendió el chiste.

Los que nada esperan no serán defraudados.

Es bueno dejar el trago, si se recuerda dónde.

Detrás de todo hombre que triunfa hay una mujer sorprendida.

Regalo de la vida

Estar vivos es un regalo que no compramos. Es gratuito, pero algo hay que hacer para merecerlo y hacerlo provechoso.

Regalo para reflexionar

He leído que al hombre contemporáneo le resulta más fácil imaginarse el fin del mundo que el fin del capitalismo, porque pareciera que no hay forma de cambiar el capitalismo por otro sistema. Sin embargo hay ensayistas que creen en el post capitalismo. Obviamente antes del fin del mundo.

Regímenes septuagenarios

El soviético, desde 1917 hasta 1989 (72 años). El PRI mexicano, desde 1929 hasta 2000 (71 años). El peronismo, desde 1945... por lo menos hasta 2015 (70 años).

Reinventar la creación ajena

Cuando se lee con gusto y pasión una novela, un cuento o un poema, el buen lector se apropia de las circunstancias, de los personajes, de los sentimientos o de la trama, recreándolos de manera muy personal.

Relación con los "animalitos de Dios"

Un niño quiere una mascota para amarla. Un adulto la quiere para ser amado.

Relación de Woody Allen con Dios

Para creer en su existencia necesitaba una señal clara, por ejemplo, que le hiciera un gran depósito a su nombre en un banco suizo. A pesar de su ateísmo afirmaba que Dios lo consideraba a él como una Oposición Responsable.

Relaciones humanas

La mayoría de ellas consisten principalmente en la interacción de unas mentes con otras, no en una verdadera comunicación, en una comunión entre seres humanos. De allí su fragilidad.

Relaciones proporcionales

Las ganancias excesivas en relación directamente proporcional con la miseria que causan.

Relatividad matemática

Dos más dos, en una primera aproximación son cinco.

Religiones e ideologías

La supuesta ventaja de todas las religiones o también de las ideologías, por ser sistemas cerrados de pensamiento, es tener respuesta para todas las preguntas.

Respecto de nuestra felicidad

Los únicos responsables somos nosotros mismos.

Responsabilidad compartida

Gobernantes y gobernados. "En los organismos gubernamentales no hay más inmoralidad que en los negocios corporativos. Los políticos sólo pueden conceder favores financieros cuando hay hombres del mundo económico dispuestos a recibirlos. Y los del mundo económico sólo pueden buscar favores políticos si hay agentes políticos capaces de otorgar dichos favores". Charles Wright Mills (*La élite del poder* - 1956).

Resultado del populismo

Para el ex presidente del Uruguay, Julio María Sanguinetti, que es un hombre de Estado, el populismo hace que el hijo se críe mirando a un padre que no trabaja, pero que no es un hombre desocupado, sino un mendigo presupuestado.

Revolución

Para Krishnamurti hay revolución donde hay amor, porque el amor es transformación de instante en instante.

Rigurosa y lamentable verdad

La de Hegel, cuando afirma que el cristianismo tuvo una estremecedora vitalidad hasta que se consolidó la Iglesia.

Rivadavia no pudo imaginárselo

Cuando siendo ministro de gobierno y gobernador en ejercicio, antes de llegar a ser nuestro primer presidente, pronunció el siguiente brindis que apareció en la Gaceta Oficial: "Al gobierno más sabio, el inglés. A la nación más moral y esclarecida, Inglaterra". Claro está, no se imaginó que pocos años después invadirían nuestras Malvinas, quedándose en ellas hasta hoy. Lo que más me llama la atención fue que la declarara como la nación más moral. ¿Extraño, no?

Romper la inmovilidad

Hay personas que no actúan como ciudadanos militantes, no digo de un partido, sino de una militancia social, porque entienden que quizá poco puedan hacer por cambiar todas las cosas que no funcionan bien en su sociedad. Pero si bien uno puede entender esa posición, no deberían descartar la acción individual directa sobre sí mismos para mejorarse y también en beneficio de las personas más cercanas. Y esto me recuerda lo que dijera en una oportunidad la Madre Teresa: "Si miro a las masas nunca voy a actuar, si miro a una sola persona, lo haré".

Sabemos tan pero tan poco...

Dicen los astrofísicos que no vivimos en un universo sino en un multiverso. Pero no hay un solo político que se lo imagine. Por eso también, estamos como estamos.

Sabiduría budista

Como dice Thich Nhat Hanh, vietnamita, monje budista zen, escritor, poeta y maestro: "Escuchar atentamente, con toda nuestra conciencia, concentración y con compasión es esencial para lograr la paz personal, comunitaria, nacional e internacional".

Sabiduría china

Si tus hijos son perezosos, no merecen tu herencia. Si son trabajadores no la necesitan. Por lo tanto úsala para obtener los placeres que tus últimos años merecen.

Sabiduría perruna

Según Teilhard de Chardin el perro sabe pero no sabe que sabe. En cambio muchísimas personas, incluso dirigentes, no saben pero no saben que no saben. De Sócrates, ni la menor idea.

Sabios y necios

"El problema que aqueja al mundo es que los necios y los fanáticos siempre están seguros de sí mismos, mientras que los sabios siempre están llenos de dudas". Bertrand Russell.

Salud, ejercicios y dietas

La ballena nada el día entero, sólo come peces, sólo bebe agua y es gorda.
El conejo corre, salta, es vegetariano y vive solamente de ocho a diez años.
La tortuga no corre, no salta, llega última a todos lados, no se apura por nada y vive tranquilamente muchísimo más de cien años.
La verdad, no hay que preocuparse tanto por las dietas y por los ejercicios.

Sano consejo

Si haces un favor, no lo recuerdes. Si lo recibes, no lo olvides.

Sarmientina

Bernardo Kliksberg, experto argentino en temas económico-social-educativos, acaba de señalar que un estudio de la consultora McKinsey sobre los países exitosos concluye que los mejores sistemas educativos jerarquizan al máximo la carrera docente. Y añade, en tal sentido, que en Corea del Sur, uno de los países con más avances en calidad, los maestros son considerados los "constructores de la nación".

Sarmiento

Claro está que dejé pasar la fecha del 11 de septiembre, que ahora se mezcla con el dramático derrocamiento de Salvador Allende y con la tragedia de las Torres de Manhattan. Además, para hablar de su vida y obra se requieren muchos volúmenes, tantos o más que los que dejó escrito (y a mano...), porque cubrió plenamente el siglo XIX, viajando, guerreando, escribiendo, amando, leyendo, exiliándose y ejerciendo el poder. A los 34 años publicó una de las obras más importantes de nuestro país: *Facundo*. Murió como tantos otros grandes fuera del país, como decía mi libro de sexto grado: "Cara a cara a la aurora que venía sonrosando los cielos, se apagó su vida". En Paraguay, a los 77 años.

Sartre no podía ignorarlo

Que Jean Genet había sido informante pago de los nazis en la Segunda Guerra Mundial.

Se fue un gran politólogo

Hace poco se lo recordó con justicia. Me refiero a un gran pensador de lo político, Guillermo O'Donnell, quién veía con preocupación que la democracia era hoy más delegativa que representativa, con instituciones débiles y poderes ejecutivos centralizados y alejados de los ciudadanos.

Se murió el mayor polígamo del mundo

Hace poco murió, a los 92 años, en Kenia, Akuku Danger. Se había casado con 150 mujeres y tuvo 210 hijos. Su primer matrimonio tuvo lugar en 1939, bien joven. El último en 1997, cuando tenía 79 años y su joven esposa 18. Con ella tuvo tres hijos. Sólo se divorció 80 veces, pero la poligamia es muy común en Kenia. ¿Tendría algún problema emocional?

Se necesitan más para todos

Así como tenemos fútbol para todos, se necesita agua para todos, comida para todos, sistemas de salud para todos.

¿Se puede cambiar algo en la política?

Decía el padre Carlos Mugica: "Por más estructuras que cambiemos, si no logramos cambiar el corazón del hombre solo habremos cambiado del nombre del opresor".

¿Se puede ganar?

En un café de Madrid escuché esta conversación en la que uno de los contertulios le decía a otro:
-A mí, lo que más me gusta es perder a las barajas.
-¿Pero es que no te gusta ganar?
-¡Coño! ¿Se puede?

Se puede ser más revolucionario...

No aceptando las normas que infringiéndolas. Tal vez esa sea la diferencia entre el infractor y el revolucionario.

Se pueden abandonar...

Muchas cosas o todas las cosas, menos abandonarse.

Se supone que es políticamente incorrecto

Señalar que Vietnam e Irak fueron dos genocidios. O por ejemplo, recordar que Mandela hasta 2008 seguía en una lista de terroristas. Como lo estuvo Sadam Hussein hasta que Estados Unidos apoyó a Irak en su guerra contra Irán, y fue entonces una persona honorable. Luego, con los Bush, padre e hijo, volvió a ser terrorista y como tal eliminado.

¿Se terminarán las palabras?

Ya hemos leído *ad nauseam* aquello de que una imagen vale más que mil palabras. Generalización, como tantas, arbitraria. Pero hay cosas peores, como la moda de los emoticones, como si ya no se angostara y empobreciera día a día más nuestro lenguaje oral y escrito. Ahora, los jóvenes y no tan jóvenes, en lugar de decir "Te amo", prefieren poner en sus mensajes o mails un corazón. Y esto no es todo, porque S. Shyam Sundar, codirector del Media Effects Research Laboratory en la Pennsylvania State University afirma: "El texto como medio es algo particularmente opaco y aburrido cuando se trata de expresar emociones humanas". Y esto es ya el colmo, porque así las cosas, se nos está pidiendo que no hablemos ni escribamos más. Y me quejo yo, que soy capaz de aceptar de muy buen grado que, muchísimas veces, la música es la mejor expresión de las emociones humanas.

Seamos realistas

Siempre decimos que el tiempo pasa... la verdad es que somos nosotros los que pasamos.

Seamos sensatos

Lo único que podemos mejorar en la vida no es al otro ni al mundo, sino a nosotros mismos.

Según el nuevo paradigma

En las relaciones de verdadero amor se pone más el acento en la intimidad que en la sexualidad. Vale decir que se aprecia la intimidad en lo que tiene de intensidad psíquica compartida y por sus posibilidades transformadoras, en todo lo cual el sexo es también obviamente una parte muy importante pero menos perdurable.

Según la homeopatía

La enfermedad es una reacción defensiva frente al agravio biológico.

Seguridad

La puerta mejor guardada es la que puede quedar abierta. Eso ocurría en nuestros barrios porteños y provincianos en los años 40.

¿Seguridad-inseguridad?

Hay momentos en que se puede tener la sensación de que hay más delincuentes fuera de las cárceles que dentro de ellas.

Semejanzas a pesar de las diferencias

Stalin terminó sus discrepancias ideológicas con Trotsky a su habitual manera: asesinándolo. Franco las suyas con José Antonio Primo de Rivera, sobre todo las eventuales futuras, no haciendo nada para impedir su fusilamiento. Y Fidel Castro las que finalmente tuvo con el Che dejándolo llevar la revolución cubana al África, donde fracasó y a Bolivia, donde finalmente fue fusilado. De ese modo, pudo, en lugar de denigrarlo, transformarlo en un mártir de la revolución –con la gentil ayuda de los Estados Unidos– y en un mito latinoamericano.

Sensata declaración de un escritor exitoso

Dijo Javier Marías que no hay nada tan aburrido como la introspección o la auto-observación. Y agregaba que a muchos autores les encanta mirar lo que han hecho, y hasta se releen. En cambio a él le aburriría infinitamente. Ya leyó sus libros al escribirlos, pero tiene muchas otras cosas de las que ocuparse y que leer o releer, pero no sus propios libros.

Sentimental o sensible

Yo prefiero a una persona sensible porque difícilmente pueda ser cruel. En cambio, sí puede serlo una persona sentimental.

Señales para jóvenes diplomáticos

Esto le pasó nada menos que a Juan Bautista Alberdi, autor, entre tantas obras extraordinarias, de *Bases y puntos de partida para la organización política de la República Argentina*, trabajo que le enviara a Urquiza, entonces flamante presidente, quien le otorgó un cargo diplomático en Europa. Alberdi entrevistó en España en 1858 a la Reina Isabel II, logrando el reconocimiento de la Confederación. Pero al triunfar Mitre sobre Urquiza en Pavón, fue despedido. Reconsiderado por Roca en 1879 y elegido diputado, el Senado le negó la embajada en Francia. De todos modos, Alberdi partió para ese país donde murió, solo, en 1884. Un final de muchos grandes hombres argentinos.

Septiembre 6 de 2011

Ningún medio periodístico ni dirigente político (¡incluidos los radicales!) recordaron que en la misma fecha, en 1930, se produjo el ominoso derrocamiento del presidente Hipólito Yrigoyen, hecho que inauguró una serie de golpes de Estado que dañaron dramáticamente las instituciones republicanas. Yo sé que debemos mirar hacia el futuro, pero no es bueno tanto olvido del pasado.

Ser cuidadoso en la observación

Para serlo hay que seguir el consejo que daba Novalis: al ver a un gigante se debe observar cuidadosamente la posición del sol, pues bien pudiera ser que el gigante no fuese más que la sombra de un enano.

¿Será así?

¿Eso de que la paciencia es intemporal y que la impaciencia pertenece al tiempo?

¿Será así? II

La ausencia de Dios tiene cada día más presencia.

¿Será así? III

Lo del silencio de las gaviotas: para no ahuyentar a los peces.

¿Será así? IV

Según la socióloga marroquí Eva Illouz las mujeres se sienten sumamente responsables y hasta culpables del fracaso romántico. Si no encuentran pareja o no la pueden conservar, piensan que han fallado. La mujer siente tener mayor responsabilidad que el hombre dentro de la relación. Una vez que está en pareja es la que conversa (de esto no hay duda), realiza todo para que siga funcionando y, cuando se produce la ruptura se siente, una vez más, responsable. ¿O se trata de resabios de la cultura musulmana?

¿Será cierto?

Eso de que en las reuniones que se llevan a cabo en el idioma español, escuchar nunca es lo que más importa, sino hacerse oír. Debe ser una calumnia escandinava o anglófona.

¿Será demasiado ego?

Como es muy difícil que nuestros políticos se pongan de acuerdo, habría que citarlos para un desacuerdo y como seguramente tampoco lo lograrían, sin pensarlo y sin quererlo, por primera vez estarían de acuerdo.

¿Será el agua bipolar?

Porque tanto le permite a un barco flotar como hundirlo.

¿Será real el pesimismo de Woody Allen?

Porque llega al extremo de recordarnos que dentro de millones de años no quedará nada. Ni la música, ni Shakespeare, ni las películas, ni el planeta mismo. Además, la sola idea de la insoslayable muerte lo lleva a pensar que la vida no tiene sentido, pero mientras tanto, él sigue viviendo y produciendo películas que nos deleitan. Por eso, yo sólo le creo a alguien que me diga que la vida no tiene sentido si se suicida. Solamente así.

¿Será una mera sensación?

Esto no es nada personal ni particular, pero yo creo que antes había más futuro que pasado, a pesar de que nuestra Tierra es bastante antigua.

¿Será verdad?

¿Eso de que toda curación es en realidad "autocuración"? Para mí, seguro.

¿Será verdad? II

Me contaron que Borges amaba la repostería esdrújula, la tristeza de los triángulos isósceles y la gramática vegetariana.

¿Será verdad? III

¿Que cada día hay más personas que hablan tontamente de cosas serias y seriamente de cosas tontas?

¿Será verdad? IV

¿Que nuestra existencia sólo es un cortocircuito de luz entre dos eternidades de oscuridad?

Servicios recíprocos

El fuego calienta el agua y el agua apaga el fuego.

Servidumbre

El poder solo se impone por el consentimiento de aquellos sobre los cuales es ejercido.

Si el dinero circula se acaba la crisis

Es agosto, en una pequeña ciudad veraniega europea, en plena temporada, cae una lluvia torrencial y hace varios días que la ciudad parece desierta. La crisis viene azotando ese lugar, todos tienen deudas y viven a base de créditos. Por fortuna, llega un ruso mafioso forrado de plata y entra en el único pequeño hotel del lugar. Pide una habitación. Pone un billete de 200 euros en la mesa de la recepcionista y se va a ver las habitaciones. El jefe del hotel toma el billete y sale corriendo a pagar sus deudas con el carnicero. Éste, a su vez, corre a pagar la suya con el criador de cerdos, quien a su turno hace lo mismo para pagar lo que le debe al molinero proveedor de alimentos para animales. El dueño del molino corre a liquidar su deuda con María, la prostituta, a la que hace tiempo que no le paga. En tiempos de crisis, hasta ella ofrece servicios a crédito. La prostituta, con el billete en mano sale para el pequeño hotel donde había llevado a sus clientes las últimas veces sin pagarle al dueño, y cumple con él entregándole el mismo billete de los doscientos euros. En este momento baja el ruso, que acaba de echar un vistazo a las habitaciones y dice que no le convence ninguna, toma el billete que había dejado y se va. ¡Nadie ha ganado un centavo, pero ahora toda la ciudad vive sin deudas y mira el futuro con confianza! Además, debo señalar que el billete era falso. Pero aun así, valió.

Si hay que exagerar...

Conviene hacerlo con la alegría y no con las penas.

Si la cosa sigue así...

Una persona honesta será considerada como inadaptada social.

Si lo dice un Reagan...

Ron Reagan (Jr.), hijo del ex presidente Ronald Reagan, ha llamado al ex vicepresidente de Bush, Dick Cheney, criminal de guerra.

Si se pusieran de acuerdo...

Qué bueno sería, porque en los gobiernos de derecha hay más producción que reparto y en los de izquierda más reparto que producción. Y por eso los dos finalmente fracasan.

Siempre es bueno leer a Antonio Porchia

"Creías que destruir lo que separa era unir y has destruido lo que separa. Y has destruido todo. Porque no hay nada sin lo que separa". Esto me hace pensar en Tel Aviv y en Gaza.

Siempre hay esperanza

Incluso para aquellas personas no exitosas, si tienen en cuenta que han partido de un espermatozoide triunfador.

Siempre la mujer

Tan imprescindible, tan inexplicable. Hace poco el físico Stephen Hawking confesó que estudió la Teoría de la Relatividad, la antimateria, la entropía, la Teoría de las Cuerdas, algunos otros aspectos de la física contemporánea y la cosmología teórica, pero el enigma que supera a todos estos en complejidad es la mujer. Lo mismo le pasó a Freud, a Einstein y a tantos más. Me incluyo, seguramente acompañado por muchísimos lectores. Y que las lectoras no se enojen.

Siempre se ha dicho...

"Si no lo veo, no lo creo", pero a veces ocurre que si no lo creo, no lo veo.

Siendo tan diferentes entre sí...

Gandhi, Henry James y Freud, los tres sufrían de constipación crónica.

¿Sintonía fina?

Acabo de recibir una foto histórica fechada el 29 de octubre de 1938, en la cual se ve a Goebbels repartiendo radios a los alemanes, que tenían la particularidad de que sólo se podía sintonizar la emisora oficial ¿Saben cómo se llamó el operativo?: "Radios para todos".

Soberbia de los padres de la inteligencia artificial

Para quienes el cerebro no es más que un computador hecho de carne: ¿no se les ocurrió pensar que el computador es un cerebro muy primario hecho de plástico y metal?

Sobre algunas nostalgias

Sentir nostalgias por algún pasado no implica necesariamente ser conservador sino simplemente no ser complaciente con el presente; más bien, una forma de ejercer la crítica.

Sobre algunos mitos

Para los maestros espiritualistas hay un mito nefasto que es el de que estamos completamente separados unos de otros, de la naturaleza y del cosmos. Pero este mito del "distinto de mí" ha sido, dicen, responsable de las guerras, el asolamiento del planeta y de todas las formas y expresiones de la injusticia humana. Después de todo, se preguntan: ¿quién en su sano juicio haría daño a otro si experimentara a esa persona como parte de sí mismo? De allí es inevitable recordar el "ama a tu prójimo como a ti mismo". Pero también sabemos que hay muchísima gente que cree que se ama, pero vive de tal modo, espiritual y materialmente, como si se odiase. ¿No es cierto?

Sobre amigos y enemigos

Decía el sabio Baltasar Gracián que triste cosa es no tener amigos, pero más triste debe ser no tener enemigos, porque quien enemigos no tenga, es señal de que no tiene ni talento que haga sombra, ni valor que le teman, ni honra que le murmuren, ni bienes que le codicien, ni cosa buena que le envidien.

Sobre Berlín

En su superficie entra nueve veces la de París. Está edificada en un bosque y todos los árboles públicos y hasta los ubicados en propiedades privadas están numerados. No se puede talar un árbol, ni siquiera en un jardín de una casa de familia desde hace 125 años. Aunque durante la Segunda Guerra se destruyó el 95% de ella. Me cuenta un amigo argentino que vivió por años allí, que existe una avenida dedicada a la Argentina cuyo nombre es *Argentinischeallee* y es una de las más bellas de la ciudad. Es larga y ancha, con la peculiaridad de ser toda curva y enhebrada por preciosas farolas. ¿Lo sabrá Macri?

Sobre Borges

Realmente fue muy recordado al cumplirse los 25 años de su muerte. Y se publicaron decenas de comentarios y notas, más la publicación también de muchísimas de sus anécdotas o frases más chispeantes. Sin embargo, lo más importante es leerlo, porque se lo menciona mucho más de lo que se lo lee.

Sobre Cézanne

Nada menos que Matisse y Picasso lo reconocieron como un verdadero maestro.

Sobre cómo compartir es lo mejor

Ya se trate de la risa, el llanto, la alegría, la tristeza; sobre todo el amor.

Sobre discursos

El secreto de un buen discurso es un buen comienzo lo más cerca posible de un buen final. Quince minutos es demasiado.

Sobre discursos largos

Ya sabemos lo de Gracián: lo bueno, si breve, dos veces bueno. Pero falta otra parte: lo malo, si largo, dos veces malo.

Sobre E. M. Cioran

Fue uno de los tres famosos exiliados rumanos en París, junto a Ionesco y Eliade. Tal vez el más pesimista, pero yo lo admiro, no sé si a pesar de eso o por eso mismo. Además, me maravilló enterarme de que manifestó encontrar la encarnación misma de su filosofía cuando le tradujeron el comienzo de la letra del tango "Naranjo en flor" que dice: "Primero hay que saber sufrir / después amar, después partir / y al fin andar sin pensamiento…", de los queridos hermanos Expósito cuando apenas asomaban a los 20 años. ¡Tan jóvenes y tan talentosos! Además, nunca lo supieron, pero lo hicieron tanguero a Ciorán.

Sobre el "apartheid"

Cuando todavía tenía lamentable vigencia Sudáfrica, escuché de parte de un embajador de España ante las Naciones Unidas una fuerte crítica a ese cruel sistema, pero agregó algo desopilante, porque decía que además de anticristiano, era estúpido. Ya que no encontraba la necesidad de separar negros de blancos, siendo tan notoria la diferencia de color, que los distinguía de hecho. Por eso, señalaba que el único problema o peligro habría sido que los negros en Sudáfrica fuesen blancos. Entonces sí habría cabido la separación, es decir la necesidad del *apartheid*.

Sobre el amor

Como en los testamentos, el último es el único válido y anula los precedentes.

Sobre el amor II

Según el lúcido Alain Badiou, el amor saca a la luz lo que es una diferencia. En el amor aceptamos ponernos de a dos para explorar no ya lo que creían los románticos (es decir, la fusión) sino para aceptar la diferencia del otro, y hacerlo apasionadamente.

Sobre el amor y el miedo

El amor puede ahuyentar el miedo pero también el miedo puede ahuyentar al amor.

Sobre el amor y el odio

Si uno ama mucho a alguien, ese alguien se incorpora a uno mismo casi como una segunda naturaleza. Si en cambio odia mucho a alguien, también ocurre lo mismo. Por eso es mejor amar que odiar.

Sobre el arroz con leche y algo más

No el que comemos con tanto gusto sino en el que cantábamos. Para terminar con las discriminaciones de género le están cambiando la letra y donde decía: "me quiero casar con una señorita…", ahora en lugar de "señorita" debe decirse "persona". Y nada de que "sepa coser y que sepa bordar" sino "que sepa pensar". Claro está, la letra había quedado desactualizada. Lo que no prosperó fue un intento de cambio en La marcha de San Lorenzo, porque alguien propuso cambiar lo de "el clarín, que estridente sonó" por "el clarín, que estridente mintió".

Sobre el azar

Se dice, entre tantas cosas, que es la imposibilidad del control de las variables. También que gobierna las pequeñas cosas, y que la necesidad, las grandes. Pero esto último no me lo creo. De paso les aconsejo leer *El azar y la necesidad* de Jacques Monod.

Sobre el box

Fue uno de mis deportes de juventud y todavía me gusta ver buen box, no cualquier pelea, pero considero que ello debe tener que ver con un factor mío de irracionalidad porque concuerdo con lo que decía mi querido amigo, excelente médico y escritor Florencio Escardó: "Nadie me convencerá nunca de que una lucha cuyo mejor logro consiste en desmayar al adversario de una trompada, por el mecanismo de una brusca anemia en un delicado centro nervioso, puede ser llamado deporte. Porque las lesiones producidas en el cerebro no curan, y la destrucción de sus células es de carácter permanente".

Sobre el buen uso de la coma

Hay infinidad de ejemplos, algunos muy valiosos. Otros extremos, como el que hace incurrir en canibalismo, por ejemplo: escribir "vamos a comer niños", en lugar de "vamos a comer, niños".

Sobre el caso Assange

Estoy de acuerdo con que Gran Bretaña debe respetar la decisión de Ecuador, y de manera plena; es decir, permitiendo su salida hacia Ecuador. Pero lo que tal vez ignore Julian Assange, es que ya en Ecuador, no va a tener total libertad de expresión. Todo asilado tiene esa y otras restricciones en el país asilante.

Sobre el cine

He leído que el cine arte es cada vez menos comercial, y que el cine comercial es cada vez menos arte. Lo sabemos de sobra.

Sobre el color amarillo

No hay duda de que era el preferido por Van Gogh.

Sobre el cuento más corto de la literatura

Ya escribimos sobre este tema, cuando contamos que su autor había sido el guatemalteco Augusto Monterroso y decía: "Cuando despertó, el dinosaurio todavía estaba allí".

Lo interesante es que por supuesto tuvo tantos entusiastas como críticos. Uno de ellos le dijo a Monterroso que eso no era un cuento, y el autor le respondió que tenía razón, que no era un cuento sino una novela. ¡Tomá!, diríamos aquí.

Sobre el eventual default estadounidense

Si uno lee las cifras presupuestarias que implican las guerras que sostiene Estados Unidos de América, verá que son prácticamente iguales a las que dedica al *Medicare*. La diferencia entre ellas es que las primeras se usan para invadir países y matar a ciudadanos propios y ajenos. Las del *Medicare* sirven para proteger la salud de los estadounidenses.

Sobre el fascismo

En la novela *Los caminos de la libertad*, de Sartre, él mismo es uno de sus personajes (Mathieu) y otro, el pintor español Fernando Gerassi es Gómez. Cuando Mathieu le pregunta por qué vuelve a España desde París si ya la Guerra Civil está perdida, Gómez le contesta su famosa frase: "No se combate el fascismo porque se le pueda ganar; se lo combate porque es fascista".

Sobre el mal

Se ha dicho que el mal es un concepto muy cómodo porque nos permite la superioridad moral, la condena y, sobre todo, justifica la represalia. Siempre se enarbola la bandera del bien para ejercitar la violencia contra quienes nos amenazan. La lucha contra el mal ha provocado las mayores atrocidades de la historia.

Sobre el negocio bancario

Es casi el más seguro, porque cuando va bien, sus dueños y altos ejecutivos ganan muchísimo, pero no su clientela. Si va mal, los gobiernos corren a salvarlos, con el aporte de sus propios clientes y de los clientes ajenos. Es decir, de la gente en general, digamos de la sociedad.

Sobre el pasado y el presente

Si uno no logra hacer las paces con el pasado, se puede arruinar el presente.

Sobre el pesimismo

Se lleva mejor con la muerte que con la vida.

Sobre el poder

Decía el querido padre Leonardo Castellani que no había nada más peligroso que un necio con poder.

Sobre el poder de quien manda

Según Plutarco, un ejército de ciervos dirigido por un león es mucho más temible que un ejército de leones mandado por un ciervo.

Sobre el político populista

"El populista no sólo usa y abusa de la palabra, se apodera de ella. La palabra es al vehículo específico de su carisma. El populista se siente el intérprete supremo de la verdad general y también la agencia de noticias del pueblo. Habla con el público de manera constante, atiza sus pasiones, alumbra el camino y hace todo ello sin limitaciones ni intermediarios". Enrique Krauze, director de la revista Letras Libres.

Sobre el populismo

Al llevar la psicología de las masas al centro del escenario político, el populismo provoca la implosión del sistema institucional y legal que regula la relación entre gobernantes y gobernados.

Sobre el recuerdo

El recuerdo es como una suerte de museo de lo bueno y lo malo de nuestras vidas, pero que sólo hay que visitar muy de vez en cuando, porque lo único que puede mejorarlo es la buena calidad de vida de cada uno de nuestros días del presente.

Sobre el relato

La herramienta básica para la manipulación de la realidad es la manipulación de las palabras.

Sobre el rencor y la envidia

Son dos venenosos estados emocionales que dañan mucho más a las personas que los padecen que a quienes se dirigen, porque estos, las más de las veces, ni se dan cuenta de haberlos promovido.

Sobre el silencio

Nada se parece tanto a Dios en este mundo como el silencio.

Sobre el stress

Se dice que nuestra vulnerabilidad frente al stress parece deberse más a la interpretación que hacemos de los acontecimientos que a su propia gravedad.

Sobre el sufrimiento

Alguna vez escribí diciendo que el dolor era un hecho y que el sufrimiento una elección. Lo que nunca pude saber era si el sufrimiento servía para algo, salvo para sufrir.

Sobre el terrorismo

Dice la jueza Inés Weinberg que sorprende –a pesar de las lecciones de la Historia– que haya sido el atentado contra la revista Charlie Hebdo, en París, en enero último, el que haya abierto los ojos de la sociedad mundial, por primera vez, respecto de que el terrorismo no es un ente externo a los países, sino que cuenta con simpatizantes nacidos y criados en cada uno de ellos.

Sobre el tiempo

Para muchos seguidores de Buda, el tiempo no es en absoluto precioso, porque es una ilusión. Lo que uno percibe como precioso no es el tiempo sino el único punto que está fuera del tiempo: el Ahora. Este es ciertamente precioso. Cuanto más se enfoque uno en el tiempo –pasado y futuro– más pierde el Ahora, lo más precioso que hay. O sea el presente. Por eso a un regalo también se lo llama "presente".

Sobre el tiempo II

Para Quevedo era un enemigo que mataba huyendo.

Sobre el tiempo y la eternidad

Según Platón, cuando la eternidad se mueve se convierte en tiempo. En cambio cuando el tiempo no se mueve se convierte en eternidad. Y ojo que esto no es dialéctica.

Sobre el viaje del Papa a Tierra Santa

El cardenal Jorge Mejía destacó en una nota que había viajado acompañado por un dirigente judío, Abraham Skorka, y un dignatario musulmán argentino, Omar Abboud. Al respecto decía: "Y no lo hace ciertamente todo por razones de conveniencia política, sino por razones en sí teológicas: judíos, israelíes, musulmanes y cristianos pertenecemos de alguna manera a una misma familia". No por nada la liturgia habla de Abraham, nuestro padre.

Sobre estereotipos

Son verdades fosilizadas.

Sobre Francisco

Solo traté personalmente a un Papa, y lo hice cuatro veces: era Juan Pablo II. A Francisco lo conocí cuando era el cardenal Jorge Bergoglio y arzobispo de Buenos Aires. Siempre le tuve, y le tengo, simpatía. Además de ser argentino nació en Flores, mi barrio. Pero ahora que acaba de denunciar la corrupción y la desigualdad en Filipinas, de tenerlo a mano, le preguntaría: ¿cómo andamos por casa?

Sobre géneros periodísticos

Un colega dice con razón que el género periodístico por excelencia es la entrevista, pues permite, de acuerdo a su etimología (del latín: *inter* y *vista*, es decir, "ver en medio de"), conocer un hecho o un personaje directamente, sin intermediarios y objetivamente.

Sobre Gore Vidal

Acaba de morir este gran escritor estadounidense, uno de los más grandes transgresores, sobre todo teniendo en cuenta su origen de clase. Junto con Susan Sontag, Noam Chomsky y Norman Mailer, es considerado uno de los intelectuales norteamericanos más críticos sobre la política nacional e internacional de su país. En una oportunidad dijo que Estados Unidos fue fundado por la gente más brillante del país, y que nunca más fue vista desde entonces. Admirador de Roosevelt y amigo de los Kennedy, en los 70 dijo que sólo había un partido en su país, el partido de los propietarios, con dos alas de derecha: republicana y demócrata. Siendo millonario como era, sabía de qué hablaba.

Sobre gustos musicales

Un reportero le preguntó al gran Thelonious Monk si le gustaba la *country music*, y el pianista, mirando a un amigo que estaba con él, no le contestó. El reportero volvió a hacerle la misma pregunta, y entonces Thelonious Monk le dijo a su amigo: "este periodista es sordo". Y yo creo que tenía razón.

Sobre honores y riquezas

"Considero superfluos los honores y las riquezas cuando bastan seis pies de tierra para descansar de tantas fatigas y dolores". Almirante Guillermo Brown.

Sobre huelgas y gremios

Ocurre que los pasajeros son muchos más que los transportistas, pero para contrarrestar las huelgas de estos últimos los pasajeros tendrían que declarar la propia, cosa imposible por no estar agremiados. Lo mismo ocurriría con los médicos, que son muchos menos que los enfermos, pero tampoco hay un gremio de enfermos. Las sociedades son muy complejas.

Sobre Irán y el memorándum

El 10 de octubre de 2010, el representante de Irán ante las Naciones Unidas, Mohammad Khazaee dirigió una nota al presidente de la Asamblea General en la que rechazó las recriminaciones que había realizado Cristina Kirchner ante ese organismo el 25 de septiembre anterior. Allí afirmó el embajador iraní que no solo el régimen de Ahmadinejad aseguró que "se ha cerciorado de que ningún ciudadano iraní estuvo implicado, directa o indirectamente, en la explosión". El texto concluye afirmando que "la investigación criminal de este caso está plagada de irregularidades y carece de todos los atributos esenciales de una resolución judicial". Es difícil imaginar que las autoridades de Irán se retractarán de esas declaraciones. Entre otras razones porque quien las suscribió, el embajador Khazaee, sigue siendo el representante de su país en la ONU.

Sobre la amistad

Según Voltaire, la amistad es un contrato tácito entre dos personas sensibles y virtuosas, porque las malas personas sólo tienen cómplices; los voluptuosos, compañeros de libertinaje; los interesados, socios; los políticos, partidarios; el común de los ociosos, conocidos; y los príncipes, cortesanos. Solo los hombres virtuosos tienen amigos.

Sobre la aparente liberación

Dice con razón Alina Diaconú que la aparente liberación que se ostenta de un modo exhibicionista y provocador, no es sino una degradación y trivialización de todo. Y que lo que conlleva es sólo insatisfacción.

Sobre la biblioteca de un ex presidente

Ya hablamos en otra oportunidad de la inauguración de la biblioteca y centro de estudios políticos que lleva el nombre de George W. Bush (o sea el hijo del otro presidente Bush). Lo interesante ha sido la declaración del destinatario, que dijo: "Pensar que hubo una época en la que era imposible verme en una biblioteca. ¡Y ahora se inaugura una

279 • Balconeando la vida

con mi nombre!". A confesión de parte, relevo de prueba. Al fin dijo una verdad. Para mí es como si le hubieran puesto a un gimnasio el nombre de Albert Einstein.

Sobre la brújula y el Norte

Decía un emperador chino, Kangxi (1654-1722), maestro de la palabra y de la espada: "Toda acción languidece y se interrumpe en el Norte. La fuerza, la energía y la prosperidad están en el Sud, como lo indican nuestras brújulas (las que habían inventado)"; y que era una pretensión europea de hacer que la brújula indicase el Norte. Yo creo que tenía razón, sobre todo siendo nosotros bien sureños como somos. No sé por qué razón contestamos preguntas tales como: "¿Cuál es su Norte en la vida?" Deberíamos rechazarlas y decir: "¿Por qué no nos preguntan: ¿cuál es su Sur en la vida?"

Sobre la buena lectura

La lectura de los clásicos perjudica seriamente la ignorancia.

Sobre la calidad de vida

Si cambiamos el "ver para creer" por el "creer para ver", tendremos mejor calidad de vida.

Sobre la democracia

Es verdad que la mera democracia no garantiza que todos coman, se eduquen, tengan salud y vivienda. Pero si la mayoría no come, no puede educarse, atender su salud ni tiene vivienda, también es difícil la vigencia de una verdadera democracia.

Sobre la desigualdad

Leí que la sociedad se divide cada vez más en dos mundos, tanto en términos de ingresos como de localización. El aumento de la desigualdad actúa como un veneno que va debilitando la democracia de forma gradual. Y los partidos políticos son incapaces de resolver ese despliegue de desigualdades.

Sobre la edad del hombre y de la mujer

Dicen que el hombre tiene la edad de la mujer que ama. La excepción era amar a la Duquesa de Alba.

Sobre la enfermedad social

La enfermedad de la sociedad es la sociedad misma, que muchas veces trata de curarse por medios que, en vez curar, enferman aun más.

Sobre la ética

"Si un hombre pudiera escribir un libro de ética que fuera realmente un libro de ética, ese libro destruiría todos los demás libros del mundo mediante una explosión". Ludwig Wittgenstein.

Sobre la felicidad

Algunos dicen que la búsqueda de la felicidad es la principal fuente de la infelicidad. ¿Será ese el destino negativo de cualquier deseo? Si uno fuese hegeliano diría que la búsqueda de la infelicidad es la principal fuente de la felicidad. Por eso nunca creí demasiado en la dialéctica. Aunque sí creo que el Derecho de propiedad es la propiedad del Derecho.

Sobre la franqueza

Si es excesiva puede a veces degradarse convirtiéndose en insensibilidad o hasta crueldad.

Sobre la impermanencia de todo

La naturaleza cíclica del universo está estrechamente ligada con la impermanencia de todas las cosas y situaciones. Es que la impermanencia es una característica de toda condición, de todo lo que podamos enfrentar en la vida, sea bueno o malo.

Sobre la India

Dice Salman Rushdie que la India ha sido escrita en inglés, una lengua fría y clásica, cuando la India es vulgar, surrealista y perezosa. Pero la expansión mundial del inglés lo ha hecho caribeño, irlandés, estadounidense, australiano, indio, canadiense… Me pregunto si seguirá siendo una lengua fría y clásica. Aunque sigo prefiriendo nuestro idioma, el francés y el italiano.

Sobre la información

Si hay alguien experto hoy en este tema es Julian Assange, quien dijo que la justicia, si es en realidad merecedora de tal nombre, debe ponerle freno al poder, y si un gobierno pretende cuidar de su pueblo, deberá garantizar que la política no pueda tener jamás un control absoluto sobre la información.

Sobre la ley de prensa

Hace años escuché en una de las reuniones de la SIP que la mejor ley de prensa era la que no existe, con lo cual estaba por supuesto de acuerdo. Pero ahora me enteré con agradable sorpresa de que el presidente del Uruguay, don José Mujica, acaba de decir lo mismo en una entrevista publicada en septiembre pasado por *Veja*, la revista de mayor circulación en Brasil.

Sobre la libertad

Decía Rosa Luxemburgo que la libertad, sólo para los miembros del gobierno, sólo para los miembros del Partido, aunque muy abundante, no es libertad del todo. La libertad es siempre la libertad de los disidentes.

Sobre la libertad II

La madurez y la sabiduría indican que la libertad ajena amplía mi propia libertad al infinito.

Sobre la Madre Teresa de Calcuta

Un periodista, luego de ver durante un día entero el trabajo de la Madre Teresa de Calcuta, en un rapto de sinceridad, le comentó que él no haría lo que le había visto hacer ni por un millón de dólares. Ella, con su simpleza característica, contestó: "Yo tampoco".

Sobre la mentira o las mentiras

A mí la novela y el cuento me permitieron mentir sin culpa. Y siempre es preferible la mentira del escritor (en la novela y el cuento) que la del político. Alguien dijo que las del escritor, en cuanto a su proceder y modales, son siempre partes constitutivas de sus ficciones. En cambio, las mentiras de un político son parte de su oficio, que consiste primero en hacérselas creer a sus votantes.

Sobre la moneda

Como dice Tomás Abraham, cuando hay una moneda que pierde valor cada mes y nadie quiere conservarla, no hay ahorro, si no hay ahorro no hay crédito, si no hay crédito no hay inversión, si no hay inversión no hay producción, si no hay producción no hay empleo, si no hay empleo hay violencia.

Sobre la pérdida de credibilidad

El ateísmo o el agnosticismo no modifican la existencia de Dios. Pero la pérdida de credibilidad de la ciudadanía en la clase política pone en peligro la existencia del sistema democrático.

Sobre la pobreza

Para la Madre Teresa la más terrible pobreza era la soledad y el sentimiento de no ser amado.

Sobre la realidad

Se discute tanto sobre ella y, de todos modos, siempre lo que se sustente como realidad no será otra cosa que una interpretación. Mientras tanto seguiremos discutiendo sobre el objetivismo, el subjetivismo, el surrealismo, el hiperrealismo, el impresionismo, y lo que nos venga en gana. Ella se esconderá o se burlará de nosotros.

Sobre la reforma agraria

En la oportunidad de dirigir Perón un discurso para el sector agropecuario en el Teatro Colón, en 1953, afirmó: "Dividir esas grandes empresas en pequeñas propiedades agrícolas es lo mismo que dividir una gran fábrica moderna en un montón de pequeños talleres".

Sobre las mujeres

Para Orson Welles siempre resultaron inescrutables, pero al mismo tiempo decía que si no fuera por ellas, aún estaríamos en cuclillas, en una caverna, comiendo carne cruda, debido a que los hombres han hecho la civilización a fin de impresionar a sus novias.

Sobre la soledad

Hay que ser muy fuerte interiormente para bancarla, y un místico para amarla.

Sobre la técnica en la música

Decía el escritor uruguayo Felisberto Hernández (además pianista y compositor) que sobre todo había dos grandes peligros en los intérpretes. Uno de ellos era no tener una buena técnica. Y que éste era el peligro más visible. Pero que había otro peligro muchísimo más grande, en el que caían la mayoría de los grandes intérpretes: el de transformarla en un fin, en vez de hacer de ella el medio que debía necesariamente ser.

Sobre la técnica pianística

La velocidad y el exceso de dedos pueden hacer desaparecer la música.

Sobre la teoría

Toda teoría es al fin y al cabo una ficción aplicada a la realidad con la esperanza de encontrarle alguna correspondencia verosímil.

Sobre la televisión (en Italia, aun antes de Berlusconi)

No hay duda de que la televisión es autoritaria y represiva como ningún otro medio de información en el mundo. El fascismo no logró sustancialmente quebrar el alma del pueblo italiano. El nuevo fascismo, a través de sus medios de comunicación (la televisión sobre todo), hirió profundamente y para siempre ese espíritu italiano.

Sobre la utopía

Decía Eduardo Galeano: "Ella está en el horizonte. Me acerco dos pasos, ella se aleja dos pasos. Camino diez pasos y el horizonte se corre diez pasos más allá. Por mucho que yo camine, nunca la alcanzaré. ¿Para qué sirve la utopía? Para eso sirve: para caminar".

Sobre la vejez

Claro está que hay una inevitable vejez biológica, pero se es verdaderamente viejo cuando se ha desertado de los sueños, cuando la persona se detiene inmóvil a contemplar el camino andado y abandona la marcha, olvidando que la vida, esa especie de cuarto de hora frente a la historia, de instantes exquisitos, vale por lo que haremos mucho más que por lo que hicimos.

Sobre la velocidad de la luz

Siempre se habla de ella pero nadie habla de la velocidad de la oscuridad. Dados los apagones que sufrimos en Buenos Aires, debe ser tan veloz como la luz.

Sobre la verdad y la mentira

Siempre es necesaria la verdad para estar en paz con uno mismo. Pero para estarlo con el prójimo a veces hay que mentir.

Sobre la verdadera amistad

Carlos Fuentes, al describir su amistad con Julio Cortázar, dijo: "Coincidimos políticamente en mucho, pero no en todo. Nuestras diferencias, sin embargo, aumentaron nuestra amistad y nuestro mutuo respeto, como debe ser el trato inteligente entre amigos, que no admite ambición, intolerancia o mezquindad. No puede haber amistad cuando estos defectos arrebatan al que se dice nuestro amigo".

Sobre la vida

Aun no creyéndola del todo justa, es bastante bueno tenerla, ¿no?

Sobre la vida II

Hace muchos años atrás me escribía mi querido amigo, el escritor Eduardo Gudiño Kieffer y me decía: "Aquí la vida continúa. ¿Te das cuenta? ¡Qué vitalidad tiene la vida!".

Sobre la vida III

Cuando más vacía, más pesa. Llénela de amor y verá.

Sobre la vida IV

A pesar de que día a día biológicamente se va prolongando más, sigue siendo demasiado corta para perder el tiempo con odios, resentimientos o malas ondas, en lugar de amar.

Sobre la violencia

La sociedad alienta sistemáticamente la violencia y luego se ve obligada a combatirla con una represión terrible. Como la violencia está constantemente incitada, hace falta un aparato policial para controlarla. El resultado es que terminamos agregándole a la violencia social la violencia del Estado. Esto lo dice razonablemente Alain Badiou, quien seguramente no sabe lo que estamos viviendo últimamente en la Argentina.

Sobre la violencia asesina

La muerte natural puede ser reparada por el duelo, la resignación y cada nuevo nacimiento. La muerte producida por la violencia asesina, no. Pero debemos buscar una forma más humana e inteligente de repararla que no sea la venganza, porque si volvemos a aplicar el "ojo por ojo, diente por diente", finalmente terminaremos todos ciegos y desdentados.

Sobre las discusiones

En vez de tratar de ganarlas o darles un sentido negativo, discordante, uno podría darles el positivo sentido del acuerdo. Es decir, concluir que uno ha logrado con el interlocutor que no piensa como uno, estar de acuerdo con él en que no estamos de acuerdo. Al menos en eso estaríamos de acuerdo.

Sobre las estadísticas

George Bernard Shaw dijo que la estadística es una ciencia que demuestra que si mi vecino tiene dos coches y yo ninguno, los dos tenemos uno.

Sobre las generaciones

Cada vez se hace más difícil comprender a la generación que sucede a la anterior. Porque los tiempos se aceleran demasiado y todo cambia de una manera demasiado rápida: desde la tecnología hasta las costumbres, incluyendo el lenguaje y los gustos de toda clase.

Sobre las generalizaciones

Estimulan la pereza mental.

Sobre las Madres

Es muy justo que recordemos a las Madres de Plaza de Mayo, pero nunca se mencionan a las Madres del Dolor, las Madres contra el Paco, las Madres por la Vida, la Red de Madres y Familiares y Víctimas de las Drogas, la Asociación de Madres y Familiares de Víctimas, la Asociación de Víctimas de la Impunidad sin Esclarecer, la Asociación de Víctimas de Violaciones.

Sobre las mujeres

Decía Sigmund Freud: "La gran pregunta que nunca recibe respuesta y que yo no estoy capacitado para responder, después de treinta años de estudios sobre el alma femenina, es qué desea una mujer". Tal vez estudió tanto al alma femenina que se olvidó de amarlas.

Sobre las olimpíadas

Dicen que Nerón fue campeón olímpico en el año 67, cuando viajó a Olimpia para intervenir en la carrera de cuadrigas. Para ello sobornó y amenazó a sus rivales, que lo dejaron ganar. Otro caso interesante fue el de Walter Dray, *recordman* mundial de salto en garrocha, quien no viajó a los Juegos de Londres de 1908 porque se lo prohibió su mamá, quien le reclamó dejar esos estúpidos saltos. El obediente hijo abandonó la garrocha a los 22 años. También nos ocurre a nosotros enviar atletas que por sus marcas o tiempos en natación y en atletismo, indudablemente no pueden hacer un buen papel, y eso, en el plano estrictamente individual no implica más que una tristeza personal, pero ocurre que en las Olimpíadas están representando a la Argentina, a nuestro país. Y eso habría que evitarlo, cuando se sabe que no podrá ser de otro modo.

Sobre las pirámides

Su forma no se debió al cansancio de los esclavos sino a una falta de presupuesto.

Sobre las preguntas

A veces pueden revelar más sabiduría que ignorancia. Otras, estupidez.

Sobre los bancos

Tal vez pueda parecer exagerada la afirmación de Bertolt Brecht cuando dice que si robar un banco es un delito, más lo es fundarlo. Lo que no podemos negar es que si bien la quiebra de cualquier negocio implica una pérdida generalmente irremediable para sus dueños, en cambio la quiebra de un banco no produce tal efecto porque de inmediato concurre el Estado correspondiente a salvarlo, en cualquier lugar del mundo donde ocurra. Al menos en Occidente.

Sobre los concursos literarios

Decía Pitigrilli que una vez un editor de Milán lo hizo integrar un jurado, y que asistió a tales maniobras, violencias, injusticias y bellaquerías, que no aceptó nunca más intervenir ni como participante ni como jurado.

Sobre los debates

Ganar un debate puede dar satisfacción pero no más saber. Esto último lo logra el que lo pierde.

Sobre los hechos

Los hechos pueden ser menos de lo que realmente ha ocurrido, pero sus consecuencias pueden ser mucho más.

Sobre los monos

Decía Nietzsche que eran demasiado buenos para que descendiéramos de ellos.

Sobre los poetas

Aunque ahora no se los considere valiosos, hubo un tiempo en que eran los encargados de calibrar el espíritu de la época, nombraban los misterios y el corazón de lo visible.

Como eran vates, hasta vaticinaban. Hoy tratan de cumplir esa función encuestólogos, opinólogos, economistas, publicistas, sociólogos, psicólogos... Sin buen resultado.

Sobre los premios Nobel de Literatura

La verdad es que suelen ser bastante arbitrarios y muchas veces no tienen que ver con la literatura en sí, sino con otros valores o apreciaciones. Por eso hay tantos olvidados como Jorge Luis Borges, León Tolstoi, Henry James, Marcel Proust, Joseph Conrad, Rainer María Rilke, Gilbert Keith Chesterton, James Joyce, Paul Valéry, Julio Cortázar, Henrik Ibsen, Mark Twain, Vladimir Nabokov... La lista es larguísima... No menciono a Kafka porque el pretexto fue que su obra se publicó después de su muerte. Ya que cualquiera sea el alto valor de un escritor, si muere no puede recibir dicho premio. Los jurados suecos ignoran el *ars longa vita brevis* o sea que el arte es largo y la vida breve. Pero el arte sobrepasa la vida de sus grandes creadores.

Sobre los simpáticos animalitos

Me refiero a los delfines, que son tan inteligentes. Cuando los vemos en cautividad, todos creemos que han sido entrenados para divertirnos, pero en realidad son ellos quienes tal vez han entrenado a sus cuidadores a acercarse al borde de su ámbito acuático para alimentarlos diariamente con buenos peces.

Sobre los tiempos difíciles

Tienen algo de bueno, que es ahuyentar las falsas amistades.

Sobre los viajes en cruceros

Si se tiene en cuenta el reciente y dramático naufragio, sería conveniente que a los pasajeros se los provea, no de salvavidas, sino de trajes de buzo.

Sobre Madame Bovary

La primera traducción inglesa de esta novela la hizo una hija de Karl Marx, quien años después se quitaría la vida de manera similar a Emma.

Sobre marchas políticas

Todas significan un gran desahogo o cierta forma de catarsis, y la expresión de profundos sentimientos: no hay duda. Pero revelan no solo la falencia de los gobernantes ante reclamos que no son cumplidos, sino también la de los partidos de la oposición, por los cuales, quienes marchan, no se sienten verdaderamente representados.

Sobre Marilyn Monroe

Más allá del drama de su breve vida, al menos se salvó de terminar haciendo el papel de abuela de Pitt, de suegra de Richard Gere o incluso de Michael Douglas.

Sobre nuestra ignorancia

Borges la habría llamado "unánime" porque todo lo que no sabemos es asombroso, pero mucho más lo es aquello que creemos saber.

Sobre nuestro idioma

De acuerdo a un cálculo de la Academia española de la lengua actualizado al 2010, mientras un ciudadano medio utiliza entre 500 y 1000 palabras del español para comunicarse diariamente, los jóvenes usan el 25%, algo más de 240. El castellano cuenta con casi 100 mil vocablos, o sea que, de ese gran abanico de posibilidades, utilizan un 0,03%. Lo grave es que ese empobrecimiento del lenguaje implica un correlativo empobrecimiento del pensamiento.

Sobre nuestro planeta

He leído que la acción humana es la que da vida al planeta. Y a mí me parece que más bien lo va destruyendo. A veces me imagino a nuestra Tierra sin población y la veo plena de vida con sus árboles descargando frutos, sus selvas estallando en verde, sus mares, ríos y cielos limpios. Con todas sus especies hoy en extinción, reviviendo y multiplicándose, compensándolo todo ecológicamente.

Sobre nuestros extraños temores e inseguridades

Porque las más de las veces somos muchos quienes no nos sentimos muy seguros viajando en avión, a pesar de hacerlo con harta frecuencia, y alegamos que en el avión "nos sentimos en el aire", pero también lo estamos en nuestro querido e inalámbrico planeta, que llamo así porque no he visto que lo sostenga cable alguno, y que además se desplaza en rotación a una gran velocidad alrededor del sol, y también lo hace sobre sí mismo. Por otra parte, eso de estar en tierra y no en el aire, nos da una seguridad carente de fundamento si tenemos en cuenta tsunamis, terremotos, huracanes, hundimientos de barcos, colisiones permanentes entre autos o descarrilamientos... para qué seguir si las estadísticas de seguridad favorecen al transporte aéreo.

Sobre ocupación laboral

Mitterrand, que fue el último presidente razonable que tuvo Francia, dijo: "No estamos en un mundo en el que vaya a haber trabajo para todos tal como acostumbrábamos. Arréglense con los laburitos".

Sobre Palestina

"Si yo fuera gobierno de Israel, sería el primero en reconocer a Palestina como Estado. Luego negociaría sobre fronteras, lugares sagrados, seguridad y asentamientos. Pero entonces sería una negociación entre dos estados soberanos y no entre ocupante y ocupado". Amos Oz, escritor israelí.

Sobre pensar

Para Ionesco, pensar contra la corriente del tiempo era heroico; decirlo, una locura. Por su lado, el filósofo Francis Bacon decía que quien no quería pensar era un fanático; quien no podía era un idiota; y quien no se atrevía era un cobarde. Vale la pena pensar dónde nos ubicamos.

Sobre perros y gatos

Se dice que los gatos se apegan más a los lugares que a las personas. En cambio, los perros se apegan más a las personas que a los lugares. ¿Será por esto que prefiero a los pichichos?

Sobre predicciones

Después de conocer la Teoría del Caos y los números primos, no se puede creer ni en Nostradamus ni en Marx. Porque todo puede suceder de la manera menos esperada, nada es predecible. Ni siquiera en las matemáticas se puede predecir el desarrollo de un algoritmo perfectamente determinista.

Así, en los números primos (son números enteros sólo divisibles por sí mismos o por la unidad), que se calculan por el simple algoritmo de Eratóstenes, ni el más grande matemático, después de recorrer millones de primos, puede predecir cuándo encontrará un intervalo de 2000 números no-primos seguidos. Claro está que una computadora lo puede calcular, pero eso no es predecir, eso es recorrer el camino como cualquier peregrino. Y por fin, infinitamente menos, puede predecirse algo tan complejo como la historia de los humanos.

Sobre qué discutimos

Las mentes grandes discuten ideas, las medianas, cosas; y las pequeñas, personas.

Sobre Sarmiento

Para Borges, era un soñador que sigue soñando.

Sobre Sartre

André Malraux no podía negar que era un filósofo, pero decía que políticamente era un adolescente. Y lo era no sólo en la política sino en su propia vida adulta. Pero cómo nos deslumbraron en nuestra juventud todos sus textos.

Sobre Siria y las armas químicas

Dijo con razón Dante Caputo (ex canciller del presidente Alfonsín, y con una larguísima experiencia en organismos internacionales) que las armas químicas son las bombas atómicas de los pobres, y que su uso puede provocar tantas o más víctimas que aquéllas. De allí la amenaza de Obama de intervenir haciendo uso de la fuerza, única razón que lo sacó a Putin de su neutralidad y lo obligó a actuar. Además, este caso no era igual al de la grosera mentira que Bush le adjudicó al ex presidente de Irak, cuya única intención era invadir dicho país.

Según Umberto Eco...

Los franceses, los italianos, los alemanes, los españoles y los ingleses gastaron siglos en matarse unos a otros. Hoy, después de una paz de 70 años, nadie se da cuenta de lo asombroso que es esto.

Sobre un almirante

Recuerdo una sabrosa anécdota de Atahualpa, que en sus recorridas llegó a un humilde ranchito donde la vieja paisana lo saludó y durante la charla le dijo que tenía un hijo almirante… cosa que, dada la pobreza del lugar, lo sorprendió enormemente a don Ata… y le preguntó cómo era eso. La paisana le contestó: sí… mi hijo es muy almirante suyo…

Sobre un relato progresista

Leo al filósofo Tomás Abraham refiriéndose al relato progresista: dice que no ha sido el neoliberalismo el que ha empobrecido al país, sino un Estado que ha enriquecido a sus gobernantes con contratos, esta vez sí espurios, con distintos tipos de socios. Y luego define a cierta pretendida izquierda de caviar y sushi, hoy disfrazada de locro. Agregando que por eso hay que ser cruel con el pensamiento, para no enmantecarlo con melaza progre.

Sobre una aventura apasionante

La vida, pero no se sale vivo de ella. ¿O no?

Sobre una paradoja mundial

Es bastante extraordinario que China, el país comunista más importante del mundo, le esté indicando a Estados Unidos, número uno de los países capitalistas, lo que debe hacer en esta crisis económica global, utilizando medidas del propio sistema capitalista y exigiéndole responsabilidad. ¡Qué momento tan interesante se han perdido Marx y Keynes!

Sobre Victoria Ocampo

Señaló con toda razón Beatriz Sarlo que decir que Victoria Ocampo era una escritora de la oligarquía era regalarle a la oligarquía argentina una escritora que no se merecía.

Sobre Xul Solar

"Hombre versado en todas disciplinas, curioso de todos los arcanos, padre de escrituras, de utopías y de mitologías, huésped de cielo e infierno, perfecto en la indulgente ironía y en la generosa amistad. Xul Solar es uno de los acontecimientos más singulares de nuestra época". Jorge Luis Borges.

Sobrevivir Argentina

"Para el peronismo, para todos los partidos, la tarea nacional es convocar a reconstruir nuestro país con la llave educativa y reeducativa y con la energía que tuvieron los países europeos en la posguerra desde 1945 para declarar, como urgencia nacional, el Rearme Moral (como lo calificó Konrad Adenauer). Esto es política grande, cuando ya no se trata de administrar lo que anda sino de reconstruir lo que no se supo manejar ni respetar". Abel Posse.

Sócrates

Hizo de su vida un escándalo de la verdad. Ejerció la franqueza jugando con ella su propia vida.

Soledad total

Para describirlo escuché en Madrid que se decía de alguien que estaba más solo que la una (sin aclarar si era AM o PM).

Soledades

Estar solo es un hecho, la soledad es un sentimiento.

Solía ocurrir en la Organización de los Estados Americanos (OEA)...

Que se escucharan discursos de un horrendo barroquismo. Se llegó a pensar que sus autores fueran coloridos papagayos vivos que ornaron la entrada del edificio durante varios años. Veamos un ejemplo: hace uso de la palabra el embajador de un país centroamericano, representante permanente de su país, que a la sazón preside la reunión del Consejo y recibe al Primer Ministro de Barbados de este modo: "...señor Errol Barrow, os invito a que ocupéis la silla rubrica nuestra admiración en esta mesa que se ensancha siempre, como un capullo presto a reventar en la flor definitiva de una gigantesca armonía americana. Ofrezco la palabra al distinguido Primer Ministro de Barbados".

Solo la fama le permtió vender

Borges tuvo enorme calidad desde sus primeros libros, pero cuando no era famoso sólo vendió 37 ejemplares de la *Historia de la eternidad*. Por eso no es tan cierto aquello de que la fama es puro cuento.

Sólo para biólogos

Dicen ellos que el cromosoma es algo que solo puede verse con un microscopio y se parece a una lombriz enrollada. Entre sus componentes está el famoso ADN o ácido desoxirribonucleico. Ahora bien, el ADN es un filamento fuertemente comprimido al interior del cromosoma. Y si se extrajera el ADN de una célula de cualquier animal y se la desenrollarla, abarcaría varios kilómetros. Me cuesta creerlo.

Solo pudo ocurrir en Italia

El gran líder comunista italiano Enrico Berlinguer, quien no era creyente pero acompañaba los domingos a misa a su mujer e hijos que sí lo eran, a los que esperaba en la puerta de la Iglesia, solía decir: "Si nosotros los comunistas tuviésemos a un millón de mujeres y hombres, como las monjas y religiosos católicos, con voto de obediencia y dispuestos a cualquier sacrificio, haríamos una verdadera revolución social".

Solo voluntad de poder

Para Nietzsche, el saber es un efecto ilusorio de la afirmación fraudulenta de la verdad. No es en absoluto voluntad de conocer sino voluntad de poder.

Somos bastante injustos con lo nuestro

Porque sin ninguna pretensión de restarle valor al llamado "realismo mágico", del cual *Cien años de soledad* parecería ser su mayor ejemplo, la primera edición de la novela de nuestra María Granata, *Los viernes de la eternidad*, que creo se publicó poco antes que la obra de García Márquez, fue verdaderamente puro realismo mágico, porque escribir lo que ella hizo en un escenario pueblerino de la provincia de Buenos Aires fue mucho más mágico que todo lo supuestamente mágico que se pueda escribir en Colombia, Venezuela y países caribeños. Porque lo que llamamos en esos países "realismo mágico", es puro realismo. Y basta con escuchar las historias familiares contadas por las abuelas de aquellos años.

¿Somos literatura?

Somos como un microrelato en la estructura de una gran novela cuyo principio leemos pero su final no se ha escrito todavía. Estamos de paso: llegamos, vemos y vencemos o perdemos.

Somos lo que pensamos

Esta parece una afirmación simple pero al menos muy precisa, porque lo que hacemos, decimos y sentimos, tiene su origen en la mente. Y la energía de la mente humana es el pensamiento. Posiblemente, el mayor pero a la vez el menos comprendido de los recursos energéticos del universo.

Somos nosotros, solo nosotros

Tenemos que llegar a comprender que somos los creadores de nuestro dolor, que es nuestra propia mente la causa de nuestros problemas, que no son los demás ni el mundo externo. Es nuestra mente, con su corriente casi constante de pensamiento sobre el pasado, preocupándose por el futuro.

Somos únicos

Dicen que ya han pasado por nuestro planeta más de setenta mil millones de seres, pero ninguno de ellos se ha parecido a nosotros, porque buenos o malos, o para bien o para mal, somos únicos. Y los seres que nos conocen y que conocemos también son únicos. Esa sola razón bastaría por lo menos para respetarlos. Aunque lo mejor sería amarlos.

Soneto al vino

Aunque Jorge Luis Borges no era especialista en vinos, se le atribuye un soneto cuyo final decía: "...En la noche de júbilo o en la jornada adversa / Exalta la alegría o mitiga el espanto / Y el ditirambo nuevo que este día le canto / Otrora lo cantaron el árabe y el persa / Vino, enséñame el arte de ver mi propia historia / Como si ésta ya fuera ceniza en la memoria".

Sorprendente frase

Que uno podía esperar de un líder espiritual, o de un Gandhi, pero no de una aguerrida política. Pero además, no puedo dejar de reconocer que me pareció realmente admirable. Se trata de la siguiente frase de Golda Meir: "Podemos perdonar a los árabes por matar a nuestros hijos. Pero nunca les vamos a perdonar el hacernos matar a los suyos".

Sorpresa castrista

Créase o no, Fidel Castro, en su discurso inaugural de la Feria del Libro en La Habana, definió a los políticos, entre los cuales se incluía, como las criaturas más autosuficientes e incapaces que han existido nunca.

Subordinaciones

Tiene razón Wolf Loose (Düsseldorf) cuando dice que debemos subordinar el tiempo a nuestras vidas y no nuestras vidas al tiempo.

Subterráneos y diferencias

En estos últimos nueve años en Santiago de Chile se construyeron 40 kilómetros en suelo rocoso y la ciudad de México, que comenzó su subte 53 años después que nosotros, ya tiene una red de 202 kilómetros contra nuestros 52. Sin comentarios.

Suele ocurrir

Que uno recuerda lo que preferiría olvidar, y olvida lo que debería recordar.

Sueño en Nueva York

Esa noche soñó que era un gorila, y estaba en una jaula del zoológico del Central Park de Nueva York. Se pasaba las horas de los días mirando atentamente a personas que a su vez lo miraban a él desde afuera de la jaula, haciéndole muecas, tontamente, hablándole, incluso una mujer muy mayor le cantaba arias de ópera. Sin embargo, cuando despertó, la simpática cuidadora que lo atendía le llevaba las bananas de su desayuno como todas las mañanas y barría la jaula. Tiempo después lo trasladaron al zoológico del Bronx.

Sueño súper independiente

Ya hemos vencido al comunismo, ahora nos toca derrotar al capitalismo.

Superación mutua de circunstancias adversas

Le advirtieron al conferenciante que algo había fallado en la organización del evento, porque la sala estaba prácticamente vacía (había una sola persona). No obstante, el orador ingresó y dijo: "Señoras y señores". Desde la sala, el único asistente se puso de pie y le dijo: "Puede llamarme Pepe".

¿Supondrían que podría ser terrorista?

De otro modo, ¿por qué la CIA se ocupó largamente de "pinchar" los teléfonos de la señora Angela Merkel?

Supuestas reparaciones

Realmente no se puede reparar ningún daño que se haya efectuado, desde la muerte causada a otro ser hasta un daño mínimo. Pueden haber compensaciones, incluso superiores al daño efectuado o perdones. Pero la verdadera reparación solo se daría borrando el daño mismo, haciéndolo inexistente, y para ello habría que retroceder en el tiempo hasta el momento anterior al daño, y entonces no producirlo. Y eso no es posible.

Sweater

Prenda que usan los niños cuando la madre tiene frío.

Tal vez ella, por soberbia, no lo sepa

Me refiero a la muerte, porque tal vez no sepa que ella misma también va a morir. Al menos, cuando muera el último hombre o mujer sobre la Tierra, ya sin oficio que cumplir, morirá.

También los filósofos tienen sus rencillas y desprecios

Por ejemplo, Schopenhauer decía que la cumbre del absurdo en la postulación del sinsentido puro, o en el enhebrado de insensatas y extravagantes cantidades de palabras, antes solo registradas en manicomios, solo fue alcanzada por Hegel.

También pasa en la vida

El círculo nunca podrá entender la naturaleza del cuadrado. Me pregunto si será por eso que es muy fácil querer a un hijo pero muy difícil meterse en su piel.

¡Tan Borges!

Borges creía que la filosofía y la teología eran las formas más extravagantes y más admirables de la literatura fantástica.

Tecnología utilitaria

Sé de personas que registran en sus teléfonos no solamente los números de las personas que estiman, sino también de otras que no estiman en absoluto. De tal modo, cuando se produce cada llamada, y el visor del teléfono propio registra el número desde dónde se ha producido, el interesado atiende las "buenas" y desecha las "malas".

Telefonía fija y telefonía celular

La telefonía fija, con 10 millones de usuarios, es considerada servicio público. Pero la telefonía móvil, con 58 millones, no. Y entonces, las empresas pueden fijar pecios sin pasar por audiencias públicas, o presentar costos ni planes de inversión. Por esto, las entidades de usuarios y algunos partidos opositores vienen reclamando sin éxito que una ley revierta la situación.

Tema teológico

Ya sea que se crea que el hombre está hecho a imagen y semejanza de Dios, o que Dios está hecho a imagen y semejanza del hombre, el único que pierde es Dios.

Tendremos que recibir oleadas de inmigrantes

Ya que al parecer no solo estamos mejor que Australia y Canadá, sino que además, la ministro de Industria Débora Giorgi afirmó ahora que nuestro crecimiento industrial es superior al de Estados Unidos, al de la Unión Europea y al de Brasil. Lo extraño es que al mismo tiempo unos 8,2 millones de habitantes carezcan en nuestro país de agua por red y 21 millones no tengan cloacas. Y ese gran déficit de agua potable y cloacas es dramático, porque se trata de elementos indispensables para reducir la mortalidad infantil y las enfermedades de transmisión hídrica. Para no hablar de otros problemas vinculados a la inflación, la inseguridad y la corrupción, que en realidad son nimiedades sin importancia.

¿Tenemos conciencia de esto?

Que no sabemos dónde realmente estamos, ni de dónde venimos ni a dónde vamos, y que además, pasamos casi la mitad de la vida profundamente dormidos, aunque nos tenemos por sabios y a veces conseguimos establecer cierto orden superficial.

Tenemos que aceptarlo

Eso de que ignoramos más de lo que sabemos y olvidamos más de lo que recordamos.

Tenía razón el poeta Rudyard Kipling

Cuando decía que el éxito y el fracaso eran dos impostores. Es que el primero puede llevar a la soberbia y el segundo a la depresión, y las dos terminan finalmente en una caja de madera o en una urna de cenizas (y fatigas, agregaría el tango).

Tenía razón el presidente Illia

Cuando afirmaba que él no le temía a los de afuera que querían comprarnos, sino a los de adentro que querían vendernos.

Teología en Quevedo

En un verso pone en boca de Jesús, acompañado por los apóstoles, la impresionante frase: "Con los doce cené; yo fui la cena".

Teorema sociológico

Si los hombres definen las situaciones como reales, sus consecuencias serán también reales.

Teorías de origen nazi

Las teorías de Ernesto Laclau no son una novedad, ya las siguieron con fanatismo los admiradores de Hitler y Mussolini.

Terapia poética

Decía Alejandra Pizarnik que el poeta era el gran terapeuta. Y que en ese sentido, el quehacer poético implicaría exorcizar, conjurar y, además, reparar. Por eso, para ella, escribir un poema era reparar la herida fundamental, la desgarradura, porque todos estábamos heridos. Pero a ella no le alcanzó su extraordinaria poesía, y se suicidó.

Tercera Guerra Mundial

El oficial comandante de la Voroshilov Military Academy of the URSS, dio una conferencia sobre Problemas Potenciales y Estrategia Militar. Al final de la conferencia, inquirió si había alguna pregunta. Un oficial se paró y preguntó: "¿Habrá una Tercera Guerra Mundial? ¿Tomará Rusia parte en ella?". El general contestó ambas preguntas de un modo afirmativo. Otro oficial preguntó: "¿Quién será el enemigo?" El general replicó: "Todas las indicaciones señalan a China". Un tercer oficial observó: "General, nosotros somos una nación de solamente 150 millones de habitantes comparados a los 1.500 millones de chinos. ¿Tendríamos alguna posibilidad de ganar o al menos de sobrevivir?". El general contestó: "En la guerra moderna no es la cantidad de soldados lo que cuenta sino la calidad y el armamento. Por ejemplo, en las últimas guerras del Oriente Medio, 5 millones de judíos lucharon contra 150 millones de árabes e Israel salió siempre victoriosa". Después de una breve pausa, otro oficial preguntó: "General, ¿cree usted que tenemos suficientes judíos?".

Terminemos con la discusión

Sobre si todo tiempo pasado fue mejor. Por lo menos no neguemos que fue anterior.

The economist dice

Que nuestra región se ha confiado demasiado nuevamente en las exportaciones primarias y como antes sucumbió a la maldición de los recursos naturales.

The economist sobre nuestro país

"En 1914 era el país del futuro. Su economía había crecido más que la de Estados Unidos en las últimas cuatro décadas y el PBI per cápita era más alto que el de Alemania, Francia e Italia. Hoy los habitantes de Chile y Uruguay son más ricos y los niños de estos países, como también los de Brasil y México tienen mejores resultados en las pruebas educativas internacionales".

Tiempo psicológico

Se ha dicho con razón que toda la negatividad es causada por una acumulación de tiempo psicológico y por la negación del presente. La incomodidad, la ansiedad, el estrés, la preocupación –todas las formas del miedo– son causadas por exceso de futuro y demasiado poco presente. La culpa, las lamentaciones, el resentimiento, las quejas, la tristeza, la amargura y todas las formas de falta de perdón son causadas por exceso de pasado y falta de presente.

Tiempo personal

Según Voltaire, quien no tiene las virtudes de su edad tendrá que cargar solo con sus defectos.

Tiempos y lenguajes distintos

"Serás lo que debas ser o no será nada". José de San Martín (siglo XIX).
"Serás lo que te toque ser y déjate de joder". Federico Peralta Ramos (siglo XX).
Así estamos.

Tiene derecho a hablar de derechos humanos

Me refiero a Dilma Rousseff, presidenta de Brasil, porque ahora acaba de revelarse con detalles cómo fue torturada con largas sesiones de electroshock y ahogamientos en distintos estados del país por la dictadura militar, durante su cautiverio político entre 1970 y 1973.

Tiene razón Nadine Gordimer

Cuando dice que el arte es la única fuerza capaz de reconquistar al ser humano sometido al poder político o a la tecnología.

Toda biografía es insuficiente

Incluso para Mark Twain, una autobiografía, porque según él los actos y las palabras de una persona son sólo una ínfima parte de su vida. Su vida verdadera se da en su cabeza y sólo la persona la conoce, mientras todos los días el molino de su mente muele y tritura sus pensamientos, que son la articulación muda de lo que siente, y forman su historia. Los actos y las palabras son sólo la corteza visible de su mundo. Su masa está oculta con sus fuegos volcánicos que bullen sin descanso noche y día. Porque tampoco la vida está hecha principalmente de hechos y acontecimientos –muchas veces nimios– sino más bien de una tormenta de ideas que siempre sopla y golpea nuestra cabeza. Y todo eso no puede registrarse biográficamente.

Todavía es así...

Kant decía que había dos cosas inexplicables: la bóveda celeste y la moral del hombre. Sólo que la bóveda celeste está ahí y la moral del hombre e incluso su inteligencia parecen más distantes que las últimas galaxias. Pero opinamos de todo.

Todavía hay cristianos que no entienden

Que no existiría el cristianismo sin el judaísmo, de cuyo tronco nacería. ¿O se olvidan de que Jesucristo era judío de nacimiento y de religión, y que su misión era perfeccionar al judaísmo, limpiarlo de sus escorias, de su elitismo y abrirlo como promesa a los gentiles, a los no judíos?

Su madre, María, era judía y lo fueron todos sus apóstoles. Nuestro Papa usa el kipá judío que nosotros llamamos solideo.

Todavía hay personas como ésta

Me refiero a un aristócrata español del siglo XX, quien cuando una de sus hijas le dijo que quería ir a la Universidad, le preguntó cómo se le ocurría querer ir a un lugar donde había tanta gente.

Todavía hay verdades indiscutibles

Por ejemplo eso de que todos comenzamos a morir cuando nacemos, porque no tenemos un día más en nuestra vida sin tener, también, un día menos en ella.

¿Todavía se cree en eso?

De que hablando la gente se entiende. Porque al menos en nuestro país eso no ocurre.

Todavía subsisten verdades de Trotsky

Por ejemplo, que el capitalismo no ha respetado sus propias premisas, porque los mercados no son libres, ni los capitalistas renuncian a las prebendas del Estado, que no es una instancia autónoma frente al poder del dinero. ¿Puede alguien de derecha desmentirlo?

¿Todo lo malo viene solo?

No estoy seguro, porque a veces lo atraemos. Por eso, sin frivolidad y sin egoísmo, no estará mal buscar lo útil, lo bello y lo alegre.

Todos nos hemos olvidado

De que en 1988, según Washington, uno de los grupos terroristas más notorios del mundo era el Congreso Nacional Africano de Nelson Mandela. Hoy, el lúcido Noam Chomsky afirma que ya es oficial, que Estados Unidos es el principal estado terrorista del mundo y está orgulloso de serlo.

¿Todo tiempo pasado fue mejor?

La Tierra se está degenerando en estos tiempos. Hay señales de que la civilización está llegando a su fin. El soborno y la corrupción abundan. Hay violencia por todas partes. Los niños ya no respetan ni obedecen a sus padres. (Tomado de una inscripción asiria, circa 3000 a. C.).

Todo verdor perecerá

Fue el título de un conocido libro de Eduardo Mallea. Pero hoy sería bueno que la soja tuviera en cuenta ese título.

Todos los correos suelen funcionar mal

Por ejemplo una de las cartas de San Jerónimo a San Agustín tardó nueve años en ser entregada.

"Todos nuestros representantes están ocupados"

¿Cuántas veces escuchamos este disquito rayado cuando queremos llamar a empresas de servicios para pedir un cambio o hacer cualquier gestión, y ninguna de las opciones resulta adecuada a nuestras necesidades e ingenuamente tomamos la opción "si quiere hablar con un representante marque el…" y allí comienza una larga espera con una música horrible interrumpida por el "todos nuestros representantes están ocupados…" y luego avisos contándonos los maravillosos servicios de la empresa, y seguimos esperando hasta que, hartos, cortamos… Incluso se han hecho ensayos con los tres grandes prestadores y el resultado llevó siempre entre 47 y 52 minutos al teléfono, entre la espera y las distintas etapas. Y entonces nos preguntamos ¿para esto tanta tecnología?

Todos recordamos...

El día del asesinato de John F. Kennedy, pero nos pasó desapercibido que ese mismo día murió el escritor Aldous Huxley.

Tomarlo con calma

Ya sabemos que la vida es dura, pero no dura.

Tomarse la vida muy en serio

Dicen que no es conveniente ya que finalmente no se sale vivo de ella.

Trabajar o no trabajar

Cualquier trabajo dignifica al ser humano.

Tres adicciones...

Que nos impone la sociedad: aprobación, aprecio, atención.

Tremendas opiniones de filósofos

No es la primera vez que mencionamos estas agresiones de unos a otros. Por ejemplo, para Hobbes, Descartes podría haber llegado a ser un gran geómetra, pero no tenía cabeza para la filosofía.

Tres perros peligrosos

No recuerdo quién dijo que eran la ingratitud, la soberbia y la envidia, y que cuando mordían dejaban heridas muy profundas.

Tres valores

"El amor por principio, el orden por base, el progreso por fin". Augusto Comte.

Triste situación en los Estados Unidos de América

Díez años atrás ellos tenían a Steve Jobs, a Bob Hope y a Johnny Cash. Ahora no tienen "Jobs" (empleos), ni "Hope" (esperanza) ni "Cash" (dinero).

Una buena enseñanza

La de Gramsci en cuanto a ejercer el pesimismo de la inteligencia y el optimismo de la voluntad.

Una buena enseñanza II

Y no lo hace un filósofo ni un sociólogo, y menos un político. Lo hace el excelente economista que es Víctor A. Beker, cuando afirma que así como una pequeña grieta en un dique puede terminar en su desmoronamiento, la condescendencia social ante un delito menor solo alienta a cometer uno mayor.

Un buen consejo

Dice Eckhart Tolle que si usted quiere realmente conocer su mente, el cuerpo le dará siempre un reflejo verdadero. Por eso hay que observar la emoción o más bien sentirla en su cuerpo. Y si hay un conflicto aparente entre ellos, el pensamiento será la mentira, la emoción será la verdad. No la verdad última sobre quién es usted, pero sí la verdad relativa de su estado mental en ese momento.

Un buen consejo para ser feliz

Trabajar como si no se necesitara hacer dinero. Amar como si nunca te hubieran herido y bailar como si nadie te estuviese mirando.

Un buen oxímoron

Decir que se es ateo gracias a Dios.

Un cinéfilo total

Me refiero a José Martínez Suárez, de quien se trata el libro recientemente publicado por Mario Gallina, donde en largas charlas repasa toda su vida como espectador, extra, actor, director y sobre todo docente. El libro no en vano se titula *Estoy hecho de cine*. Y una frase lo muestra cabalmente, cuando dice *El film justifica los medios*. ¡Ojo! El film, no el fin.

Un confuso tema de inmigración ilegal o político

Se trató de cuatro mexicanos que traspasaron ilegalmente la frontera estadounidense desde México. Al ser detenidos por oficiales de Inmigración sostuvieron que ellos no eran inmigrantes ilegales sino que su objetivo era político: se trataba de invadir a los Estados Unidos. Cuando los oficiales de Inmigración pudieron parar de reírse les preguntaron: "¿Así que ustedes solitos pensaban invadir nuestro país?". Y el vocero del grupo contestó: "Solitos no, nosotros somos los últimos cuatro, el resto ya invadió su territorio".

Un consejo pitagórico

Más le vale a un hombre tener la boca cerrada y que los demás lo crean tonto, que abrirla y que todos se convenzan de que lo es.

Un curioso premio inexistente

Al sabio silencio.

Un día excepcional

Porque se dieron dos buenas noticias internacionales: la muerte de Gadafi y el fin de la lucha armada por parte de la ETA.

Un ejemplo y una aberración

Realmente me causó en primer lugar cierta admiración que, con el tradicional motivo de la inauguración de la biblioteca de un ex presidente de los Estados Unidos, en este caso la del ex presidente George W. Bush, se lograra reunir a todos los ex presidentes vivos (Carter, Clinton y Bush padre) y al actual presidente Obama. Sobre todo, comparando eso con lo que nos pasa o pasaría aquí. Pero de todos modos, sí me pareció hipócrita que el presidente Obama, en su discurso, destacara el trabajo de George W. Bush, lo que no excluye la guerra de Irak, un verdadero genocidio, sino que además lo considerara un "buen hombre" destacando su "compasión y generosidad".

Un extraño sueño

Claro está que no tuve la suerte de conocerlo personalmente, pero soñé con Carlos de la Púa, el gran poeta lunfardista. Charlaba con él en un bar y me decía que con un grupo de amigos poetas, que yo leía, seguían yirando por Buenos Aires, aunque quedaban pocos de los viejos lugares que ellos habían frecuentado. Sin embargo, todavía subsistían algunas calles arboladas y empedradas, el color de las tardes en las plazas, pero ahora casi todas encanadas tras las rejas. Que también quedaba todavía el río inmóvil de Mallea. Y que toda una nueva "runfla de farra y de cotorro" se había mudado a un barrio que llamaban Puerto Madero, que para él y sus amigos, era cualquier cosa menos un rioba.

Un feo atractivo, seductor, mentiroso y generoso

Siempre se habló de la fealdad de Agustín Lara, lo que no le impidió conquistar nada menos que a María Félix, la mujer más hermosa y famosa de México. Además, cuando murió Lara fueron doce las viudas que reclamaron la herencia en 1970, pero descubrieron que sus matrimonios eras falsos: él había contratado actores para que hicieran de sacerdotes y de jueces de paz. Sin embargo, en vida, fue generoso con ellas y con sus hijos, gastando fortunas. Además, ¿quién no se ha deleitado con alguna de las más de 400 canciones que compuso, aunque también fuera acusado de plagio?

Un final catastrófico

El desastre producido en los océanos del mundo puede ser irrevocable, anuncia una edición de *Newsweek*. Una investigación realizada recientemente advierte que la tercera parte de las emisiones de dióxido de carbono es absorbida por los océanos. De esta manera, se impacta sobre la vida debajo de los océanos, es decir sobre las cadenas alimentarias y la productividad, un inmenso caos.

Un gobernante ejemplar

Me refiero al presidente francés François Hollande, quien para reivindicar a la socialdemocracia, algo venida a menos, se rebajó su propio sueldo y el de sus ministros; dictó un código de deberes y normas éticas de obligado cumplimiento, como declarar públicamente sus propiedades, no favorecer a parientes o amigos, dejar sus patrimonios en manos de un administrador; no aceptar regalos por valor de más de 150 euros, viajar en tren en la medida de lo posible, en vez de en aviones; usar moderadamente los autos oficiales, cuyo número se disminuyó notablemente; respetar las normas y señales de tránsito y ponerse a disposición de la gente por Internet.

Un gran escritor: libre y honesto

Me refiero al cubano Leonardo Padura, autor entre otros, de un libro excepcional: *El hombre que amaba a los perros*. Pasó por nuestra Feria de Libro y cuando le preguntaron por el futuro de su país, donde vive, contestó que sólo era un escritor y no un analista político, pero que si bien no sabía hacia dónde iba Cuba, sí sabía que quería un futuro mejor, con más igualdad, menos corrupción, menos populismo, más democracia… un país sin tanta carga histórica o política encima, un país donde la gente viviera vidas normales y más felices.

Un gran placer

Escuchar el silencio.

Un gran presidente no reconocido como tal

Los presidentes de los Estados Unidos han sido casi siempre procónsules o redentoristas. En general, los primeros fueron republicanos y los segundos demócratas. Podemos citar como modelos respectivos a Reagan y a Carter. Pero hubo un presidente republicano a quien todavía no se ha valorado debidamente, y me refiero a Eisenhower, republicano, general triunfador en la Segunda Guerra Mundial, quien cuando Nasser en 1956 nacionalizó en Canal de Suez, ante la intervención de Gran Bretaña, Israel y Francia se opuso a la invasión, obligándolos a retirarse. Y cuando terminó su mandato presidencial, en su discurso de despedida denunció nada menos que al "complejo militar-industrial".

Un grave peligro

Transformar la política en actuación pública de pasiones privadas.

Un histórico ministro de asuntos exteriores

El primer ministro de Asuntos Exteriores de la Revolución Rusa fue León Bronstein, judío, conocido mundialmente bajo el nombre de León Trotsky, un dirigente político extraordinario, cuya vida apasionante terminó cuando Stalin logró su obsesivo objetivo de hacerlo asesinar. No puedo dejar de recomendar dos libros: uno sobre su infancia, juventud y su llegada al poder, mediante la lectura de *Liova*, de Marcos Aguinis; y otro sobre sus interminables exilios, ya fuera del poder, hasta su muerte, mediante la lectura de *El hombre que amaba a los perros* de Leonardo Padura.

Un imprescindible recuerdo

El domingo 2 de noviembre de 2014 se cumplieron cien años del nacimiento de Rogelio Frigerio, padre del Desarrollismo en nuestro país. Vale la pena recordar que en 1984 había escrito: "La arbitrariedad en la distribución del ingreso, el estatismo y los controles de precios; el manejo artificial del tipo de cambio, unido a la promoción de algunos renglones de las exportaciones fabriles, sin la modificación de las condiciones productivas estructurales; todos mecanismos a los que son afectos las administraciones populistas, no favorecen la formación de capital sino que conforman un vallado contra la inversión, con frecuencia insuperable".

Un interesante escritor olvidado

Me lo recordó una buena nota, como todas las suyas, el escritor Juan Forn, refiriéndose al ex célebre Curzio Malaparte. Según Forn, las malas lenguas decían que Malaparte era tan egocéntrico que en toda boda quería ser la novia y en todo funeral el muerto.

Un método perverso

Que ya provocó el derrumbe histórico de grandes sociedades es la aceptación silenciosa de los escándalos provocados por los gobernantes. Tapados cada uno de ellos por otro nuevo, y así sucesivamente, sin dar tiempo a investigar finalmente ninguno. Así cayó Roma.

Un modo de ignorar el amor

Eso le pasa a quienes confunden el deseo con el afecto, la atracción con la ilusión, el placer con la felicidad, la pasión con el corazón, la sensualidad con la ternura… y se quedan solamente en eso, ignorando la fascinación del amor.

Un mundo de ominosa desigualdad

Datos de 2013: 85 individuos tienen un patrimonio igual al de la mitad más pobre de la humanidad (unos 3.500 millones de personas). La hacienda de las diez personas más pudientes de la Unión Europea (217 mil millones de euros), supera el monto de todas las medidas de estímulo aplicadas por la UE entre 2008 y 2010 (200 mil millones de euros). En los Estados Unidos el 95% del crecimiento registrado a partir de 2009 engrosó los ingresos del 1% más rico, mientras que el 90% de sus ciudadanos empobrecieron.

Un nuevo PBI

Dijo Héctor M. Guyot en La Nación que se sabe que el dinero no tiene moral, lo mismo que muchos de los líderes de la actualidad. Y que por ende no sería raro entonces que la idea de la Unión Europea de contabilizar en el PBI las actividades ilegales que impliquen un "intercambio libre" se propague por todo el globo. Así, la prostitución, el tráfico de drogas y el contrabando podrían inflar las estadísticas, reflejando para conveniencia de los gobernantes lo bien que se vive en sociedades bendecidas por actividades tan pujantes.

Un pedido inteligente

Cuando Groucho Marx cumplió ochenta años le preguntaron qué quería como regalo, y contestó: "El año pasado".

Un personaje interesante

Se trata del señor Warren Buffett, de quien dicen que es la segunda persona más rica del mundo, y que donó 31 mil millones de dólares para caridad. También dicen de él que compró su primera acción a los once años y se lamenta todavía de haber empezado demasiado tarde. A los catorce años compró una pequeña granja con sus ahorros provenientes de repartir diarios. Todavía vive en la misma pequeña casa de tres cuartos en Omaha que compró luego de casarse, hace 50 años. Dicha casa no tiene muros ni rejas. Maneja su propio auto, y no tiene chofer ni guardaespaldas. Nunca viaja en jet privado a pesar de ser el dueño de una de las compañías de jets privados más grande del mundo. Parece que no tiene celular ni computadora en su escritorio. Bueno, ¡hay gente así! Y no gobierna.

Un reportaje que no puede perderse

Al enviado de un importante diario de nuestro país, que estaba cubriendo una de las elecciones presidenciales en los Estados Unidos de América, le pidieron que entrevistara al embajador argentino. El diálogo comenzó de la siguiente manera:
Embajador: -No tengo nada que decir.
Periodista: -Eso ya lo sé, pero igual pasemos a la entrevista.

Un sabio consejo de Mandela

Cuando decía que si tenía un opositor, trabajaba con él y lo convertía en un socio. Además lo hizo.

Un viejo revolucionario

Me refiero al ruso Alexander Herzen, cuyas memorias fueron más interesantes que su propia vida. Alguna vez declaró: "Nosotros no construimos, destruimos. No buscamos una nueva verdad, abolimos una vieja mentira".

Una advertencia de Julian Assange

Muchos gobiernos se dan a sí mismos licencia para olvidar que tarde o temprano van a tener que escuchar las voces del pueblo en los chats, en los blogs, en los tweets y finalmente en todas las grandes plazas de sus ciudades. Y si se niegan a aceptar esta verdad tendrán su hora marcada.

Una buena advertencia

Sobre la tragedia, según un lúcido ex canciller argentino: "Una cosa es verla venir y otra mandarla traer".

Una buena confesión

La de John Cage, cuando dijo "La música a la que me dedico no tiene necesariamente que llamarse música. En ella no hay nada para recordar después. No hay temas, sólo la actividad de sonido y silencio". A confesión de parte, relevo de prueba. Además, grabar un rubato de 4.33 minutos, es mucho silencio, salvo para una sesión de meditación en el Tíbet. Para no hablar del sonido convertido en puro ruido, que es todavía peor.

Una buena precisión

La de Mario Vargas Llosa cuando recuerda que el liberalismo de Karl Popper es profundamente progresista porque está imbuido de una voluntad de justicia, que a veces se halla ausente en quienes cifran el destino de la libertad sólo en la existencia de mercados libres, olvidando que estos, por sí solos, terminan permitiendo que los lobos se coman a todos los corderos.

Una buena pregunta

Porque siempre me dijeron que estaba en este mundo para hacer el bien a los otros. Pero nunca tuve idea de para qué estaban los otros. Al menos nunca me enteré.

Una confusión muy generalizada

La de la mente con el espíritu, que en realidad son opuestos. Buda lo sabía.

Una cosa es ser novelista y otra enseñar literatura

Por lo menos eso es lo que pensaba Roman Jakobson cuando se opuso a que Nabokov enseñara literatura en Harvard. Al parecer alegaba que un elefante no podía enseñar zoología.

Una creencia maravillosa

La de la gran escritora Marguerite Yourcenar, quien decía: "Siempre me gustó imaginar el momento que sigue inmediatamente a la muerte como aquel en el cual por un instante, una hora, un siglo, nos encontramos en perfecta plenitud entre aquellos que amábamos antes de las otras partidas y las otras vueltas de la eternidad. Sin duda, habrá allí una docena de personas, todos amigos. ¡Qué apretón de manos nos daremos ese día!".

Una creencia muy personal

Pero creo que muchos la comparten. Por ejemplo, yo respeto y muchas veces admiro a la tecnología y a la ciencia. Hasta puedo hacer uso con fruición de ellas, pero sin las artes, la vida sería un espanto.

Una de las tantas humoradas de Churchill

Al cumplir sus 80 años, un joven periodista lo fotografió y le dijo: "Sir Winston, espero fotografiarlo nuevamente cuando usted cumpla 90 años". Y Churchill le contestó: "¿Por qué no? Usted parece bastante saludable".

Una falsedad

Esa de que el fin, si es bueno, justifica los medios impuros, porque los medios son siempre un momento del propio fin y lo pueden bastardear.

Una forma delicada de terminar una relación

La de un amigo mío, quien se despidió de su amante diciéndole que si su teléfono (el de ella) no sonaba, era él.

¿Una imagen vale más que mil palabras?

Muy pocas veces, casi excepcionalmente. ¿Por ejemplo, cuántas imágenes necesitaríamos para decirle a alguien que es un cabrón o a una mujer que se la ama, o para definir una pasión?

Una lápida de mal gusto

"Felicitaciones por tu nueva ubicación".

Una lección a del Valle Inclán

Ramón del Valle Inclán, gran escritor español, era muy atrabiliario y de juicios lapidarios. En un encuentro con el escritor argentino Ricardo Rojas, le dijo que Cervantes era un infeliz. Ante la indiferencia de Rojas por tal opinión, agregó que además el Quijote era un libro mal escrito. Entonces Rojas le dijo: "Tal vez el Quijote no sería obra tan grande si sólo fuera un libro bien escrito".

Una lección para muchos

Como decía un querido amigo, Jorge F. Sábato, que lamentablemente ya no está entre nosotros, cuando se combate el diablo con las armas del diablo, el mundo se vuelve un infierno.

Una muerte estética

La de Francois Boucher, que lo hizo en su atril a los 67 años, pintando el trasero de Venus.

Una opinión de del Valle Inclán

Como no le interesaban en absoluto las teorías literarias, cuando se le preguntó en una ocasión la diferencia entre la novela y el cuento, sólo dijo que la novela lo hacía quedar más días en la casa que el cuento. Es que las teorías literarias son para los críticos.

Una opinión realmente autorizada

La de nuestra presidenta Cristina Fernández de Kirchner cuando dijo en agosto de 2012: "Yo creo que hay sistema de salud pública cuando los presidentes se atienden en los hospitales públicos".

Una relación que la gente no establece

La que yo creo que existe entre la violencia, cualquiera sea, y la ignorancia y la falta de verdadera inteligencia.

Una supuesta mediación

Al cumplirse cincuenta años del incomprensible derrocamiento del presidente Frondizi, se publicaron varias notas recordando sus importantes logros. Pero algunos analistas, al recordar la conflictiva visita del Che, volvieron a mencionar una supuesta mediación de Frondizi entre Cuba y los Estados Unidos. Nunca hubo tal mediación y ni siquiera una gestión de buenos oficios, sino simplemente intercambio de opiniones entre Frondizi y Kennedy en sus dos encuentros. Del mismo modo con el Che. Nunca Kennedy le pidió ni Frondizi le ofreció ser mediador ni gestor de buenos oficios, sólo sí conocer su opinión sobre la situación cubana.

Una verdadera líder...

Me refiero a la canciller de Alemania, Angela Merkel, quien dijo que la arrogancia precede a la ruina y el orgullo a la caída. Y que no cree que su último triunfo electoral sea un cheque en blanco firmado por su pueblo.

Undécimo mandamiento

En política, "no disentir".

Uno supone vivir en el presente, pero...

"El pasado nunca muere. Ni siquiera ha pasado". Así lo afirmaba William Faulkner. Y gracia a ello viven los psicoanalistas.

Uruguay

Son miles de miles los argentinos que viajan al Uruguay todo el año y todos los años, pero pocos saben que su poético nombre significa "río de los pájaros pintados".

Uruguay fue pionero

Al ser el primer país sudamericano que puso en práctica el Estado de Bienestar, en 1910. Fuera de ese ejemplo, hubo algunos intentos diferentes, marcados por el populismo, que es una caricatura de corto alcance del Estado de Bienestar.

Uruguay y Argentina

Ya sabemos que hay una enorme cantidad de argentinos famosos que son en realidad uruguayos. Por ejemplo, Natalio Botana (fundador de *Crítica*), Horacio Quiroga, Francisco Canaro, Ireneo Leguisamo, Julio Sosa, Hermenegildo Sábat, y la lista es larga... Pero ocurre que muchas veces se le atribuyó dicha nacionalidad a Macedonio Fernández, lo que en una ocasión motivó de su parte esta respuesta: "Todo lo que tengo de uruguayo es haber vivido en la Argentina toda mi vida".

¿Usted se considera escritor?

Y los ha habido con no demasiada obra. Pero veamos el caso de Isaac Asimov: tenía 69 años y estaba por publicar su libro número 403 cuando en un reportaje hecho en 1989 por Héctor D'Amico le contó que de no escribir no sabría qué hacer con su tiempo libre. Todo ello sin considerarse un estilista ni aspirar a ser recordado como un Faulkner, un Joyce o un Borges. Antes de morir llegó a los 500 libros. Así de sencillo. Pero no se preocupen los aspirantes a escritores: no porque otros tengan mejores pulmones que los suyos tienen que dejar de respirar.

Utilidad de la memoria

Gracias al paso de los años sirve para olvidar el pasado.

¿Vacaciones?

Decía el poeta galés Dylan Thomas que quien busca descanso encuentra aburrimiento. Y que quien busca trabajo encuentra descanso.

Vale la pena considerarlo

Un biólogo molecular argentino, doctor Estanislao Bachrach, egresado de la UBA, con tesis doctoral en la Universidad de Montpellier, Francia, y que dictó clases durante cinco años en Harvard, dice que no somos seres racionales, sino seres emocionales que aprendimos a pensar (no todo el tiempo, digo yo). Y que las emociones controlan mucho más la razón que la razón a la emoción, lo cual puede verse neurológicamente.

Vale la pena pensar sobre esto...

Se ha dicho que un árbol al caer hace más ruido que el crecimiento de un bosque.

Vale la pena pensarlo...

"Nunca arruines tu presente por un pasado que no tiene futuro".

Vale la pena probar...

Dicen que una sonrisa es una línea curva que endereza muchas cosas.

Vale la pena tenerlo en cuenta...

Eso que dijo Soren Kierkegaard sobre que la vida sólo puede ser comprendida mirando hacia atrás y que sólo puede ser vivida mirando hacia delante.

Valor de la diplomacia

Una diplomacia eficaz debería ser la mayor enemiga de la industria bélica.

Valor de la información

Se ha dicho que cuando se descubrió que la información era un negocio, la verdad perdió algo de su importancia.

Valor del silencio

Dice Sri Sri Ravi Shankar que lo impactante te lleva al silencio. Ante lo maravilloso te quedas sin palabras, las palabras desaparecen. Al frente de cada emoción, en el pico de cada evento, está el silencio. Entonces, cuando puedes reconocer y manifestarlo en tu vida, cruzas y dejas atrás el océano de la desdicha.

Vegetarianismo

Bernardo Shaw era vegetariano y defendía su elección gastronómica diciendo: "Piensen en la formidable energía contenida en un simple grano, en una vulgar semilla. La entierran bajo tierra y sale una encina, el gigante de los bosques. ¡Entierren una pata de cordero y verán cómo no sale otro cordero!".

Ventaja de la verdad sobre la mentira

Si dices la verdad no será necesario recordarla. En cambio, la mentira hay que guardarla en la memoria, para evitar contradicciones, pero igualmente, a partir de una mentira se genera luego una cadena interminable de mentiras.

Verdades

Los pensamientos pueden engañarnos. El hambre, el frío, el calor, la lluvia, las ganas… no mienten.

¿Verdades absolutas?

Se requiere cierta sabiduría para comprender que la opinión que defendemos no es sino nuestra hipótesis preferida, necesariamente imperfecta, probablemente transitoria, y que solo los muy cegatos pueden hacerla pasar por certidumbre total o verdad absoluta.

Vieja sopa china

El diario oficial *China Daily* informó acerca de un hallazgo arqueológico: el encuentro en China de una olla con sopa de hace 2400 años. Se ve que los niños chinos de aquellos años no eran muy obedientes respecto de tomar toda la sopa o tal vez los padres no los obligaban. La verdad es que yo no puedo imaginarme a un diario argentino dentro de 2400 años dando la noticia del encuentro de una olla con sopa, por ejemplo de cabellos de ángel o de dedalitos. No sé por qué, pero mi imaginación no me da para tanto.

Viejo dilema

No puedes encontrar trabajo si no tienes experiencia, pero no puedes tener experiencia mientras alguien no te dé trabajo.

Villas miseria

Para la lúcida Beatriz Sarlo, la villa miseria es un complejo atlas con muchos mapas: el de la indigencia, el desempleo, la precariedad, el narcotráfico, la desigualdad y la inseguridad para siempre, porque quien la sufre no hace diferencias temporales ni periodiza como si tuviera futuro.

Virtudes extremas

Se dice que pueden transformarse en vicios.

Visión desde el año 5011 d. C.

Un periodista de investigación dice que hace tres mil años habitaba la región austral a orillas de un estuario llamado Río de la Plata (latitud 34), un extraño y primitivo pueblo caracterizado por su pronunciado individualismo que, sin embargo, podía de pronto ser sustituido por una conducta gregaria muy particular, ya que por situaciones económicas calamitosas o bien por acontecimientos deportivos signados por el triunfo (vale decir por grandes broncas o alegrías) dicha conducta lo impulsaba obsesivamente a bloquear rutas y calles, cortando así todo tránsito vehicular o peatonal, además de cometer destrozos de todo tipo en la vía pública. En cambio, el ejercicio del proverbial individualismo llevaba generalmente a la mayoría de sus integrantes a mostrarse tristes y tendían a escuchar una bella música ciudadana de creación muy propia, llamada "Tango".

Visión francesa

En Francia no se cuestiona tanto la insaciable concupiscencia de Dominique Strauss-Khan sino más bien su falta de respeto a la libertad del prójimo. Y al respecto tiene razón nuestro muy conocido ensayista español Fernando Savater, cuando dice que no es lo mismo tener buen apetito que ser antropófago.

Visión pesimista de Bolívar

Simón Bolívar decía: "No hay buena fe en América, ni entre los hombres ni entre las naciones. Los tratados son papeles, las constituciones libros, las elecciones combates, la libertad anarquía, y la vida tormento. La América es ingobernable; los que han servido la revolución, han sembrado en el mar. La única cosa que se puede hacer en América es emigrar. Estos países caerán infaliblemente en manos de la multitud desenfrenada, para pasar después a la de tiranuelos imperceptibles de todos colores y razas, devorados por todos los crímenes y extinguidos por la ferocidad. Si fuera posible que una parte del mundo volviera al caos primitivo, éste sería el último período de América".

Visión realista del mundo

La del gran historiador marxista Eric Hobsbawm a los 86 años cuando dice: "He visto cómo se extinguían de la faz de la Tierra todos los imperios coloniales europeos, incluido aquel que llegó a ser el más vasto y poderoso durante mis años de infancia. He visto grandes potencias mundiales relegadas a jugar en las ligas inferiores. He visto la irrupción y la caída de un estado alemán que esperaba durar mil años, y también el nacimiento y el final de un poder revolucionario que amenazaba extenderse al mundo entero… Dudo de que llegue a ver el fin del imperio americano pero puedo asegurar que algunos lectores de mi libro (*Tiempos interesantes*) habrán de presenciarlo".

Visión sociológica de la Argentina

Me decía un sociólogo sueco que lleva años investigando sistemas institucionales latinoamericanos que en nuestro país el sistema judicial penal y el previsional permiten respectivamente que los corruptos mueran sin haber conocido la cárcel y los jubilados sin cobrar.

Vivimos en un mundo donde el poder es financiero

La Organización Mundial del Comercio afirma que los mercados financieros mueven en dos días el mismo volumen que los comerciales en un año.

Vocación errónea

La primera que eligió Vinicius de Moraes, quien me dijo en Montevideo hace ya unos cuarenta años: "24 años permanecí en la diplomacia, los más aburridos de mi vida".

Volvamos al periodismo

"El periodismo no es un circo para exhibirse, ni un tribunal para juzgar, ni una asesoría para gobernantes ineptos o vacilantes, sino un instrumento de información, una herramienta para pensar, para crear, para ayudar al hombre en su eterno combate por una vida más digna y menos injusta". Tomás Eloy Martínez.

Volvamos al tema de la felicidad

Si querés saber hasta qué punto sos feliz y de verdad lo ignorás, usá una libreta o agenda y apuntá cada noche pequeños hechos agradables que te hayan sucedido durante el día. Después de un tiempo, en esa libreta o agenda se habrá formado un tejido básico muy consistente o una antología de actos felices, de sutiles placeres, tal vez efímeros, pero que sin darte cuenta sustentarán firmemente tu propia vida diaria.

Volvemos a José Ingenieros

"Cuando se remplaza lo cualitativo por lo conveniente, el rebelde es igual al lacayo, porque los valores se acomodan a las circunstancias. Hay más presencias personales que proyectos. La declinación de la educación y su confusión con enseñanza permiten una sociedad sin ideales y sin cultura, lo que facilita la existencia de políticos ignorantes y rapaces". *El hombre mediocre* (1913).

Volviendo a la inseguridad

Lo único que falta es que el gobierno se desligue del tema recordándonos que existe al menos desde lo de Caín y Abel, que fue terrible.

Votación-elecciones

Le pregunté a un amigo por qué no había votado en la reciente elección y me dijo que por temor a que ganara alguno.

Votaron dos veces a Bush

En el interesante intercambio de cartas entre Paul Auster y J. M. Coetzee, el primero le cuenta al segundo que la junta educativa de una ciudad sureña decidió prescindir de la enseñanza de lenguas extranjeras. Entre los ciudadanos consultados no faltó quien dijera: "A mí no me parece mal, no me plantea ningún problema. Si el inglés era suficiente bueno para Jesucristo, también lo es para mí".

Vuelve la máquina de escribir

La tecnología tiene sus graves problemas. A raíz de los recientes casos de filtraciones, el Servicio Federal de Protección (SPO) ruso, responsable de la seguridad de los altos cargos del Estado, encargó veinte máquinas de escribir para redactar documentos secretos y evitar posibles filtraciones por el uso de medios electrónicos. ¡Y yo que regalé mi vieja y querida Lettera 22!

Wagner y Woody Allen

Que no podía escucharlo porque comenzaba a sentir la urgencia de conquistar Polonia.

Woody Allen y la muerte

Como la muerte ha sido uno de los temas de preocupación del excelente creador, en una conferencia de prensa se le preguntó qué opinaba sobre ella, esperando tal vez una explicación o declaración filosófica o religiosa, pero Woody Allen fue mucho más concreto y dijo simplemente que estaba en contra.

Y como en todos lados se cuecen habas

Se le ha ocurrido al venerable y respetable Dalai Lama, que luego de su
muerte ha decidido no reencarnarse. ¿Otro símbolo del Apocalipsis? ¿Fuera
del Evangelio de San Juan? Y nosotros preocupados por los buitres…

¿Y como país, qué somos?

¿Un país independiente o un país in *the* pendiente?

Y el mundo sigue andando…

Según Unicef, hay 2.3 millones de niños con malnutrición aguda en la región del "Cuerno de África" que comprende Somalia, Yibuti, Eritrea y Etiopía, y más de medio millón morirán si no reciben ayuda en las próximas semanas. Pero los medios no hablan de semejante catástrofe humana, sino de las caídas de las bolsas en el mundo.

Y era un estadista, no un ludópata

"La vida es como un juego de cartas. La mano con la que juegas es el determinismo. La forma de jugar es el libre albedrío". Jawaharlal Nehru.

¿Y las utopías?

Al parecer se han terminado definitivamente las utopías políticas, remplazadas por las utopías científicas y tecnológicas. Con aquellas no nos fue muy bien. Veremos cómo nos va con éstas, pero no me hago muchas ilusiones.

¿Y nosotros?

El famoso líder socialdemócrata alemán, Willy Brandt, decía que el futuro no sería dominado por aquellos que estaban atrapados por el pasado.

Y nosotros creemos que estamos solos

Pero la búsqueda de un planeta "gemelo" a la Tierra se está poniendo interesante. Usando el telescopio de la sonda espacial Kepler, la NASA está empezando a encontrar cada vez más planetas de tamaño similar al de la Tierra orbitando estrellas lejanas.

Un nuevo análisis de los datos de Kepler ha concluido con la estimación de que alrededor del 17% de las estrellas de la Vía Láctea tiene un planeta del tamaño de la Tierra orbitando en torno a ella. Dado que la Tierra tiene aproximadamente 100.000 millones de estrellas, esto significa que hay al menos 17.000 millones de planetas similares a la Tierra sólo en nuestra galaxia. ¿Qué tal?

¿Y nuestro futuro?

Dice el filósofo Tomás Abraham que la Argentina es una reserva natural en un planeta que se agota. Agua dulce, tierra fértil, minerales estratégicos, energía, plataforma submarina con riqueza pesquera. Todo ello ha permitido que se organizara una economía extractiva. Resultado: se chupa lo que hay. Se contamina el agua, se malgasta la energía, se desertifican los suelos y se deja contrabandear la pesca…

Yo lo comprendí al paisano don Zoilo

Que había cumplido 103 años y estaba ya muy pero muy enfermo. El médico, que lo conocía y quería, le preguntó buenamente, después de decirle que ya había vivido bastante, para qué quería seguir viviendo, y el paisano Zoilo, que era ceceoso le contestó: -Y… para ver qué putaz paza…

Y si la vida es corta...

y no llega la mar a tu galera,
aguarda sin partir y siempre espera
que el arte es largo y, además,
no importa.
Antonio Machado

Yo sé que es muy difícil de aceptar

Pero la vida es una grave enfermedad que te lleva a la muerte. Mientras tanto hay que tratar de vivirla bien e intensamente, y sobre todo evitar en lo posible medicarse.

Yo sigo admirándolo como poeta

Pero no entiendo cómo Pablo Neruda llamó a Stalin "un amable hombre de principios".